光文社古典新訳文庫

オリエント急行殺人事件

アガサ・クリスティー

安原和見訳

kobunsha classics

光文社

Title : MURDER ON THE ORIENT EXPRESS
1934
Author : Agatha Christie

オリエント急行殺人事件　目次

オリエント急行殺人事件

M・E・L・Mへ
一九三三年、アルパチヤ[1]にて

1　イラクの地名、遺跡で有名。

第一部　事実

第1章　タウルス急行の大切な客

冬の午前五時、シリア。アレッポ駅のホームに列車が停まっている。鉄道案内に麗々《れいれい》しく「タウルス急行[1]」と記載されている列車がこれだ。構成は食堂車一両、寝台車一両、ローカル車[2]二両。

寝台車のステップのそばに、若いフランス人の中尉[3]が立っている。軍服をりゅうと着こなし、連れと言葉を交わしている。連れは小柄な男で、帽子をかぶったうえに耳までマフラーに埋もれていて、見えるのはピンクの鼻先と、ひねりあげた口ひげのふたつの先端だけだった。

凍えるように寒い。こんなときに大切な客を見送るのは、人もうらやむ仕事とは言えないが、デュボスク中尉は男らしく務めを果たしていた。その唇からは、上品なフランス語で如才ないせりふがこぼれ出す。もっとも、自分がなんでこんなことをしているのか、その事情はさっぱりわかっていなかった。もちろんうわさは耳にしている。

こういう場合はかならずうわさが流れるのだ。将軍——それも直属の将軍だ——のご機嫌は悪くなるいっぽうだった。ところがそこへ、この見知らぬベルギー人がやって来た、それも話によればはるばる英国から。そして一週間が過ぎた——みょうに緊迫した一週間だった。高位の将校ひとりが自殺、ひとりが辞職したと思ったら、顔を曇らせていた人々の顔から急に曇りが消えて、軍の警戒措置も解かれた。そして将軍——デュボスク中尉直属の将軍だ——はいきなり十歳も若返ったようだった。

将軍とこのベルギー人が言葉を交わしていたとき、デュボスクはそれを切れ切れに漏れ聞いていた。「あなたのおかげです」大きな白い口ひげを震わせながら、将軍が感に堪えたように言っていた。「フランス軍の名誉は守られました！　おびただしい流血も避けることができた。あなたのおかげです。わたしの要請にお応えいただき、なんとお礼を言ってよいか。はるばるこんなところまで——」

1　トルコのイスタンブールとシリア、レバノンなどを結んで走っていた国際急行列車。経営は〈ワゴンリ〉社（17ページの注6も参照）。
2　タウルス急行は国際線だが、ローカル車は国境で切り離されて国外には出ない。
3　第一次世界大戦以降、シリアはフランスの委任統治領だった。

これに対して問題のベルギー人（名前はムッシュ・エルキュール・ポアロという）は、負けず劣らず丁重に返事をした。「とんでもない、生命を救われたご恩を忘れはいたしませんよ」。すると将軍もそれにふさわしく丁重に応じて、昔のことだし大したことではないと言い、フランスとかベルギーとか栄光とか名誉とかそういう言葉を述べたてたのち、くだんのベルギー人と心のこもった抱擁を交わして、それで会話は終わった。

なにがなんだか、デュボスク中尉にはあいかわらずさっぱりだった。とはいえ、タウルス急行で発《た》つムッシュ・ポアロを見送る役目を任されたからには、前途洋々の若き将校にふさわしく、情熱と誠意をもって立派にやり遂げるつもりだった。

「今日は日曜日ですから」とデュボスク中尉。「明日、月曜の夜にはイスタンブールに着きますね」

この事実を指摘するのはこれが初めてではなかった。発車前のホームで交わす会話は、どうしてもくりかえしが多くなりがちだ。

「そうですな」とムッシュ・ポアロ。

「あちらに数日滞在なさるのですね」

「そうです《メ・ウィ》。イスタンブールにはまだ一度も参ったことがありませんので、素通りはもったいないというものです――いや、まったく《コム・サ》」と、指をぱちんと鳴らしてみせた。

「急ぎの用もありませんし。観光客として数日過ごすつもりでおります」

「聖ソフィア大聖堂はきれいですよ」と言ったものの、デュボスク中尉も見たことはない。

冷たい風がホームを吹き抜ける。ふたりとも身震いした。デュボスク中尉はこっそり腕時計に目をやった。五時五分前――あとたった五分だ！

そこで、時間を確かめたのを気づかれはしなかったかと、あわててまた口を開いた。

「この季節ですから、汽車はがらがらですね」と、頭上の寝台車の窓を見あげる。

「たしかに」とムッシュ・ポアロもうなずく。

「タウルス山脈で、雪に降り込められたりしないといいですね」

「そんなことがあるのですか」

「ええ、あるんですよ。今年はまだですが」

「それは困った。気象通報では、ヨーロッパはひどい天気のようだし」

「そうですね。バルカン半島では大雪だそうですよ」

「ドイツもそうらしいですな」

「いやはや《エ・ビャン》」デュボスク中尉は急いで言った。また間があきそうな気がしたのだ。

「明日の夜七時四十分には、コンスタンティノープルにお着きなのですね」

「はい」ムッシュ・ポアロはやけくそのように続けた。「聖ソフィア大聖堂はじつにきれいだとか」

「きっと感心なさいますよ」

ふたりの頭上、寝台車の客室《コンパートメント》の窓で、若い女がブラインドを押しのけて外を眺めた。

木曜日にバグダッドを出てから、メアリ・デブナムはほとんど寝ていなかった。キルクーク[4]行きの列車のなかでも、モスル[5]の宿泊所でも、またこの列車で過ごした昨晩も、やはりまともに眠れなかった。そしていま、暖房のききすぎで客室内はむんむんするし、眠れないまま横になっているのがいやになり、起きあがって外をのぞいたというわけだ。

ここはアレッポにちがいない。でももちろん見るものなどない。照明の薄暗いホームが長くのびているだけ。どこかでだれかがアラビア語でどなりあっている。窓の下では、ふたりの男がフランス語で話をしていた。ひとりはフランス人の将校で、もうひとりは大きな口ひげをはやした小男だ。メアリは小さく笑みをもらした。あんなにマフラーをぐるぐる巻きにした人は初めて見る。外はきっとずいぶん寒いのだろう。

だからこの列車はこんなに暖房をきかせているのだ。窓を少しおろそうと力を込めたが、びくともしなかった。

〈ワゴンリ〉[6]の車掌がふたりの男に近づいてきた。まもなく出発です、そろそろご乗車ください。小男が帽子をもちあげた。なんて丸くて大きな頭、まるで卵みたい！　頭のなかは考えごとでいっぱいだったが、メアリ・デブナムはそれでも笑顔になった。滑稽な小男。だれからもまともに相手にされないたぐいの。

デュボスク中尉は別れの言葉を口にしていた。あらかじめ考えておいた言葉で、最後の最後までとっておいたのだ。じつに立派な、流麗なあいさつだった。

負けじと、ムッシュ・ポアロも立派なあいさつを返した。

「ご乗車ください《アン・ヴォワチュール》、ムッシュ」と〈ワゴンリ〉の車掌。

いかにも名残《なごり》おしげなふぜいで、ムッシュ・ポアロは列車のステップをのぼった。

4　イラク北東部の都市。

5　イラク北部の都市。

6　国際寝台車会社（ワゴンリは寝台車の意）。〈オリエント急行〉をはじめとする豪華な寝台車や食堂車を運行していた。設立者はベルギー人。

車掌がそのあとに続く。ムッシュ・ポアロが手をふると、デュボスク中尉は敬礼で応える。がくんと派手に揺れたかと思うと、列車はゆっくり動きだした。

「やれやれ《アンファン》！」ムッシュ・ポアロはつぶやいた。

「ぶるる」とデュボスク中尉。ほっとしたとたん、寒さが本格的に身にしみてきたのである。……

「こちらです《ヴォワラ》、ムッシュ」と言って、車掌は芝居がかって客室を指し示した。寝台車の客室は美しく、荷物もきちんとまとめてある。「お荷物は、わたしがここまで運んでおきました」

と差し伸べる手が声高に主張している。エルキュール・ポアロは、たたんだ紙幣をその手に握らせた。

「メルシー、ムッシュ」車掌はいきなり事務的な口調になって、「こちらがムッシュの乗車券ですね。パスポートもお預かりできますか。イスタンブールでお乗り換えですね」

　ポアロはうなずいた。

「だいぶすいているようだね」

「はい、ムッシュのほかにはおふたりだけで。おふたりとも英国人です。おひとりはインド勤務の大佐で、おひとりはバグダッドからおいでの若いご婦人です。[7]なにかお持ちいたしますか」

ポアロはペリエの小壜《こびん》を求めた。

午前五時というのは、列車に乗り込むには中途半端な時刻だ。夜明けまでまだ二時間ある。前夜あまり寝ていないし、むずかしい仕事を首尾よく片づけたのだからと、ポアロは座席のすみで身体を丸めて眠りに落ちた。

目が覚めると九時半だった。熱いコーヒーを飲もうと食堂車に出かけていく。

先客はひとりきりだった。ではこれが、先ほど車掌の言っていた若い英国人女性というわけか。長身でほっそりしていて、髪は黒。二十八歳ぐらいか。冷静沈着で有能という印象を受ける。朝食のとりかたにしても、コーヒーのお代わりの頼みかたにしても。世慣れていて、また旅慣れてもいるのだろう。黒っぽい旅行用のドレスは薄い生地で、この暑いぐらいの車内にはぴったりだった。

7　インドは一九四七年まで、バグダッドを首都とするイラクは一九三二年まで大英帝国の支配下にあった。

ほかにすることもない。エルキュール・ポアロはひまつぶしに、さりげなく彼女を観察した。

世界じゅうどこへ行っても、やすやすと身を処していけるタイプに見える。堂々としていて頭もよさそうだ。整いすぎるほど整った顔だち、透けるように白い肌も悪くない。つやのある黒髪はきれいに波うち、冷たいほど落ち着いた灰色の目も気に入った。しかしポアロの好みから言うと、「美女《ジョリ・ファム》」と呼ぶにはいささかてきぱきしすぎている。

そのとき、食堂車にもうひとりの客が入ってきた。四、五十歳の長身の男で、引き締まった体軀《たいく》、褐色の肌、こめかみのあたりに白いものが見える。

「インドの大佐だな」ポアロは胸のうちでつぶやいた。

新来の客は、若い女に小さく会釈《えしゃく》した。

「おはよう、ミス・デブナム」

「おはようございます、アーバスノット大佐」

女の向かいの椅子に片手をかけ、「かまいませんか」と大佐は尋ねた。

「あら、もちろんです。どうぞ」

「いやその、朝からのんびりおしゃべりでもないでしょうから」

「それはそうですわね。でも、わたしはかまいませんわ」

大佐は腰をおろした。

「頼む」給仕に向かって横柄《おうへい》に呼びかける。

卵料理とコーヒーを注文した。

大佐はしばしエルキュール・ポアロに目を留めたが、すぐに関心なさげにその目をそらした。英国人の心理は手にとるようにわかる。「なんだ、外国人か」と思ったのだろう。

英国人らしく、ふたりはあまりしゃべらなかった。ふたこと三言短く言葉を交わしたあと、女は立ちあがって客室に戻っていった。

昼食のときもふたりは同じテーブルにつき、今度もまた第三の乗客の存在はまるで眼中になかった。朝食のときよりは会話がはずんでいる。アーバスノット大佐はパンジャブ[8]の話をし、ときどきバグダッドのことを尋ねている。女はどうやら、そこで家庭教師をしていたらしい。話をするうちに共通の友人がいることがわかり、とたんにずっと打ち解けてきた。しばらくトミー・ナントカとかジェリー・ソノホカの話が続

8　英領時代のインド北西部にあった州。

く。やがて大佐が女に向かって、まっすぐ英国に戻るのかと尋ねた。それともイスタンブールでいったん降りるのですか。

「いえ、まっすぐ戻ります」

「それはちょっともったいなくないかな」

「二年前にもこちらのほうに来たことがあって、そのときイスタンブールに三日滞在いたしましたの」

「ああ、そうでしたか。いえその、下車なさらないとうかがってうれしいですよ。じつはわたしもそのつもりなので」

そう言って、ぎくしゃくと小さくお辞儀《じぎ》をした。少し顔を赤くしている。

「冷淡無情というわけでもないのだな、あの大佐は」と、エルキュール・ポアロはひとり面白がっていた。「汽車の旅には、荒海の航海に負けず劣らず危険がいっぱいというわけだ！」

ミス・デブナムは落ち着いた声で、それはわたしもうれしいと答えていた。こちらはもう少し慎重に構えている。

ミス・デブナムが立ちあがると、大佐もいっしょに立ちあがった。列車はタウルス山中に差しかかっていた。窓外には雄大な景色が広がっている。ふたりは並んで立ち止まり、キリキア関門[9]を見おろした。女が急にため息をついた。ポアロは近くに立っていたので、彼女がこうつぶやくのが耳に入った。

「なんて美しいこと！　ほんとに――ほんとに――」

「なんです？」

「心から楽しめないのが残念だわ」

アーバスノット大佐はそれには応えなかった。がっちりしたあごの線が、少し不機嫌にこわばったように見えた。

「わたしは、あなたがかかわりあいになったのが残念だ」大佐は言った。

「しっ、お声が高いわ」

「おっと、これは失礼」ポアロのほうにやや不愉快そうな視線を投げてから、大佐は続けた。「しかし、家庭教師をなさるのはどうかと思いますね――横暴な母親やわがまま娘にふりまわされるわけでしょう」

女は笑ったが、ぎこちなさは隠しきれていなかった。

「あら、そうでもないんですよ。家庭教師が虐待されるなんていうのは、とっくに嘘

9　小アジア南東部の歴史ある山道。

とばれた神話みたいなものです。むしろご両親たちのほうが、わたしにいじめられているとお思いでしょう」

ふたりはそれきりなにも言わなかった。たぶんアーバスノット大佐は、不用意な発言を恥じていたのだろう。

「どうも、みょうな三文喜劇を見せられているみたいだな」ポアロは内心首をかしげた。のちに彼は、この感想をあらためて思い返すことになる。

その夜の十一時半ごろ、汽車はトルコのコニヤに到着した。こわばった脚をのばそうと、ふたりの英国人は雪の積もるホームに降りて、行ったり来たりしはじめた。

盛んに人の行き来する駅のようすを、ポアロは窓から眺めて満足していた。しかし十分ほどして、やはり外の空気を吸ってみようかと思いなおし、周到な用意にとりかかった。上着を重ね、マフラーを巻き、きれいなブーツのうえからオーバーシューズを履《は》く。こうして装備を整えると、そろそろと車両からおりてホームを歩きはじめた。

先頭の機関車を通り越そうとしたときだった。

話し声がして、貨車の影にまぎれて立つふたりの人物に初めて気がついた。アーバスノットが話している。

「メアリ――」

女がそれをさえぎった。

「いまはだめ。いまはまだ。これがみんな終わったら。なにもかもすっかり終わったら――そのときは――」

ポアロはこっそりまわれ右をした。これはいったいどういうことだろう。

あの冷静でてきぱきしたミス・デブナムの声とも思えなかったが……

「みょうなこともあるものだ」彼はひとりごちた。

翌日、あれはひょっとして口論をしていたのかとポアロは首をかしげた。例のふたりがほとんど口をきかないのだ。女は不安がっているようだった。目の下にくまができている。

午後二時半ごろ、急に汽車が停まった。人々が窓から顔を出す。数人の男が線路のわきに寄り集まって、食堂車の下をのぞいて指さしている。

ポアロは身を乗り出し、窓の外を早足で通り過ぎようとする〈ワゴンリ〉の車掌に声をかけた。車掌は訊かれたことに答え、ポアロは首を引っ込めて、そこでメアリ・デブナムに危うくぶつかりかけた。すぐ後ろに立っていたのだ。

「なにがあったんでしょう」息を切らさんばかりにフランス語で尋ねてきた。「なぜ停まってますの」

「なんでもありませんよ、マドモワゼル。食堂車の下でなにかに火がついたんです。大したことじゃありません。火は消えて、いま修理しているところだそうです。ご心配なく、なにも危険はありませんから」

彼女はいらだたしげに小さく手をふった。危険かどうかはどうでもいいと言わねばかりに。

「それはいいんです、わかってます。でも時間が！」

「時間？」

「だって、遅れるでしょう」

「たしかに——その可能性はあります」とポアロ。

「でも、遅れては困るんです！　この汽車は六時五十五分着の予定ですから、それからボスポラス海峡を渡って、九時発の〈シンプロン・オリエント急行〉に乗らなくてはならないんです。一時間か二時間も遅れてしまったら、接続列車を逃してしまうわ」

「なるほど、その恐れはありますね」

ポアロは女の様子を見て不思議に思った。窓の手すりをつかむ手はそわそわしているし、唇も震えている。

「それがそんなに大変なことなのですか、マドモワゼル」

「ええ。ええ、大変なんです。あの——あの急行に乗らなくてはならないんです、どうしても」

ポアロから顔をそむけ、彼女は通路を歩いていった。その先にアーバスノット大佐が待っている。

しかし、心配する必要はなかったのだ。十分後、列車はまた動きだした。遅れを取り戻そうと急いだおかげで、イスタンブールのハイダルパシャ駅にはわずか五分の遅れで到着した。

ボスポラス海峡の波は荒く、ポアロは船旅を楽しむどころではなかった。同じ列車に乗りあわせたふたりとは離れてしまい、フェリーのうえでは一度も見かけなかった。ガラタ橋[11]に着くと、ポアロは車でまっすぐトカトリアン・ホテル[12]に向かった。

10　オリエント急行のうち、アルプス山脈を貫くシンプロン・トンネルを通る路線のこと。イスタンブールからフランスのカレーまで伸びており、途中でアテネ発、ブカレスト発の支線と合流する。

11　ボスポラス海峡の入江である金角湾にかかる橋。

12　イスタンブールにあったヨーロッパふうの高級ホテル。

第2章　トカトリアン・ホテル

ホテルに着くと、エルキュール・ポアロは浴室つきの部屋を頼んだ。それから接客係《コンシェルジュ》のデスクに歩み寄り、手紙は来ていないかと尋ねる。手紙が三通、電報が一本届いていた。電報を見て眉を少し吊り上げた。これは予想外だ。

いつものとおり、急がずていねいに電報を開く。印刷の文字はくっきりしていた。

「カッスナー事件、いきなりご予想どおりの展開に。急ぎ戻られたし」

「やれやれ、これはまた厄介な《ヴォワラ・ス・キ・エ・タンベタン》」ポアロはいまいましげにつぶやいた。時計を見あげる。

「今夜発《た》つことになってしまったんだが」とコンシェルジュに言った。「〈シンプロン・オリエント急行〉は何時発かな」

「九時発でございます」

「寝台車をとってもらえるかね」

「かしこまりました。この季節ですので問題はございませんでしょう。どの便もがらがらでございますから。一等と二等のどちらになさいますか」

「一等を頼む」

「承知しました《トレビャン》。どちらまで？」

「ロンドン」

「かしこまりました《ビャン》。ロンドンまでの切符と、イスタンブール発カレー行き車両の寝台席をおとりしておきます」

ポアロはまた時計を見あげた。八時十分前だ。

「食事をする時間はあるかな」

「もちろんでございます」

小柄なベルギー人はうなずいた。フロントで宿泊をキャンセルし、ロビーを横切ってレストランに向かう。

給仕に注文を伝えていると、肩に手を置く者があった。

「やあ、奇遇だな。こんなところで会えるとは」と背後で声がする。

声の主は、短軀ながらがっちりした年配の男で、頭は角刈りにしている。うれしそうに顔をほころばせていた。

ポアロははじかれたように立ちあがった。

「ブーク！」

「久しぶりだね」

ブークはベルギー人で、〈ワゴンリ〉社の重役であり、ポアロがベルギー警察の花形だったころからの長いつきあいだった。

「ずいぶん遠くまで足をのばしたもんじゃないか」ブークは言った。

「シリアに少々用があってね」

「ああ、それで帰国の途中なんだね。いつ帰るの」

「今夜」

「そりゃあいい！　じつはわたしも今夜帰るんだ。というのはつまり、ローザンヌまでということだがね、あそこに用があるので。〈シンプロン・オリエント〉に乗るんだろう」

「そうなんだ。さっき寝台の予約を頼んだところなんだよ。ほんとうなら数日滞在するつもりだったんだが、電報が来ていてね、よんどころない用件で英国に戻ることになったんだ」

「なるほどなあ」ブークがため息をついた。「仕事、仕事というわけか！　しかし近ごろのきみは、その道の頂点を極めてるじゃないか」

「いやいや、ささやかな手柄は立てたかもしれないが」エルキュール・ポアロは神妙な顔をしようとし、みごとに失敗した。

ブークは笑い、「またあとでな」と言い残して離れていく。

エルキュール・ポアロは、口ひげをスープから守る仕事にとりかかった。

その困難な任務を果たし終えると、次の料理を待つあいだに周囲を見まわす。レストランには五、六人の客しかおらず、そのうちエルキュール・ポアロの目を惹《ひ》いたのはふたりだけだった。

そのふたりはそう遠くないテーブルに着いていた。若いほうは人好きのする三十歳ほどの青年で、見るからにアメリカ人だ。しかし、小柄な探偵の注意を惹いたのはこちらではなく、その連れの男のほうだった。

六十歳から七十歳というところ。ぱっと見では、慈善家のような穏やかな人物に見える。禿《は》げかけた頭、丸く突き出したひたい、笑みを浮かべた口もとからは真っ白な入れ歯がのぞいている。すべてが心の温かい好人物ぶりを物語っているかのようだ。ただ目だけがその印象を裏切っていた。小さく落ちくぼんでいて、抜け目ない光を放っている。それだけではない。若い連れになにごとか言いながら、男はレストランを見まわし、その目がしばしばポアロのうえで留まった。その刹那、その眼差《まなざ》しには奇妙な悪意、突き刺すような力がこもっていた。

やがて男は立ちあがった。

「勘定《かんじょう》は払っておいてくれ、ヘクター」彼は言った。

その声はややしわがれていた。穏やかだが、背筋が寒くなるような奇妙な響きがある。

ポアロがラウンジで旧友に合流したとき、さっきのふたりはちょうどホテルを出るところだった。若い男は、従僕たちが荷物を運びおろすのを監督していたが、やがてガラスのドアをあけて言った。

「用意できましたよ、ミスター・ラチェット」

年配の男はうむと返事をして、そのドアから外へ出ていった。

「ふうむ」ポアロは言った。「いまのふたりをどう思う？」

「アメリカ人だね」ブークが言う。

「まちがいなくアメリカ人だよ。ただ、どんな人物だと思うか訊きたかったんだが」

「若いほうはなかなかの好青年に見えたね」

「もういっぽうは？」

「正直な話、好きになれなかったな。どうもいい感じがしなかった。きみはどう思った？」

エルキュール・ポアロはしばらく黙っていたが、ややあって答えた。

「レストランであの男にそばを通られたとき、みょうな感じがしたんだよ。まるで野生の獣が——それも獰猛《どうもう》なやつだよ、すこぶるつきに獰猛な——それがそばを通っていったような」

「そうは言うが、どこから見ても立派な紳士に見えるがね」

「まさにそこだよ！　肉体は、つまり入っている檻《おり》は、どこから見ても立派そのものだ。ところが檻の鉄格子のすきまから、けだものがこっちを見ているんだ」

「考えすぎだよ」とブーク。

「そうかもしれない。しかし、よくないものがそばを通っていったような、そんな気がしてしかたがないんだ」

「あの立派なアメリカの紳士が？」

「あの立派なアメリカの紳士がだよ」

「ふうむ」ブークは明るい声になって、「そうかもしれないな。この世にはよくないものなんぞごろごろしておるんだから」

そのときドアが開いて、コンシェルジュが近づいてきた。困ったような、申し訳なさそうな顔をしている。

「お客さま、めったにないことでございますが」とポアロに話しかけてきた。「ご希望の便には、一等寝台のあきがございませんでした」

「なんだって《コマン》？」ブークが声をあげた。「この季節に？　そうか、記者団とか——政治家の団体でも——？」

「わたくしにはわかりかねますが」コンシェルジュはブークに向かって丁重に言った。「ともあれ、いっぱいなのでございます」

「まあいい」ブークはポアロに向かって、「心配は要らないよ、なんとかなるさ。客室はいつもひとつはあいてるんだよ。十六号室には客は入ってないはずだ。車掌にそうさせてあるから」と笑顔になって、そこで時計を見あげた。「行こう。そろそろ出かけんと」

駅に着くと、茶色の制服を着た〈ワゴンリ〉の車掌に、ブークはうやうやしく迎えられた。

「お待ちしておりました。一号室をおとりしてあります」

車掌が声をかけると、ポーターたちが台車にのせた荷物を客車のなかほどまで運んでいく。客車のブリキ製の行先標示板にはこうあった――

イスタンブール　トリエステ　カレー

「今夜はいっぱいだって？」

「はい、まさかの満席です。みんながみんな、今夜旅行しようとお考えのようでして」

「そうは言っても、こちらの紳士の客室はあるだろう。わたしの友人でね、十六号室を頼むよ」

「それが、ふさがっております」

「なんだって。十六号室が？」

ふたりは事情を知る者どうしの目配せを交わした。苦笑する車掌は、ひょろりと背の高い中年の男だ。

「はい、先ほども申しましたとおり、満席でございまして――どの席も埋まっております」

「いったいどういうことなんだ」ブークは腹立たしげに言った。「どこかでなにかの大会でもやってるのか。団体なのか」

「いえ、たんなる偶然です。たまたま、たくさんのお客さまが今夜旅行すると決めてしまわれたんですよ」

ブークはいらいらと舌打ちをした。

「ベオグラードまで行けば、アテネからの切り離し車両がある。ブカレスト発パリ行きの客車もあるだろう。しかしベオグラードに着くのは明日の夜だ。問題は今夜だな。二等寝台にあきはないか」

「二等でしたらひとつあきが――」

「そうか、それなら――」

「ただ、ご婦人用でして。つまり、同じ客室にもうドイツ人のご婦人が入っておられるのです。貴婦人のメイドのかたですが」

「いやはや、それは困ったな」

「大丈夫だよ」とポアロ。「べつに寝台でなくてもいいんだから」

「とんでもない、そんなわけにはいかんよ」ブークはまた車掌に顔を向けた。「もう客はみんな来ているのか」

「それがじつは、まだお見えでないかたがおひとりおられます」

車掌はためらいがちに口ごもった。

「それで?」

「七番の寝台席で――二等です。まだ来ておられません、もう九時四分前ですが」

「なんという客だね」

「英国のかたで」とリストをあらためた。「ムッシュ・ハリスです」

「それは縁起のいい名前だ」ポアロが言った。「ディケンズに出てくる。ムッシュ・ハリスは来ないね[2]」

「こちらの荷物を七番席に運んでくれ」とブーク。「そのムッシュ・ハリスが来たら、来るのが遅かったと言っておけばいい。寝台席はすぐに時間切れになるんだとでも――なんとかなるだろう。ムッシュ・ハリスの心配までしちゃおられん」

1　オリエント急行は英国とイスタンブールを結ぶ本線のほかに何本か支線があり、合流する駅で行先ごとに客車の連結を変更していた。
2　ディケンズの長編『マーティン・チャズルウィット』による。ハリスは登場人物の妄想のなかにしか存在しない女性の名。

「承知しました」と車掌は言った。

ポアロのポーターに声をかけて、どこそこへ運べと指示を出す。

車掌がステップの前からどき、ポアロはなかに乗り込んだ。

「ずっと行った端のほうです」とその背に車掌が声をかける。「端からひとつ手前の席ですよ」

ポアロは通路を歩いていった。ほとんどの客が客室の外に立っているため、なかなか思うように進めない。

丁重な「失礼《パルドン》」の語を時計のように規則正しくくりかえすうち、やっと目当ての客室にたどり着いた。なかに入ると、先客がスーツケースを棚にのせようとしていた。トカトリアン・ホテルで見かけた、あの長身の若いアメリカ人だ。

入ってきたポアロに、男は眉をひそめた。

「失礼ですが、席をお間違えではありませんか」それを、たどたどしいフランス語で言いなおす。「ジュ・クロワ・ク・ヴザヴェ・アンネルール」

ポアロは英語で応じた。

「あなたがミスター・ハリス？」

「いえ、ぼくはマクイーンですが——」

ところがそのとき、〈ワゴンリ〉の車掌の声がポアロの肩のうえから降ってきた。申し訳なさそうな、息せき切ったような声。

「お客さま、本便にはほかに寝台のあきがございませんで。こちらのお客さまとご同室をお願いします」

そう言いながら通路側の窓をあげ、ポアロの荷物を持ちあげてなかに入れはじめた。車掌の申し訳なさそうな口調に気づいて、ポアロはなんだかおかしかった。この客室にほかの乗客を入れなければ、たんまりチップをはずむと約束されていたのだろう。しかし、どんなに気前よくチップをはずもうが、会社の重役が乗っていて命令すれば効き目もそれまでというわけだ。

スーツケースを勢いよく棚にのせると、車掌は客室から通路へ出てきた。

「お待たせしました。これで全部ですね。お客さまの寝台は上段の七番になりますので。発車は一分後です」

車掌はそそくさと通路を遠ざかっていく。ポアロはまた客室に入っていった。

「珍しいこともあるものですな」と明るく声をかける。「〈ワゴンリ〉の車掌がみずから荷物を棚にあげてくれるとは！　前代未聞ですよ」

同室の男も笑顔になった。明らかにもう腹立ちは収まっている。感情的になってもしかたがないと割り切ったのだろう。

「驚きましたね、こんなに混んでいるとは」彼は言った。

汽笛《きてき》が鳴った。機関車のあげる長く物哀しい悲鳴。ふたりは通路に出た。

外で声がかかる。

「ご乗車《アン・ヴォワチュール》ください」

「出発ですね」マクイーンが言った。

だがそれは早計だった。また汽笛が鳴る。

「ところで」だしぬけにマクイーンが口を開いた。「よかったら下の段を使ってください。そのほうが楽だし、あれですから――その、ぼくはいっこうにかまいませんので」

たしかに好感のもてる青年だ。

「いや、とんでもない」ポアロは言った。「それではあなたが――」

「ぼくはかまいませんから――」

「ご親切はありがたいのですが――」

丁重な譲りあいが続いた。

「ひと晩だけなのですし」ポアロは説明した。「ベオグラードで――」

「ああ、なるほど。ベオグラードでお降りになると――」

「いえ、そうではないんですが――」

いきなり車両ががくんと揺れた。ふたりそろって窓のほうをふり向く。照明に照らされた長いホームが、ゆっくり後方へ流れていこうとしていた。

〈オリエント急行〉は走りだした。ヨーロッパを横断する三日の旅の始まりだ。

第3章　ポアロ、依頼を断わる

エルキュール・ポアロは翌日、昼食の時間に少し遅れて食堂車に入った。早起きして朝食はほとんどひとりきりですませたし、午前中はずっと、ロンドンへ戻る原因になった事件のメモを読み返していた。そんなわけで、同室の客の顔はろくに見ていなかった。

ブークはもうテーブルに着いていて、ポアロに向かって身ぶりで挨拶すると、自分の向かいの空席に手招きした。ポアロは腰をおろしてすぐに気がついた。そこはこのテーブルの上席で、まっ先に、それもいちばんいい部分が給仕される。そもそも料理じたい並外れて上等だった。

デザートの高級なクリームチーズを食べるころになって、ようやくブークの関心は食物以外の問題に流れていった。人が哲学的になる時間が来たというわけだ。

「ああ！」とため息をつく。「バルザックの筆力さえあったらなあ。この場面を描写してみるんだがね」

と言って、手で周囲を指し示した。

「いい考えだね」とポアロ。

「おや、そう思うかね。まだだれも書いていないよな？　ところがだ――この舞台はロマンスにぴったりだと思わないかね。あらゆる階級、あらゆる国籍、あらゆる年齢の人間が集まってるんだからね。この三日間、見も知らぬ他人どうしがひとつところで過ごすんだ。ひとつ屋根の下で眠り、食事をし、しかもどこにも逃げ場はない。ところが三日が過ぎると、それっきり別れて、おそらく二度と会うことはないんだよ」

「ところがだ」とポアロ。「もし事故があれば――」

「いやいや、それは――」

「きみの立場から見れば、事故が遺憾なのはわかるよ。しかしそれはそれとして、いまだけ事故を想定してみようじゃないか。するとおそらく、ここにいるすべての人々がつながってくるわけだ――死によってね」

「ワインをもう少しどうだね」ブークは手早く注《つ》いで差し出した。「そんな不吉なことばかり考えるもんじゃないよ。消化不良じゃないかね」

「たしかに」とポアロも同意した。「シリアで食べたものが、あまり胃に合わなかったのかもしれないな」

ワインをひと口飲み、背もたれに背中を預けると、考え込むように食堂車内を見まわした。十三人の客が席に着いている。ブークが言ったとおり、階級も国籍もばらばらだ。ポアロは観察にとりかかった。

向かいのテーブルは男三人。三人ともひとり客だろう。食堂車の接客係の的確な判断により、格付けされてひとまとめにされたと見える。大柄な浅黒いイタリア人が威勢よく歯をせせっている。その向かいには、きちんとした身なりのやせた英国人。よく訓練された召使らしく、無表情という表情で非難を表明している。英国人のとなりには、派手なスーツの大柄なアメリカ人が座っている。おそらく販売外交員だろう。

「やっぱ、こう大げさに説明しなきゃあ」鼻にかかった大声で言っている。

イタリア人は爪楊枝《つまようじ》を抜いてそれを思いきり振りまわした。

「そうとも」彼は言った。「それこそ、ぼくがいつも言ってることで」

英国人は窓の外に目をやって、咳払いをした。

ポアロの目がそれを通り過ぎる。

小さなテーブルの席にきちんと座っているのは、見たこともないほど醜い老婦人だった。その醜さは際立っていた――目をそむけたくなるのでなく、むしろ目を惹《ひ》きつけられる。背筋をぴんとのばして座っている。首飾りの真珠はとてつもなく大きく、信じられないがおそらく本物だろう。指にはびっしり指輪がはまっている。肩にかけているのはセーブルの毛皮のコート。とても小さい高級な黒いトーク[1]の下には、そのトークにあまりにも不似合いな黄ばんだヒキガエルのような顔があった。

老婦人は、食堂車の接客係に話しかけていた。はっきりと丁重に話してはいるが、完全に使用人に対する主人の声音《こわね》だった。

「お手数だけれど、わたくしの客室にミネラルウォーターの壜《びん》と、オレンジジュースの大コップを持ってきてちょうだい。今夜の夕食にはチキンをいただくわ。ソースはかけないで調理してね。それと煮魚を」

接客係はうやうやしく、仰せのとおりにいたしますと答えている。

老婦人は上品に軽くうなずくと立ちあがった。ポアロと目が合ったが、貴族特有の無頓着さで、視線はそのまま素通りしていった。

「ドラゴミロフ公爵夫人だよ」ブークが声をひそめて言った。「ロシア人だ。革命前に、夫君が全財産を現金に換えて外国に投資してね。おかげで大富豪なんだ。国際人

1　婦人用の縁《ふち》無し帽。

だよ」

ポアロはうなずいた。ドラゴミロフ公爵夫人の話は聞いたことがある。「傑物《けつぶつ》でね」ブークは言った。「恐ろしく醜いが、あの存在感はすごい。そう思わないか」

ポアロはそう思うと答えた。

べつの大きなテーブルに、メアリ・デブナムがふたりの女性客とともに座っていた。いっぽうは長身の中年女性で、チェックのブラウスにツイードのスカートという服装。量の多いつやのない黄色の髪を、大きなお団子にまとめているが、それが似合っていない。眼鏡をかけ、面長《おもなが》の温和な顔は羊によく似ていた。その女性に向かって話しかけている第三の女性は、ふくよかな整った顔だちの年配の女性で、ゆっくりはっきり単調に話しつづけている。その話しぶりには、息継ぎも区切りもまったくないようだった。

「……それで娘がね、『まあお母さん、この国にアメリカ式を持ち込もうとしても無理よ、ここの人たちは生まれつき怠け者なんだから』って言うんですよ。『能率なんて薬にしたいほどもないのよ』なんて。でもそうは言ってもね、あちらにあるうちの学校をご覧になったらきっと驚かれますよ。優秀な教師を集めてましてね。教育ほど大事なものはないと思いますの。西洋の理想を広めて、東洋の人たちを教育してそのよさをわからせなくてはいけませんわ。娘が言うには――」

汽車はトンネルに突っ込んでいき、穏やかで単調な声はかき消された。

そのとなりの小さなテーブルに、アーバスノット大佐はいた――ひとりで。その目はメアリ・デブナムの後頭部に釘付《くぎづ》けだ。今日は同じテーブルには着いていない。そうしようと思えばむずかしいことではないはずなのに、なぜだろう。

おそらく、メアリ・デブナムのほうが一歩引いているのだろう。女家庭教師は慎重になるものだ。ふしだらなどと思われては一大事、自分で生計を立てる女性は行動を慎まなくてはならない。

ポアロは食堂車の反対側に目を向けた。奥の壁際の席には、黒い服を着た中年女性が座っている。表情のない大きな顔。ドイツ人か、スカンジナビア人かな。貴婦人に仕えるドイツ人のメイドかもしれない。

次に目に入ったのは、テーブルに身を乗り出して熱心に話し込んでいる男女だった。男は英国風のゆったりしたツイードの服を着ている――が、英国人ではない。ポアロの席からは後頭部しか見えなかったが、その頭の形と肩のかっこうを見ればわかる。大柄で体格のよい男だ。ふと頭をまわしたとき、横顔が見えた。たいへんな美男子で、年齢は三十歳ほどか。立派な金色の口ひげをたくわえている。

向かいの席の女はまだ小娘だった。二十歳ぐらいだろうか。ぴったりした短い黒の上着とスカートに、白いサテンのブラウス、上品な黒の小さいトークを、いかにもお洒落にかしげてかぶっている。異国ふうの美しい顔だち。透《す》けるように白い肌、大きな茶色の目、漆黒の髪。長いホルダーで煙草を吸っていた。真紅のマニキュアを塗り、大きなエメラルド一石をはめたプラチナの指輪をしている。目つきも声もなまめかしい。

「きれいだな――それに品がある」ポアロはつぶやいた。「夫婦――かな?」

ブークはうなずいた。

「たしかハンガリーの外交官だ。見場のいい夫婦だね」

昼食の客はほかにはふたりだけだった。ポアロと同室のマクイーンと、その雇い主のミスター・ラチェットだ。後者はこちらに顔を向けて座っており、ポアロはふたたびその人好きのしない顔をじっくり観察した。一見すると優しげな眉の表情、小さな冷たい目。

ブークは、友人の表情の変化に気づいたようだった。

「例の野生のけだものを見てるんだろう」

ポアロはうなずいた。

ポアロのコーヒーが来るころ、ブークは立ちあがった。先に始めていたので、しばらく前に食べ終えていたのだ。

「客室に戻るよ」彼は言った。「食事がすんだらすぐにしゃべりに来てくれよ」

「喜んで」

ポアロはコーヒーを飲み、リキュールを注文した。集金箱を持った接客係が、テーブルからテーブルをまわって料金を集めている。例の年配のアメリカ人女性が、甲高《かんだか》い声をさらに張りあげて不平を鳴らしはじめた。

「『食券の綴りを買っときなさいよ、楽よ、とっても便利』って娘に言われてたんですけどね、もう嘘ばっかり。十パーセントのチップはべつに払わなくちゃならないし、ミネラルウォーターのぶんもあるし――それもどうでしょ、あんな水、聞いたこともないわ。エヴィアンもヴィシーもないなんてねえ、そんなことってあるかしら」

「それは、その国の水を――なんて言うんでしょう――給仕しなくてはいけないそうですよ」と羊顔の女性が説明する。

「とにかく、どうかしてますよ」と、目の前のテーブルにできた小銭の山に顔をしかめた。「あのボーイがお釣《つ》りに置いていった、この変なお金をご覧なさいな。ディナール[2]とかなんとかいうの。まるでただのがらくたみたい。娘が言うには――」

メアリ・デブナムが椅子を引いて立ちあがり、ふたりに軽く会釈してテーブルを離れた。アーバスノット大佐も立ちあがってあとを追う。いやいや小銭を集めると、アメリカ人女性もその例にならった。羊のような女性がそのあとをついていく。ハンガリーの夫妻はすでに席を立ったあとだ。食堂車に残っているのは、ポアロとラチェットとマクイーンだけになった。

ラチェットがなにごとか言うと、マクイーンは立ちあがって出ていった。するとラチェットも立ちあがったが、連れのあとを追おうとはせず、意外にも近づいてきて、ポアロの向かいの席に腰をおろした。

「火をお借りできませんか」穏やかな声――少し鼻にかかっている。「ラチェットと申します」

ポアロは軽く会釈《えしゃく》した。片手をポケットに入れ、マッチ箱を取り出して差し出した。相手はそれを受け取ったが、火をつけようとはしない。

「失礼ですが、ミスター・エルキュール・ポアロとお見受けしたが。ちがいますか」

ポアロはまた会釈した。

「おっしゃるとおりですよ、ムッシュ」

ポアロは、あの奇妙な目が抜け目なくこちらを値踏みしているのを意識していた。

やがて相手はまた口を開いた。

「わたしの国では、すぐに本題に入るのがふつうでね。ミスター・ポアロ、あなたに仕事を頼みたいのだが」

　エルキュール・ポアロは軽く眉をあげた。

「近ごろはご依頼者を絞っておりまして。ほとんどお引き受けしていないのですよ」

「なるほど、そうでしょうな。わかりますよ。しかしミスター・ポアロ、大金が入るとなったらどうです」穏やかな、引き込まれるような声でくりかえした。「大金ですよ」

　エルキュール・ポアロはしばらく黙っていたが、やがて口を開いた。

「どんな仕事を頼みたいとおっしゃるのですか、ムッシュー——ええと——ラチェット？」

「ミスター・ポアロ、わたしは金持ちです。大金持ちです。そういう男には敵がいるものだ。わたしにも敵がひとりいる」

「ひとりだけですか」

「それはどういう意味かな」ラチェットが鋭い声で言った。

2　ここではユーゴスラヴィアの貨幣。

「ムッシュ、わたしの経験では、おっしゃるような立場の人物になると、たいてい敵はひとりではすまないものですよ」

ポアロの答えにラチェットはほっとしたようで、すぐに言葉を継いだ。

「なるほど、それはそうでしょうな。敵がひとりだろうが何人だろうが、いまはどうでもよいのです。問題はわたしの生命です」

「生命？」

「生命の危険にさらされておるんです。そうは言っても、わたしは自分の身ぐらい自分で守れる男だが」上着のポケットからちらと抜いてみせたのは、小型のオートマティック・ピストルだった。彼は厳しい声で続けた。「わたしは寝込みを襲われるようなへまはしません。しかし考えてみると、二重に安全策をとっておいて悪いことはない。ミスター・ポアロ、それであなたを雇えば文句なしだと思ったのです。さっきも言ったが――大金で、ですよ」

ポアロはしばらく、男を見ながら考え込むふうだった。まったくの無表情で、その顔の向こうでなにを考えているのか、はたからはまったくうかがい知ることができなかった。

「残念ですが」ようやく口を開いた。「ご希望には添いかねますな」

男はわけ知り顔にポアロを見て、「なるほど、いくら欲しいんだ」

ポアロは首をふった。

「誤解ですよ、ムッシュ。わたしは職業の面ではまことに恵まれておりましてね。生活していくにも、気まぐれを満たすにも、すでにじゅうぶんなものを持っておりますので、いまでは仕事をお引き受けするのは――興味を惹かれたときだけです」

「あんたはずいぶん図太いな」ラチェットは言った。「二万ドルと言ったらその気になるかね」

「残念ですが」

「吊り上げようとしているのなら、これ以上は上がらんぞ。ものの価値はわかっている」

「わたしもですよ――ムッシュ・ラチェット」

「この依頼のどこが気に入らんというのだ」

ポアロは立ちあがった。

「このような不しつけなことは申し上げたくないのですが――ムッシュ・ラチェット、あなたの顔が好きになれんのです」

そう言うと、彼は食堂車をあとにした。

第4章　深夜の叫び

〈シンプロン・オリエント急行〉は、その夜九時十五分前にベオグラードに到着した。次の発車は九時十五分過ぎの予定だったので、ポアロはホームに降りてみた。しかし長くはいられなかった。寒さは身を切るようで、ホームじたいには屋根があったものの、雪が激しく降りしきっていたのだ。客室に戻ろうとしていると、ホームに出ていた車掌――身体を暖めようと足踏みしたり腕をふったりしていた――に呼び止められた。

「お客さまのお荷物は、ムッシュ・ブークが使っていらした一号室にお移ししてございますよ」

「えっ、それじゃムッシュ・ブークはどこへ？」

「アテネから着いた客車にお移りになりました。さきほど連結されましたので」

ポアロは友人を捜しに行ったが、ブークは気にするなと手をふった。

「いいんだ、大したことじゃない。このほうが便利だし。きみは英国まで行くんだから、カレー行きの客車に最初から乗ってるほうがいいじゃないか。それにわたしはこの客車で満足してるんだよ、とても静かだから。わたしのほかは、小柄なギリシア人の医者が乗っているきりなんだ。いやしかし、今夜はひどい天気だね！　こんな大雪は何年ぶりかだそうだよ。汽車が立ち往生しないといいんだが。そんなことになったら大弱りだよ、まったく」

九時十五分、汽車は定刻どおりに駅を出発した。その後まもなくポアロは立ちあがり、友人にお休みの挨拶をすると、通路を歩いていって自分の客車に引き返した。友人の客車の前、食堂車の後ろの車両である。

旅も二日めとなって、客どうしの距離がしだいに縮まってきていた。アーバスノット大佐が自分の客室のドアの前に立って、マクイーンと話をしている。

マクイーンはなにか言いかけていたが、ポアロに気づいて口をつぐんだ。ひどく驚いた顔をしている。

「あれ、お降りになったかと思ってましたよ。ベオグラードで降りるとおっしゃってたでしょう」

「思い違いをなさってますよ」ポアロは笑顔で答えた。「ああそうだ、ちょうどその話をしていたときに、汽車がイスタンブールを出発したんでしたね」

「でも、あなたの荷物が――なくなってますが」

「べつの客室に移されたんですよ。それだけのことです」

「ああ、そうでしたか」

マクイーンはまたアーバスノットと話しはじめ、ポアロはそのわきを通って通路を先に進んだ。

彼の客室からふたつ手前のドアの前に、年配のアメリカ人女性ミセス・ハバードが立っていて、羊のような顔をしたスウェーデン人女性と話をしていた。ミセス・ハバードが雑誌を渡そうとしている。

「いいのよ、どうぞお持ちになって。わたしのとこには、読むものならほかにもどっさりあるから。あら、今夜は恐ろしく冷えますことねえ」と、ポアロに愛想よくうなずきかける。

「ほんとにご親切に」とスウェーデン人女性。

「いいのいいの。ぐっすりお休みになって、明日の朝には頭痛が治まってるとよろしいわね」

「ただ、この寒さのせいなんです。これからお茶を淹《い》れて飲みます」

「アスピリンはお持ち？　ほんとに大丈夫？　わたし、予備をたくさん持ってますのよ。そう、それじゃお休みなさい」

スウェーデン人女性が離れていくと、今度はポアロにさっそく話しかけてきた。

「ご存じ、あのかたスウェーデンのかたなんですって。はっきりわからないんだけど、伝道みたいなことをなさってるの。教師かなにか。感じのいいかただけど、あまり英語がおできにならないのよ。でも、わたしが娘の話をしたらとっても熱心に聞いてらしたわ」

ポアロはこのころには、ミセス・ハバードの娘のことならなんでも知っていた。この汽車の乗客で、英語のできる者はみなご同様だった。ミセス・ハバードの娘が、夫とともにスミルナ[1]にある大きなアメリカの大学の分校に勤めていることも、またミセス・ハバードが東洋に旅行したのはこれが最初だということも、そしてトルコ人のだらしなさやトルコの道路の状態についてどう思ったかということも。

そのときとなりのドアが開いて、やせた顔色の悪い従僕が出てきた。ドアの向こうでは、ミスター・ラチェットがベッドに腰をおろしている。ポアロに気づくと表情が

1　現イズミル。トルコ西部のイズミル湾に臨む港市。

変わり、怒りに眉を曇らせるのがわかった。そこでドアが閉まった。

ミセス・ハバードはポアロを少しわきへ引き寄せた。

「わたしね、あの人がとてもこわいんですよ。いえ、あの従僕のことじゃなくて――ほらあの――ご主人のほう。あれがご主人だなんてねえ！　なんだかいやな感じがするんですよ。娘がね、お母さんはとても勘が鋭いっていつも言うのよ。『お母さんが予感がするって言うときは、かならず当たるんだから』ってね、それで、あの人を見てるとなにかいやな予感がするの。その人がとなりの部屋なんですからね、なんだか落ち着かなくって。昨夜はね、あちらとこちらの客室をつなぐ《コミュニケーティング》ドアを両手で押さえていたの。あの人が把手《とって》を動かす音がしたような気がしたもんですからね。ほんとにねえ、あの人が殺人犯だってわかっても、わたしちっとも驚かないと思うわ。ほら、よく新聞に出てるでしょう、汽車の強盗の話。思い過ごしかもしれませんけど、でもどうしてもそんな気がするの。あの人がこわくてたまらないんですよ。楽な旅だからって娘には言われたんですけどね、なんだかそうは思えなくって。ばかみたいですけど、なにか起こりそうな気がするんですよ。なにがあってもおかしくないわ。あんな気持ちのいい若い人が、どうしてあの人の秘書なんかしていられるのかしらねえ」

見れば、アーバスノット大佐とマクイーンが、通路をこちらへ歩いてくるところだった。

「ぼくの部屋にいらっしゃいませんか」とマクイーンが言っている。「まだ寝台の用意はしてないんですよ。インドでの英国の政策についてぜひお聞きしたいことが――」

ふたりは通り過ぎていき、マクイーンの客室に向かった。

ミセス・ハバードはポアロにお休みの挨拶をした。「そろそろベッドに入って本でも読みますわ。お休みなさい」

「お休みなさい、マダム」

ポアロは自分の客室に向かった。ラチェットの客室の反対どなりである。着替えてベッドに入り、三十分ほど本を読んでから明かりを消した。

数時間後に目が覚めた。なにかに驚いたのだが、なにに驚いたのかはすぐにわかった。大きな声――叫びと言ってもよいような声が、すぐ近くから聞こえたのだ。それと同時に、ベルの音が高く響いた。

ポアロは上体を起こして明かりのスイッチを入れた。気がつくと汽車は停まっている。たぶん駅に着いたのだろう。

さっきの叫び声に不安を感じた。となりの客室にいるのがラチェットなのを思い出す。ベッドを出てドアをあけるのと同時に、〈ワゴンリ〉の車掌が急いで通路をやって来て、ラチェットの客室のドアをノックした。ポアロはドアを少しあけたまま、成《なり》行《ゆき》をうかがっていた。車掌がまたドアをノックする。また呼出ベルが鳴り、ついたランプで遠くの別の部屋からだとわかった。車掌が首だけ動かしてそちらを見やる。

とそのとき、となりの客室のなかから声がした。「なんでもない《ス・ネ・リャン》。勘違いだった《ジュ・ム・シュイ・トロンペ》」

「よろしゅうございました《ビャン、ムッシュ》」車掌は言うと、またそそくさと廊下を急ぎ、ランプのついた部屋のドアをノックした。

ポアロはベッドに戻った。ほっとして明かりを消す。ちらと時計を見ると、まだ一時二十三分前だった。

第5章　犯罪

すぐに気づいたが、また眠りにつくのはむずかしそうだった。ひとつには、列車が動いていないからだ。ここがほんとうに駅だとすれば、こんなに静かなのはおかしい。対照的に、車内の物音は常になく大きく感じる。となりの客室でラチェットの動きまわる物音がする。かちりと折り畳み式の洗面台をおろす音、蛇口をひねる音、水の流れる音、そしてまたかちりと洗面台をあげる音。外の通路を歩く足音もする。だれかが室内用のスリッパを引きずって歩いていた。

エルキュール・ポアロは、横になって天井をにらんでいた。なぜ外の駅はこんなにひっそりしているのだろう。のどがからからだ。いつもミネラルウォーターの壜《びん》を頼んでおくのだが、今夜はそれを忘れていた。また時計に目をやる。まだ一時十五分。呼出ベルを鳴らして、車掌にミネラルウォーターを頼もうか。指をベルにのばしかけたが、そのとき静寂のなかでリンとベルの音がした。車掌も、一度にすべてのベルに対応はできない。リン……リン……リン……

ベルは何度も鳴りつづける。車掌はなにをしているのだろう。ベルの主はしだいにいらだってきていた。

リン……

そのだれかは、ずっとベルを押しつづけている。

だしぬけに、通路にせわしない足音を響かせて車掌がやって来た。ポアロの部屋からさほど遠くない部屋のドアをノックしている。

声が聞こえてくる――ひとつは車掌の声、へつらうような、申し訳なさそうな声だ。そしてもうひとつは女の声――執拗《しつよう》になにごとかまくしたてている。

ミセス・ハバードだ！

ポアロはひとり苦笑した。

口論は――あれが口論と呼べればだが――しばらく続いた。声の割合は九十パーセントがミセス・ハバード、それをなだめる車掌の声が十パーセントだった。しまいに問題は片づいたようだ。最後にははっきりこう聞こえた――「お休みなさいませ《ボヌ・ニュイ、マダム》」そしてドアの閉まる音。

ポアロは指をのばしてベルを押した。

車掌はすぐにやって来た。火照《ほて》った顔に心配そうな表情を浮かべている。

「ミネラルウォーターを頼みたいんだが《ド・ロー・ミネラル、シル・ヴ・プレ》」

「承知しました《ビヤン、ムッシュ》」おそらく、ポアロの目が愉快そうにきらきらしているのを見て、愚痴をこぼしたくなったのだろう。「あのアメリカのご婦人が《ラ・ダーム・アメリケーヌ》――」

「うん？」

車掌はひたいの汗をぬぐった。

「いやもう、どうしていいかわかりませんでしたよ。ぜったいに――ぜったいに、客室のなかに男がいるとおっしゃるんですから！　ご想像くださいよ、ムッシュ。こんな狭い部屋のなかなんですよ」と、室内をさしてみせる。「このどこに隠れられるっていうんですかね。ですから、そんなことは不可能だって申し上げたんですよ。ところが頑として聞き入れてくださらないんです。目がさめたら男がいたとおっしゃって。だったらどうやって部屋を出たっていうんでしょうかね。ドアには内側から錠がおりたまんまだったんですよ。それなのに納得なさらないんですから。それでなくても、いまは心配ごとが山のようにあるっていうのに。この雪で――」

「雪がどうか？」

「これはムッシュ、お気づきでなかったんですか。汽車はずっと停まったままなんです。雪の吹き溜《だ》まりに突っ込んでしまいまして、いつになったら動けるものか見当もつかない状況でして。以前は、雪で七日間立ち往生したこともありましたし」

「ここはどこだね」

「ヴィンコヴツィとブロド[1]の中間あたりです」

「やれやれ《ラ・ラ》」ポアロはいらいらとつぶやいた。

車掌は出ていき、ミネラルウォーターを持って戻ってきた。

「お休みなさいませ《ボンソワール、ムッシュ》」

ポアロは水をコップ一杯飲むと、気を落ち着けて眠りに入ろうとした。

ちょうどうとうとしだしたところで、またはっと目が覚めた。今度は、重いものがどさっとドアに倒れかかったような音がしたのだ。

がばと起きあがり、ドアをあけて外を見た。だれもいない。しかし右手に目をやると、緋色のキモノ[2]を引っかけた女が、通路を向こうへ遠ざかっていこうとしていた。通路の反対端では、車掌が定位置の小さな椅子に腰掛けて、大きな紙に数字を書き込んでいる。どこもひっそりと静まりかえっていた。

「まちがいなく神経過敏になっているな」ポアロはつぶやき、またベッドに戻った。今度はそのまま朝まで目が覚めなかった。

目が覚めたとき、汽車はまだ停まったままだった。ブラインドをあげて外を見ると、高い雪の壁に取り囲まれていた。

時計に目をやる。九時過ぎだ。

十時十五分前、身なりを整え、いつものとおりめかし込んで食堂車へ入っていくと、そこは悲嘆の合唱に満ちていた。

乗客どうし、それまで距離を置いていたにしても、いまではそんなものはなくなっていた。全員が共通の不幸で結束していたのだ。嘆きの声がだれより派手だったのはミセス・ハバードだった。

「この世でいちばん楽な旅だって娘が言うから。汽車がパリに着くまで座ってるだけでいいんだからって言うんですよ。それがどうでしょ、ここに何日足止めを食うかわかったもんじゃない。明後日の船便が予約してあるのに、これじゃ間に合いっこない

1 どちらも旧ユーゴスラヴィアの都市・駅名。

2 十九世紀後半から二十世紀初頭にかけて欧米では「日本趣味」が流行し、日本の着物がガウン代わりに使われたりしている。ただし、ここではドラゴンの刺繍入りとあるので、本物ではなく着物ふうのガウンと思われる。

わ。おまけに、電報を打ってキャンセルすることもできないんですからね。あんまり腹が立って、口もきけないぐらいですよ」

イタリア人が、自分も火急の仕事でミラノに行かなくてはならないのだと言った。大柄のアメリカ人は「そりゃお気の毒ですな、奥さん」と言い、間に合うように動きださないものでもない、と慰《なぐさ》めた。

「妹が——妹の子供たちが待っています」とスウェーデン人女性は言って泣いた。「連絡できない、なんと思うでしょう。わたしによくないことが起こったと思うでしょう」

「いつになったら動くんでしょう」メアリ・デブナムが言った。「どなたかいらっしゃいません、ほんとうにおわかりのかたは?」

しびれを切らしているような声だった。しかしポアロが思うに、〈タウルス急行〉の点検中に見せた、あの熱に浮かされたような焦燥感は感じられなかった。

ミセス・ハバードがまたしゃべりだした。

「この汽車には、わかってる人なんてだれもいませんよ。だれもなんにもしようとしないんだもの。みんな外国人で、手も足も出ないのよ。これが自分の国だったら、なんとかしようとする人ぐらいいるでしょうけど」

アーバスノットはポアロに向かって、英国なまりのフランス語で考え考え話しかけてきた。

「たしかあなたは、この客車の会社の重役でらっしゃいますよね。《ヴーゼット・アン・ディレクトゥール・ド・ラ・リーニュ、ジュ・クロワ、ムッシュ》なにかご存じ――《ヴー・プーヴェ・ヌー・ディール》」

ポアロは笑顔で訂正した。「いえいえ」と英語で、「わたしじゃありません。友人のムッシュ・ブークととりちがえてらっしゃる」

「おや、これは失礼」

「いいんですよ、無理もありません。いまは友人が使っていた客室に入っていますしね」

ムッシュ・ブークは食堂車に来ていなかった。ポアロは車内を見まわし、ほかにだれの顔が見えないか確かめた。

ドラゴミロフ公爵夫人と、ハンガリーの夫妻が来ていない。それにラチェットとその従僕、それからドイツ人のメイドの顔もなかった。

スウェーデン人女性が目の涙をぬぐいながら、「ごめんなさい。泣くなんてばかです。なにがあっても、すべて神の御心です」

このキリスト教的精神はしかし、みなの共感を得るにはほど遠かった。

「大いにけっこうなことですね」マクイーンがいらいらと言った。「ここで何日も立ち往生かもしれないのに」

「だいたい、ここはどこの国ですの」ミセス・ハバードが涙声で尋ねる。

ユーゴスラヴィアだと聞かされて、彼女は言った。「まあ、バルカン半島の国じゃありませんの。もうお手上げだわ」

「あなたおひとり落ち着いておられますね、マドモワゼル」ポアロはミス・デブナムに話しかけた。

彼女は小さく肩をすくめて、「いらしてもしかたがありませんもの」

「達観しておられるのですね」

「そう言うと超然としているみたいですけれど、わたしのはもっと自己中心的な態度だと思いますわ。無用の感情は抱かないようにしているんです」

ポアロにというより、自分自身に向かって話しているようだった。こちらの顔を見てすらいない。その目は彼を素通りして、窓の外にうずたかく積もる雪に向けられていた。

「あなたは強いかたですね、マドモワゼル」ポアロはささやくように言った。「ここでいちばん強いかただと思いますよ」

「まあ、そんなことありませんわ。わたしなんかよりずっとずっと強いかたがいらっしゃいます」

「とおっしゃると――?」

彼女ははっとわれに返って、初めて気がついたようだった。いま話している相手は見も知らぬ他人、それも外国人であり、今朝まではほんの数語しか交わしたことのない相手なのだ。

彼女は笑った。礼儀正しいが、よそよそしい笑いかただ。

「そうですね――たとえば、あのお年を召した貴婦人とか。たぶんあなたもお気づきでしょう。お世辞にもおきれいとは言えませんけれど、とてもすてきなかた。小指をちょっとあげて、丁重になにかおっしゃるだけで、汽車の職員はみんな走りまわってますわ」

「職員を走りまわらせると言えば、私の友人のムッシュ・ブークもそうですよ」ポアロは言った。「ですが、それは彼がこの客車の重役だからであって、王者の風格を備えているからではありませんからね」

メアリ・デブナムは微笑《ほほえ》んだ。

午前中はのろのろと過ぎていった。乗客の何人か――ポアロも含めて――はそのまま食堂車に居残っていた。みんなといっしょにいるほうが、いまのところはよい時間つぶしになると感じられたのだ。ミセス・ハバードの娘についてさらに多くのことを聞かされ、また彼女の亡夫ミスター・ハバードの生涯にわたる習慣についても聞かされた。朝起きるとまずシリアルの朝食をとり、一日の最後には毛糸の靴下を履《は》いてベッドに入っていたが、それはいつもミセス・ハバードが自分で夫のために編んでいたのだそうだ。

スウェーデン人女性が伝道の目的について話しだし、そのわかりづらい説明を聞いているときだった。〈ワゴンリ〉の車掌のひとりが食堂車に入ってきて、ポアロのかたわらで立ち止まった。

「失礼ですが《パルドン、ムッシュ》……」

「なんだね？」

「ムッシュ・ブークがよろしくと申しております。それであの、しばらくお時間をいただいて、こちらへお越し願えないかと申しておるのですが」

ポアロは立ちあがり、スウェーデン人女性に失礼をわびると、車掌に従って食堂車を出た。

それはポアロの客室を担当する車掌ではなく、大柄で金髪の男だった。

そのあとについて客車の通路を歩いていき、となりの客車に移った。車掌が客室のドアをノックし、わきにどいてポアロを通す。

そこはブーク自身の客室ではなかった。二等客室だ――おそらく少しばかり広いから選ばれたのだろう。なにしろ、それでもぎゅう詰めという印象を受けた。

ブーク自身は、奥のすみの小さな席に腰をおろしていた。それと向かい合う窓ぎわの席には、小柄な浅黒い男が座って外の雪を眺めている。椅子に座らず、ポアロの前に立ちふさがって前進をはばんでいるのは、青い制服（列車長《シェフ・ド・トラン》）の大男と、ポアロの客車を担当する〈ワゴンリ〉の車掌だった。

「やあ、よく来てくれたね」ムッシュ・ブークが声をあげた。「入って入って。きみの手助けが必要なんだ」

窓ぎわの小男がずれて席をあけてくれ、ポアロはふたりの車掌のあいだをすりぬけて、友人の向かいに腰をおろした。

ブークの顔色を見て、本人お得意の表現を借りれば、ポアロの頭は猛烈に回転しはじめた。なにか異常なことが起こったにちがいない。

「なにがあったんだね」

「それなんだよ。まずはこの雪だろう。それでこの立ち往生だ。おまけに――」

ブークは口ごもった。〈ワゴンリ〉の車掌が、首を絞められたようなあえぎ声をあげた。

「おまけに、なんだね？」

「おまけに、乗客が寝台で死んだんだよ――刺し殺されたんだ」

ブークの声には、いわば静かな絶望がこもっていた。

「乗客？ どの乗客だね」

「アメリカ人だよ。なんていうんだったかな、あの――」と目の前のメモをあらためた。「ラチェットだ。そうだ、ラチェットだったたな？」

「はい、そうです」〈ワゴンリ〉の車掌があえぐように言った。

見れば真っ青な顔をしている。

「座らせたほうがいい」ポアロは言った。「いまにも気絶しそうだ」

列車長が少しわきへどくと、〈ワゴンリ〉の車掌はすみの席にへたり込み、両手で顔を覆《おお》った。

「まいったな」とポアロ。「ことは重大だね」

「重大なんてもんじゃない。第一に殺人事件だ――それだけでも最大級の大惨事だよ。しかもそれだけじゃない、状況が尋常じゃないんだ。なにしろほら、こうして立ち往生しているときだからね。ここに何時間――いや、何時間どころじゃない、何日も足止めを食いかねないんだ！ それにもうひとつ問題がある。この汽車はいくつも国を通っているが、そこを通るときはたいてい、その国の警察官も同乗することになってるんだ。ところがユーゴスラヴィアでは――乗ってないんだよ。どういうことかわかるだろう」

「じつに困ったことになったね」ポアロは言った。

「なお悪いことがまだあるんだよ。ドクトル・コンスタンティンが――しまった、ご紹介がまだでしたね。ドクトル・コンスタンティン、こちらはムッシュ・ポアロです」

小柄な浅黒い男が会釈をしてきて、ポアロも頭を下げた。

「ドクトル・コンスタンティンの意見では、死亡時刻は午前一時ごろなんだ」

「こういうことは、正確にはわかりかねるものですが」と医師は言った。「しかし、午前零時から二時のあいだなのはまちがいないと思います」

「そのムッシュ・ラチェットが、最後に生きて目撃されたのはいつなんだね」ポアロは尋ねた。

「一時二十分前ごろには生きていたのはわかっているんだ。車掌と話をしているからね」とムッシュ・ブーク。

「それはまちがいない」ポアロは言った。「わたしもそのやりとりは耳にしたよ。それが最後なんだね？」

「ああ」

ポアロがまた目を向けると、医師は言葉を継いだ。「ムッシュ・ラチェットの客室の窓は大きく開いておりまして、殺人犯はそこから逃げたように思われますが、わたしの意見ではあれは目くらましですな。あそこから外へ逃げたのなら、雪にはっきりあとが残るはずですが、なんのあともないのです」

「遺体が発見されたのは――いつです？」ポアロは尋ねた。

「ミシェル！」

〈ワゴンリ〉の車掌は上体を起こした。あいかわらず顔は真っ青で、おびえた表情を浮かべている。

「この紳士に、なにがあったか話してくれ」ムッシュ・ブークが言った。

車掌は、いささかうわずった声で話しだした。「あのムッシュ・ラチェットというかたの従僕が、今朝何度かドアをノックしたんですが、返事がなかったというのです。それで三十分ほど前に、食堂車の接客係がやって来まして。朝食《デジュネ》がお入り用かお尋ねしたいというのです。もう十一時でしたから、おわかりと思いますが。

それで、合い鍵を使ってドアをあけさせていただいたのですが、チェーンもございまして、これもかけてありまして。お返事がなく、なんの物音もいたしませんし、寒くて――なにしろ寒いのです。窓が全開で、雪が吹き込んできておりました。これはたぶん、お客さまが発作を起こされたのだと思いまして、列車長を呼びまして、チェーンを壊してなかへ入りましたのです。そうしたら――ああ、なんてことだ《セテ・テリーブル》！」

また両手で顔を覆った。

「ドアには、内側から錠とチェーンがかかっていたのだね」ポアロは考え込むように言った。「自殺ということは――？」

ギリシア人医師がまさかと言わんばかりに笑った。「自分の身体を、十か所か――十二か――あるいは十五か所も刺して自殺する人がいますかね」

ポアロは目を丸くした。「それはまた凶悪な」

「女です」列車長が初めて口を開いた。「まちがいなく女の仕業ですよ。あの刺しかたは女のやりくちです」

コンスタンティン医師は顔をぎゅっとしかめて考え込んだ。「もしそうなら、よほど力の強い女なんでしょうな」彼は言った。「あまり専門的な話はしたくないのですが――かえって混乱のもとですからね。ですが、傷のひとつふたつはひじょうに強い力で刺されたもので、固い腱《けん》や筋肉を貫通しているんですよ」

「どう考えても、冷静な犯行ではありませんね」とポアロ。

「まったくちがいます」コンスタンティン医師は言った。「行き当たりばったりに刃物を突き立てたような感じですね。なかにはかすっているだけで、まともに刺さっていない箇所もあります。まるで頭に血がのぼって、目をつぶったまま何度も何度も滅茶苦茶に刺していったみたいなんですよ」

「やっぱり女だ」列車長がまた言った。「それが女のやりかたですよ。かっとなると怪力を発揮するんです」と自信たっぷりにうなずいてみせる。過去に、直接そういう経験をしたことでもあるのだろうか。

「ひとつ、みなさんの知らない話を付け加えられると思います」とポアロは言った。「ムッシュ・ラチェットは昨日わたしに話しかけてこられたのです。わたしの誤解でなければですが、生命の危険にさらされているとおっしゃっていましたよ」

「『殺《と》られる』――アメリカではそういう言いかたをするんだろう？」ブークが言った。「しかし、とすると女ではないな。『ギャング』とか『ガンマン』とかだ」

自説が否定されて、列車長が無念そうな顔をする。

「その場合、手口がしろうとくさすぎる気がするね」ポアロは言った。その口調が、専門家として賛成できないと語っていた。

「たしか大きなアメリカ人が乗っていたな」ブークがめげずに続けた。「品のない顔の、ひどい服装をした男だ。ガムをくちゃくちゃやってるが、あれは上流の人間はやらないことだと思うね。だれのことだかわかるだろう?」

同意を求められて、〈ワゴンリ〉の車掌はうなずいた。「はい、十六号室のお客さまですね。ですが、あのかたが犯人のはずはありません。あのかたが客室を出入りすれば、わたしのいたところから見えますから」

「いや、そうとはかぎらないだろう。ともあれ、これはまたあとで考えよう。いまはともかく、どうしたらいいと思う?」とポアロに目を向ける。

ポアロは黙ってその顔を見返した。

「頼むよ」とブーク。「わたしがなにを頼むつもりか、とっくにお見通しのはずだろう。きみの腕はよく知っている。捜査を指揮してもらいたいんだ。いや、どうか断らないでくれ。これは、わたしたちにとっては深刻な問題なんだよ――つまり、〈国際寝台車会社〉にとってね。ユーゴスラヴィア警察がやって来るまでに、事件が解決していればどんなにすっきりするか! そうでないと、汽車は遅れるし、乗客は不愉快な思いをするし、山のような厄介ごとが降りかかってくる。ひょっとしたら、無実の人たちがとんでもない目にあわされるかもしれない。しかしきみなら――きみなら、事件を解決できる！『殺人事件がありましたが――これが真相です』ですむんだよ！」

「しかし、わたしに解決できなかったらどうするね」

「なにを言うんだ」ブークの声は明らかに猫なで声になっていた。「きみの評判は聞いているし、きみの手法も多少は知っている。これはきみにとって理想的な事件じゃないか。全員の素性を調べたり、証言の裏をとったり――そんなことをしていたら、時間はかかるし面倒きわまりない。しかし、事件を解決するには腰をすえて考えるだけでいいと、よくきみは言っているじゃないか。それをやってもらいたいんだよ。乗客の話を聞いて、遺体を見て、現場の手がかりを調べて、それから――まあ要するに、きみに任せるよ！　きみがたんなるほら吹きでないのはわかってる。だから腰をすえて考えて、きみのよく言うあれ、灰色の脳細胞を使えば――それで事件は解決だ！」

ブークは身を乗り出し、親愛の情をこめて友の顔を見た。

「きみの厚い信頼には胸を打たれたよ」ポアロは感に堪えない様子で言った。「きみの言うとおり、これはそうむずかしい事件のはずはない。わたし自身、昨夜――いや、この話はあとにしよう。実際のところ、これはとても興味深い事件だね。つい三十分前には、ここに足止めされて、何時間も退屈して過ごすのかと思っていたんだ。それがいまでは——向こうから事件が転がり込んできたというわけだ」

「それじゃ、引き受けてくれるんだね」ブークが勢い込んで言う。

「もちろんだよ《セ・タンタンデュ》。きみの頼みとあれば断われない」

「助かった——わたしたちにできることならなんでも協力するよ」

「それじゃまず、イスタンブール発カレー行きの客車の見取り図が欲しいね。どの客室にだれが入っているか書き込んであるやつ。それと、乗客のパスポートと切符を見せてもらいたい」

「ミシェルに手配させよう」

〈ワゴンリ〉の車掌は客室を出ていった。

「この汽車には、ほかにどんな客が乗っているのかな」ポアロは尋ねた。

「この客車に乗ってる乗客は、ドクトル・コンスタンティンとわたしだけだよ。ブカレスト発の客車には、脚の不自由な老紳士がひとり乗っているが、この紳士のことは車掌がよく知っている。ほかには普通車が何両かあるが、この一件には無関係だ。昨夜、夕食が出されたあとに鍵がかけられているからね。イスタンブール発カレー行き客車の前には食堂車があるだけだし」

「ということは」とポアロは考え考え言った。「殺人犯は、イスタンブール発カレー行きの客車のなかにいるということになるね」医師に顔を向けて、「それがドクトルのおっしゃりたいことだと思いますが」

ギリシア人医師はうなずいた。「深夜十二時半ごろ、汽車は雪の吹き溜まりに突っ込んだ。そのあとこの汽車を降りた者はいませんからね」

ブークは重苦しい口調で言った。「殺人犯がすぐそばにいるのか——いま、この同じ汽車に……」

第6章　犯人は女？

「第一に、マクイーン青年と少し話がしたいね」ポアロは言った。「貴重な情報をもっている可能性があるから」

「わかった」とブークは言い、「ムッシュ・マクイーンをここへお連れしてくれ」と指示すると、列車長は客室を出ていった。

やがて、パスポートと切符の束を持って車掌が戻ってきて、ブークはそれを受け取った。「ミシェル、ご苦労だった。それじゃ、自分の持場へ戻ってくれるか。それがいまは一番だと思うから。きみの証言はあとで正式に聞かせてもらう」

「かしこまりました」

今度はミシェルが出ていった。

「マクイーン青年と話をしたら、ドクトルといっしょに被害者の客室を見に行きたいのですが」ポアロは言った。

「喜んで」

「それで、そこがすんだら――」

しかし、そのとき列車長がヘクター・マクイーンを連れて戻ってきた。

ブークは立ちあがり、「ちょっと窮屈ですが」と愛想よく言う。「ムッシュ・マクイーン、わたしの席にどうぞ。ムッシュ・ポアロの向かいに――それでと」

列車長に向かって、「食堂車からみなさんに出ていってもらってくれ。ムッシュ・ポアロに自由に使ってもらうんだ。きみ、聞き取りはあそこのほうがいいだろう?」

「そうだね、それがいちばん具合がよさそうだな」ポアロも賛成した。

マクイーンはまだ突っ立ったまま、ブークを見たりポアロを見たりしている。早口のフランス語の会話についていけないのだ。

「なにかあったんですか《ケ・ス・キ・リ・ヤ》?」と、たどたどしいフランス語で話しだした。「なぜ《プルクワ》――」

ポアロはしきりに合図をして、すみの席に座るよううながした。マクイーンは腰をおろすと、また口を開いた。

「プルクワ――」と言いかけて口をつぐみ、あきらめて母国語に切り換えて続けた。

「いったいこの汽車はどうなってるんです。なにかあったんですか」

またふたりの顔を見くらべる。

ポアロはうなずいた。「そのとおり、大変なことがあったのです。驚かないでいただきたいのですが——あなたの雇い主、ムッシュ・ラチェットが亡くなったのです！」

マクイーンは口をすぼめて口笛を吹いた。目の色がいささか明るくなったのをべつにすれば、驚いたようにも悲しんでいるようにも見えなかった。

「それじゃ、とうとうやられたんですね」彼は言った。

「それはいったいどういう意味ですかな、ムッシュ・マクイーン」

マクイーンは返事に窮《きゅう》している。

「ムッシュ・ラチェットは殺されたと、最初から決め込んでおられる？」とポアロ。

「殺されたんじゃないんですか」今度は驚いた顔をした。「そうですね、そのもむろに口を開いて、「たしかにそう思いました。それじゃ、寝てるあいだに死んだだけなんですか。いやしかし、あの人は年齢のわりに頑丈で——まるで——」

そこで口をつぐみ、困ったように笑みを浮かべた。

「いえいえ、あなたのご想像のとおりですよ。ムッシュ・ラチェットは殺されました。刺し殺されたのです。しかしなぜ、殺されたとすぐにお思いになったのかをうかがいたいのです——ただの自然死ではなく」

マクイーンはまたためらった。

「ひとつうかがいたいんですが」彼は言った。「いったいあなたはどういうかたなんです？　どういうお立場で質問をなさってるんですか」

「〈ワゴンリ〉の依頼を受けておりまして」そこで言葉を切って、ややあって付け加えた。「わたしは探偵なのです。エルキュール・ポアロと申します」

劇的効果を期待していたのなら、それは空ぶりに終わった。マクイーンはたんに「そうですか」と言っただけで、話の続きを待っている。

「この名にお聞き憶えはありませんか」

「そう言われると、どこかで聞いたような――ただ、婦人服のデザイナーの名前だとずっと思っていたんですが」

エルキュール・ポアロはむっとした顔でマクイーンを見た。「信じられん！」

「なにがですか」

「いえ、なんでも。ともかく、目下の問題に戻りましょう。ムッシュ・マクイーン、亡くなった被害者について、知っていることをすべて話していただけませんか。ご親戚ではありませんよね」

「ちがいます。ぼくは秘書です――いや、秘書でした、ですね」

「いつごろから秘書をしておられたんですか」

「一年ちょっと前からです」

「なんでもけっこうですから、ご存じのことを教えてください」

「そうですね、ミスター・ラチェットと知り合ったのは一年とちょっと前で、そのころぼくはペルシャで――」

ポアロが口をはさむ。「そこでなにをしておられたんですか」

「石油採掘権をとろうと思って、ニューヨークから渡っていったんです。このあたりのことはお話ししてもしょうがないと思いますが、友人たちもぼくもさんざんな目にあいましてね。そのとき同じホテルに泊まってたのがミスター・ラチェットだったんです。秘書とけんかして首にしたところだったので、ぼくに声をかけてこられて、こっちもその気になったというわけです。途方にくれてましたからね、うれしかったですよ。わりのいい仕事が、いわば向こうから転がり込んできたんですから」

「それで、それからどうなりました」

「あちこち旅行していました。ミスター・ラチェットは世界を見てまわりたがってたんですが、言葉がぜんぜんできないんで困ってたんです。ぼくがやってたのは、秘書というより旅行ガイドでしたね。楽な仕事でしたよ」

「なるほど。では、あなたの雇い主についてできるだけくわしく教えてください」

マクイーンは肩をすくめた。当惑げな表情が顔をよぎる。

「そう言われても」

「フルネームはなんというのですか」

「サミュエル・エドワード・ラチェットです」

「アメリカ人ですか」

「そうです」

「アメリカのどのあたりの出身です？」

「知りません」

「そうですか。では、知っていることを話してください」

「いやそれがですね、ミスター・ポアロ、ぼくはなんにも知らないんですよ！　ミスター・ラチェットは自分のことはなにも話さなかったし、アメリカでなにをしてたのかもまったく口にしませんでした」

「なぜだと思います？」

「わかりません。自分の出自を恥じてたんじゃないでしょうか。そういう人もいますからね」

「その説明で、ご自分で納得できますか」

「正直なところ、できませんね」

「親戚は？」

「一度も聞いたことはなかったですね」

ポアロは鋭く突っ込んだ。「ムッシュ・マクイーン、あなたなりにいろいろお考えになったでしょう」

「ええ、まあね、そりゃ考えますよ。まず、ラチェットっていうのは本名じゃないだろうと思ってました。アメリカを離れたのは、だれかから、あるいはなにかから逃げるためだったにちがいないと思います。うまく逃げおおせてたんだと思いますよ――数週間前までは」

「ところが――？」

「手紙が来るようになったんです。脅迫状ですよ」

「あなたもご覧になった？」

「ええ。手紙を処理するのはぼくの仕事でしたから。一通めが来たのは二週間前でした」

「その手紙は破棄したんですか」

「いえ、たしかぼくのファイルにまだ二通は残ってると思います。一通は、ミスター・ラチェットが怒って破いてしまいましたけど。取ってきましょうか」
「ご面倒でなければ」
マクイーンは客室を出ていった。数分後に戻ってきて、かなり汚れた便箋を二枚、ポアロの前に広げてみせた。
一通めにはこう書かれていた。

仲間を裏切っておいて、まんまと逃げられたと思っていたんだろう。そうはいくものか。ラチェット、覚悟しておけよ。かならず思い知らせてやるからな！

署名はなかった。
眉をあげただけで、ポアロはなにも言わずに二通めをとりあげた。

ラチェット、ドライブに連れていってやるよ。もうすぐな。かならず思い知らせてやると言っただろう。

ポアロはその手紙をおろした。

「一本調子の文体だな」彼は言った。「文字のほうはそうでもないが」

マクイーンはぽかんとしてポアロを見つめている。

「お気づきでないでしょうが」とポアロは愛想よく言った。「こういうことに慣れていないと気がつかないものなんですよ。この手紙は複数の人間が書いています。一度に一語ずつ、交代に書いているのですよ。それに、活字体で書いてあるでしょう。これだと、筆跡を特定するのがむずかしくなるのです」

いったん口をつぐんで、また続けた。

「ご存じでしたか――ムッシュ・ラチェットは、わたしに助力を求めてこられたんですよ」

「あなたに？」

その仰天《ぎょうてん》した口調からして、どうやらほんとうに知らなかったようだ。ポアロはうなずいた。

「さよう。身の危険を感じていたのですね。それで、最初の手紙を受け取ったときは、どんなご様子でしたか」

マクイーンは口ごもった。

「なんと言えばいいか――なんと言うか――いつものように、平然と笑って受け流してました。でもなんだか」――とかすかに身震いして――「内心は大荒れなんじゃないかという気がしました。平静なのは見せかけで」

ポアロはうなずき、続いて思いがけない質問をした。「ムッシュ・マクイーン、率直なところをお訊きしたいのですが、あなたは雇い主のことを実際にはどう思ってらしたのですか。好きでしたか」

ヘクター・マクイーンは、ややあってからおもむろに口を開いた。「いいえ」ついに言った。「嫌いでした」

「なぜです」

「自分でもよくわかりません。いつでも、あの人なりに感じよくふるまっていたのに」少し口ごもってからまた続けた。「ミスター・ポアロ、正直に言いますが、ぼくはあの人が嫌いだったし、信用できないと思っていました。まちがいなく、残酷で危険な人物だったと思っています。ただ、これは認めなきゃなりませんが、そう考える理由はなにひとつないんですけどね」

「ありがとうございます、ムッシュ・マクイーン。それともうひとつ――ムッシュ・ラチェットの生きている姿を最後に見たのはいつですか」

「昨夜の、ええと」――しばらく考えて――「十時ごろだったと思います。客室に行って、ミスター・ラチェットの覚書《おぼえがき》を口述筆記したんです」

「覚書というと？」

「ペルシャで購入したタイルや骨董の壺についてです。買ったのとちがうものが届いたんですよ。それで、ずいぶん前から面倒なやりとりが続いてたんです」

「それで、生前のムッシュ・ラチェットを見たのはそれが最後だったのですね」

「ええ、そうだと思います」

「ムッシュ・ラチェットが最後の脅迫状を受け取ったのはいつでした？」

「コンスタンティノープルを発《た》った日の朝です」

「ムッシュ・マクイーン、もうひとつお訊きしなくてはならないことがあるのですが――ムッシュ・ラチェットとはうまくいっていましたか」

マクイーンは急に目を輝かせた。「こういう場面では、きっと全身鳥肌が立つところなんでしょうね。流行小説のせりふを借りれば『なんの証拠があって』ぐらいでしょうか。でも、ミスター・ラチェットとぼくのあいだには、なんの問題もありませんでしたよ」

「ムッシュ・マクイーン、フルネームとアメリカのご住所を教えていただけますか」

マクイーンはヘクター・ウィラード・マクイーンと名乗り、ニューヨークの住所を口にした。

ポアロはクッションに背中を預けた。「いまのところは以上です、ムッシュ・マクイーン。ムッシュ・ラチェットが亡くなったことは、もうしばらく黙っていていただきたいのですが」

「従僕のマスターマンには、言わないわけにいかないんですが」

「もう知っているかもしれませんね」ポアロはあっさり言った。「その場合は、黙っているように言っていただけませんか」

「それは大丈夫でしょう。英国人ですから、英国人らしく『ひとり孤高を保つ』をやってますよ。アメリカ人を見下してるし、それ以外の国民はみんないっしょくたに無視してるし」

「ご苦労さまでした、ムッシュ・マクイーン」

若きアメリカ人は客車を出ていった。

「それで?」ブークが言った。「あの若い男、信用できると思うかね」

「率直に、包み隠さず話していると思うよ。ちょっとでも関わっていたのなら、雇い主が好きだったというふりをすると思うが、そういうこともなかったし。ムッシュ・ラチェットはたしかに、わたしを雇おうとして断わられたのを彼には話していなかったようだが、だからあやしいとは言えないと思う。ムッシュ・ラチェットは、自分の意見や意図は隠せるだけ隠したいほうだったんじゃないかな」

「それじゃ、少なくともひとりは無罪というわけだね」ブークはうれしそうに言った。

ポアロは非難がましい目をブークに向けて、「わたしはね、最後の最後までだれも無罪だなどとは思わないよ。とは言うもののこれは認めざるをえないが、あの冷静で賢明なマクイーンが逆上して、人を十二回か十四回もめった刺しにするとは思えない。そういう人物には見えないね――これっぽっちも」

「たしかに」ブークは考え込むように言った。「あれは、すさまじい憎悪でほとんど正気を失った人間のやりくちだな。ということは、ラテン気質っぽい人間があやしいね。でなければ、列車長の言うとおり女ってことも考えられる」

第7章　遺体

コンスタンティン医師を従えて、ポアロはとなりの客車に移り、殺された男が使っていた客室に向かった。車掌がやって来て、合い鍵でドアをあけてくれた。

ふたりは室内に入った。ポアロは連れの医師に問いかけるような目を向けた。「この客室のなかはもとのままですか」

「ええ、だれも手を触れていません。検死のさいにも、遺体を動かさないように気をつけておりましたし」

ポアロはうなずき、室内を見まわした。

すぐに気がつくのは凍てつくような寒さだ。窓はいっぱいに引きおろされ、ブラインドはあげてある。

「ぶるる」ポアロは身震いした。

医師がわが意を得たりとにやりとした。「閉めないほうがよいと思ったので」

ポアロはその窓をたんねんに調べた。

「おっしゃるとおりですな。ここから外へ逃げた者はおりません。おそらくそう見せかけるために窓をあけたのでしょうが、だとしたらこの雪に犯人は裏をかかれたわけです」

次に、窓枠をやはり念入りに観察する。ポケットから小さなケースを取り出し、窓枠に少し粉を吹きかけた。

「指紋がまったくついていない。だれかが拭《ふ》き取ったのですな。まあ、かりに指紋が残っていても、ほとんどなにもわからなかったでしょうが。どうせムッシュ・ラチェットか、従僕か、車掌のものでしょうからね。最近の犯罪者はそんなミスは犯さないものです」

「そういうわけですから」とうれしそうに付け加えた。「窓は閉めてもかまわないでしょう。まるで冷蔵庫のなかみたいだ！」

その言葉どおりに窓を閉めてから、寝台に横たわる物言わぬ遺体に初めて目を向けた。

ラチェットは仰向《あおむ》けに寝ていた。赤茶色のしみができたパジャマの上着は、ボタンをはずして開いてある。

「傷の状態を調べなくてはなりませんでしたので」医師が説明する。

ポアロはうなずき、かがんで遺体に目を近づけた。やがて身を起こしたときには、かすかに渋面《じゅうめん》を作っていた。

「きれいな仕事ではありませんね。だれかがここに立って、何度も何度も刃物で刺している。正確には、傷はいくつ残っていました?」

「十二か所だと思います。ひじょうに浅い傷もひとつふたつありました。かすり傷としか言えないような。そのいっぽうで、致命傷となりうる傷が少なくとも三か所はあります」

医師の声音《こわね》に、ポアロは引っかかるものを感じた。鋭く観察していると、小柄なギリシア人医師は、不審げに眉をひそめて遺体を見おろしている。

「どこかおかしな点でもありますか」と穏やかに尋ねた。「話してくださいよ。なにかお気づきのことがあるのでしょう?」

「そのとおりです」医師は認めた。

「それは……?」

「ほら、このふたつの傷――ここところ」と指さした。「深い傷です。どっちも血管を切断しているはずです――それなのに、創口が開いていない。もっと出血していてよいはずなんですが」

「つまりどういうことですか」

「つまり、この傷がつけられたとき、この人はすでに死んでいた――死んでからしばらく経っていたということです。しかし、まさかそんなはずはない」

「そうですね」ポアロは考え込むように言った。「ただ、目的を果たせなかったのではないかと考えて、犯人が念のため戻ってきたというなら話はべつです。しかし、それはあまりにもばかげている！　それで、ほかにお気づきの点はありませんか」

「じつは、もうひとつあるのです」

「とおっしゃると？」

「ほら、ここの傷ですが――この右腕の下、右肩に近いあたりです。この鉛筆を持ってみてください。こんなところを刺せますか？」

ポアロは鉛筆を構えた。

「たしかに！《プレシゼマン》　なるほど、右手でここを刺すのはきわめてむずかしい――というより、不可能に近いですね。言わば、バックハンドで攻撃しなくてはならない。しかし、左手で刺したとすれば――」

「そうなのです、ムッシュ・ポアロ。この傷はほぼまちがいなく、左手で刺したものです」

「ということは、犯人は左利きということですか。いや、話はそう単純ではない。ちがいますか」

「おっしゃるとおりです、ムッシュ・ポアロ。これのほかには、同様に右手でしかつけられない傷もいくつかあるのですよ」

「犯人はふたりか。話はまたふたり組に戻るわけだ」ポアロはつぶやいた。と思うと、だしぬけに尋ねた。「明かりはついていましたか」

「さあ、どうでしょう。明かりは毎朝十時ごろ、車掌が消しますからね」

「スイッチを見ればわかるでしょう」と言って、ポアロは天井の照明のスイッチを調べ、また寝台枕もとの格納式の読書灯をあらためた。天井のほうはスイッチが切ってあり、読書灯は閉じられている。

「おやおや《エ・ビヤン》」と思案げにつぶやく。「これは新たな説が浮上してきましたな。かのシェイクスピアなら、さしずめ殺人者その一、殺人者その二と書くところでしょう[1]。殺人者その一が被害者を刺し殺したのち、照明を消して客室を立ち去る。その二は暗闇のなかへ入ってきて、すでにその務めは果たされていることに気づかず、少なくとも二度死体を刃物で刺す。どう思われます?《ク・パンセ・ヴ・ド・サ》」

「おみごと」小柄な医師は勢い込んで言った。

ポアロの目がきらりと光った。「そう思われますか。よかった。ただわたしには、これはちょっとありえないような気がするのですよ」

「しかし、ほかにどんな説明がありますか」

「まさにそれを考えているところなのです。これは偶然かなにかでしょうか。ふたりの人間が関わっていることを示すような、不審な点がほかにありますか」

「あると思いますね。すでに申しましたとおり、傷のいくつかはひじょうに浅い。腕の力が弱いか、あるいは迷いがあったことを示しています。非力なためらいがちの攻撃なのです。しかし、この傷とか――あるいはこれとか――」とまた指さす。「これほどの傷をつけるには、かなり力が必要です。筋肉を貫通していますからね」

「その傷をつけたのは男だと思われますか」

「まずまちがいないでしょう」

「女の仕業ということはありえない？」

1　『マクベス』や『リチャード三世』に、First Murderer、Second Murderer という登場人物が出てくることをさすと思われる。

「運動をして身体を鍛えている若い女性なら、あるいは可能かもしれません。激情にかられていればなおさらです。しかしわたしとしては、それはきわめて考えにくいと思いますね」

ポアロは返事をしない。

ややあって、医師が不安そうに尋ねた。「なにか納得いかないことでもありますか」

「とんでもない」ポアロは言った。「霧が晴れるように、すばらしく見えてきましたとも！　犯人はたいへんな力持ちだったり非力だったりし、女だったり男だったり、右利きだったり左利きだったりする——まったくわけがわからない、それだけですよ《セ・リゴロトゥ・サ》！」そこでいきなり怒りだして、「しかもこの被害者ときたら——いったいなにをしていたんですかな。悲鳴もあげず、あばれもせず、わが身を守ろうともしていない」

枕の下に手をもぐり込ませ、前日ラチェットから見せられたオートマティック・ピストルを引っぱり出した。

「ほら、目いっぱい装塡《そうてん》してある」ポアロは言った。

ふたりは室内を見まわした。ラチェットの服が壁のフックにかかっている。洗面台の蓋《ふた》と兼用の小さなテーブルには、さまざまなものが置かれていた。コップの水には入れ歯が浸してある。もうひとつのコップはからだ。ミネラルウォーターの壜《びん》。大きな携帯用酒壜《フラスク》。灰皿には葉巻の吸殻《すいがら》と焦げた紙片、それにマッチの燃え殻が二本のっていた。

医師はからのコップをとりあげ、においを嗅《か》いだ。「被害者が抵抗しなかったのは、これで説明がつきますな」と静かに言う。

「一服盛られたと？」

「そうです」

ポアロはうなずいた。二本のマッチの燃え殻を取りあげ、しげしげと眺めた。

「手がかりですか」小柄な医師が勢い込んで尋ねる。

「この二本のマッチは形がちがいますね」ポアロは言った。「こっちはこっちより平べったい。ほらね」

「そっちは、この汽車に備えつけのやつですよ。紙の表紙つきの」

ポアロはラチェットの服のポケットを探った。やがてマッチ箱を見つけて取り出した。注意深く見くらべる。

「この丸いほうは、ムッシュ・ラチェットが使ったマッチですな。この平たいほうも持ってるか見てみましょう」

しかし、いくら捜してもほかのマッチは出てこなかった。

ポアロは客室内に目を走らせた。鳥の目のように鋭く輝いている。なにものも見過ごしにはされまいと思われた。

小さく声をあげると、かがんで床からなにか拾いあげた。

小さな四角い布だ。とても薄い。すみにイニシャルが刺繍《ししゅう》してある――Hと。

「女もののハンカチ」と医師。「列車長が言ったとおりだ。女が一枚嚙んでいたんですね」

「そしていかにも都合よく、ハンカチをあとに残していったというわけですか」ポアロが言う。「まさしく本や映画にあるとおりに――しかも、ご親切にもイニシャル入りと来ている」

「まったく、ついてますな！」と医師が声をあげた。

「そうですな」

その口調に、医師は面食らった顔をした。

しかし、どういうことか尋ねるまもなく、ポアロはまた床に這《は》いつくばった。

今度は手のひらになにかのせて差し出した――パイプクリーナー[2]だ。

「ムッシュ・ラチェットのものでしょうかね」医師が言う。

「ポケットにはパイプは入っていませんでしたよ。煙草も、煙草入れもなかった」

「では手がかりですね」

「もちろんです。これまた、都合よく落としていったわけですな。それで、今度は男の持ち物というね。この事件については、なんの手がかりもないと泣き言をこぼすわけにはいきませんな。こんなにどっさりあるのですから。ところで、凶器はどうなりました？」

「凶器は見あたりませんでしたね。犯人が持ち去ったのでしょう」

「なぜでしょうね」ポアロは考え込んだ。

「ああ！」医師が声をあげた。死体のパジャマのポケットを慎重に探っていたのだ。

「これを見落としていました。上着のボタンを外してすぐにめくってしまったので」

医師は、パジャマの胸ポケットから金時計を取り出した。ひどくへこんでいて、針は一時十五分過ぎをさしている。

「見てください」コンスタンティン医師が声を高めた。「これで犯行時刻がわかりますよ。わたしの推測と一致しています。午前零時から二時のあいだと言ったでしょう、たぶん一時ごろだろうが、正確な判定はむずかしいと。どうです《エ・ビャン》、ここに裏づけが出

2　パイプ掃除に用いる道具。針金に吸湿性の毛羽を巻きつけたモール状のものが一般的。

てきましたよ。一時十五分過ぎです。これが犯行時刻ですな」

「たしかに、その可能性はありますね」

医師は不思議そうにポアロに目をやった。「失礼ですが、ムッシュ・ポアロ、なにをおっしゃりたいのかわかりかねますが」

「自分でもわからないのです。なにがなんだかまったくわからない。それでお察しのとおり、頭が痛いのです」

ため息をつき、小さなテーブルに顔を寄せ、焦げた紙片を眺めていたが、やがてこうつぶやいた。「いま必要なのは、昔ふうの婦人帽の箱だな」

この奇妙なせりふに、コンスタンティン医師はわけがわからず面食らっていた。しかし、いずれにしても質問するひまはなかった。ポアロが通路に通じるドアを開き、車掌に声をかけたからだ。

車掌が駆けつけてきた。

「この客車にご婦人は何人乗ってるかな」

車掌は指を折って数えながら、「ひとり、ふたり、三人——六人です、ムッシュ。年配のアメリカ人女性、スウェーデン人女性、若い英国人女性、アンドレニ伯爵夫人、それからドラゴミロフ公爵夫人とそのメイドのかたです」

ポアロはちょっと考えた。「みなさん帽子箱《ハットボックス》はお持ちだろうね」

「はい、お持ちです」

「それじゃ、そうだな――ええと――そうだ、スウェーデンのご婦人のと、メイドのかたのを持ってきてくれないか。見込みがあるのはあのおふたりだけだ。税関の規則だとかなんとか――ともかく適当なことを言って持ってきてくれ」

「たぶん大丈夫でしょう、おふたりともいまは客室にいらっしゃいませんから」

「それじゃ、いまのうちに頼むよ」

やがて、車掌はハットボックスをふたつ持って戻ってきた。ポアロはメイドの箱をあけ、すぐにわきへどけた。次にスウェーデン人女性の箱をあけ、今度は満足の声をあげた。帽子を丁寧に取りのけると、金属ネットの丸い帽子型が現われる。

「これこれ、これが欲しかったんだ。十五年ぐらい前は、ハットボックスはみんなこんなふうになってたもんだ。この金属ネットの型に、帽子をハットピンで留めておくんだよ」

そう言いながら、慣れた手つきで留め具を外していく。それからハットボックスに帽子だけを戻し、もとの場所に返してくるよう車掌に頼んだ。

ドアがまた閉じると、今度は医師に向かって言った。「ご覧のとおり、わたしは専門的な手法に頼るほうではありません。わたしが重んじるのは心理学で、指紋や煙草の灰ではないのです。しかしこの事件では、いささか科学の助けをあおぐにやぶさかではありません。この客室は手がかりだらけですが、ほんとうに額面どおりに受け取ってよいものかどうか」

「ムッシュ・ポアロ、どういうことかわたしにはわかりかねるのですが」

「なるほど、ではひとつ例をあげましょう。ここで女物のハンカチが見つかりましたね。女が落としていったのでしょうか。それとも、犯行におよんだ男が『女の仕業《しわざ》と見せかけてやろう。必要以上に何度もめった刺しにし、いくつかは力の足りない浅い傷も作っておいて、だめ押しにこのハンカチを落としていこう』と考えたのでしょうか。そういう可能性もある。ほかにもありますよ。殺したのは女だったが、男の仕業と見せかけるためにわざとパイプクリーナーを落としていったのか。それとも、犯人がふたりいて、ひとりは男、もうひとりは女ですな、それがべつべつに関わっていて、しかもこのふたりがふたりとも大変なうっかり者で、自分の正体を示す手がかりを残していったと、そう本気で考えるべきでしょうか。いくらなんでも、これは偶然が重なりすぎではありませんかね」

「しかし、それにハットボックスがどう関わってくるんです?」医師は尋ねた。あいかわらず、わけがわからないという顔をしている。

「そうそう、その話をしようと思っていたのです。先ほども言いましたが、こういう手がかり――一時十五分で止まった時計とか、ハンカチとか、パイプクリーナーとか、これは本物かもしれないし、あるいは偽装かもしれない。まだなんとも言えません。しかしひとつだけ、これまたまちがっているかもしれませんが、偽装ではないと思われる手がかりがあるのです。それがこの平たいマッチなのですよ。このマッチは、ムッシュ・ラチェットではなく、殺人犯が使ったものにちがいないと思うのです。これを使って、この事件に関係するなにかの紙を燃やしたのでしょう。メモかなにかかもしれません。もしそうなら、犯人につながるなにか――手違いとか誤りとか――がそのメモに残っているでしょう。そのなにかを再現してみようと思うわけですよ」

ポアロは客室を出ていき、しばらくして小さなアルコールランプとヘアアイロンを持って戻ってきた。「口ひげに使っておるのです」と、ヘアアイロンについて説明する。

興味津々《きょうみしんしん》の医師に見守られながら、ポアロは金属ネットの帽子型ふたつを平らにつぶし、焦げた紙片をそっとそのいっぽうのうえにのせた。そしてもういっぽうの帽子型をそれに重ね、すべてをヘアアイロンでいっしょにはさむと、アルコールランプの炎にかざした。

「これはまったくの間に合わせですが」と肩ごしに言った。「うまく行くよう祈りましょう」

医師はそれを食い入るように見つめている。金属が赤く光りはじめた。だしぬけに、うっすらと文字らしきものが浮かびあがってきた。文字がゆっくりと形をなしてくる——炎の文字だ。

紙片はとても小さなものだった。現われたのは三つの単語ともうひとつの一部だけ。

-member little Daisy Armstrong.（小さなデイジー・アームストロングをわす——）

「なんと！」ポアロが驚きの声をあげた。

「なにかわかりましたか」医師が尋ねる。

ポアロの目が輝いている。ヘアアイロンをそっとおろした。「ええ。被害者の本名がわかりました。アメリカを離れた理由も」

「その本名とは？」

「カセッティです」

「カセッティですか」コンスタンティン医師は眉を寄せた。「なんだか聞き憶えがあるような。何年か前です。よく憶えていませんが……たしか、アメリカの事件でしたね」

「そうです」とポアロ。「アメリカであった事件です」

それだけ言うと、口をつぐんでその先を続けようとはしなかった。室内を見まわしながら言った。「それについては、またあとで考えましょう。まずはここで、なにか見落としをしていないか確認しなくては」

手早いながらも几帳面《きちょうめん》に、ポアロは死者の衣服のポケットをあらためなおしたが、役に立ちそうなものは出てこなかった。次に、隣の客室につながるドアを調べたが、向こう側から閂《かんぬき》がかかっている。

「腑に落ちない点があるのですが」コンスタンティン医師が口を開いた。「犯人は窓から逃げたのではないし、またこのコミュニケーティングドア《コミュニケーティング》には向こう側から閂が差してある。しかも通路に出るドアには、鍵がかかっているうえに内側からチェーンもかかっていた。とすると、どうやってこの客室から外へ出たのでしょうね」

「両手両脚を縛られた人が、棚のなかから煙のように消え失せたら――観客も同じことを言うでしょうな」

「それはつまり——？」

「つまり、窓から逃げたと思わせたかったとすれば、犯人はとうぜん、その他ふたつの出口からは逃げられないと見せかけるだろうということですよ。棚のなかの『消える人』と同じ、トリックなのです。そのトリックを見破るのがわたしたちの仕事というわけですね」

ポアロは、コミュニケーティングドアのこちら側にも閂をかけた。「念のためです。ミセス・ハバードのことですから、犯行現場をじかに見て、娘さんに手紙で知らせてやろうと考えないともかぎりませんしね」

もういちど室内を見まわした。

「ここにはもう、なにも見落としはないようです。ムッシュ・ブークのところへ戻りましょうか」

第8章　アームストロング誘拐事件

ブークはオムレツを食べ終わろうとしていた。

「食堂車のほうは、すぐにランチを出させるのが一番だと思ったんだよ」彼は言った。「その後片付けがすんでから、ムッシュ・ポアロにお客さまがたの調査をしてもらえばいい。そのあいだ、わたしたち三人の食事はこっちに持ってくるように言いつけたんだ」

「それは名案だ」ポアロは言った。

三人とも空腹ではなく、食事は簡単にすませた。しかし、頭のなかはみな同じ問題でいっぱいだったにもかかわらず、ブークがそれを持ち出したのはコーヒーが出てきてからだった。「それで《エ・ビャン》？」

「それで《エ・ビャン》だね、被害者の身元が判明した。なぜアメリカを離れたかもわかった。やむにやまれぬ理由があったんだよ」

「だれなんだね、あれは」

「アームストロング家の子供の話を憶えてないかな。あれは、幼いデイジー・アームストロングを殺した男――カセッティだよ」

「ああ、あったね。ぞっとするような事件だった――ただ、細かい点はよく思い出せないんだが」

「アームストロング大佐は英国人でね、ヴィクトリア十字勲章も受けた軍人だ。半分はアメリカ人だよ。母親がウォール街の大富豪W・K・ヴァン・デル・ホルトの娘なんだ。しかも大佐の奥さんの母親はリンダ・アーデンといって、当時アメリカで最も名高い悲劇女優だった。アームストロング夫妻はアメリカで暮らして、子供をひとり儲《もう》けた。女の子で、目に入れても痛くないほど可愛がってたんだが、その子が三つのときに誘拐されて、身代金《みのしろきん》として途方もない大金を要求されたんだ。退屈なだけだから、その後の細々したことは飛ばすがね、それで結局、二十万ドルという巨額の身代金を払ったあとで、子供は遺体で発見されたんだよ。死んでから少なくとも二週間は経っていた。正気を疑うぐらいに世論は激昂《げっこう》していたもんだ。しかも、さらに不幸が続いてね。ミセス・アームストロングは次の子を身ごもっていたんだが、遺体発見のショックで早産して、子供は死産、ミセス・アームストロング自身も亡くなった。そのうえ、絶望して大佐もピストル自殺をしてしまった」

「なんてことだ《モン・デュー》、痛ましい。思い出したよ」とブーク。「たしか、だれかもうひとり亡くなったんじゃなかったっけ」

「そうなんだ――フランス人だったかスイス人だったか、気の毒な子守の女の子だよ。なにか知っているはずだと警察に疑われてね。半狂乱で否定したのに信じてもらえなくて、しまいに絶望に駆られて窓から身を投げて自殺したんだ。あとで完全に潔白が証明されたんだけどね。誘拐にはまったく関わってなかったんだよ」

「考えるのもいやな話だ」ブークが言った。

「それから半年ほどして、このカセッティという男が逮捕されたんだ。誘拐団の頭目として、過去にも同じ手口で犯行を重ねていたんだよ。警察に足どりをつかまれそうになると、人質を殺して遺体を隠し、露見する前に金をとれるだけとってきたんだ。

　まあそれで、ここではっきりさせておくがね、このカセッティの犯行なのはまちがいなかったんだよ！　ところが、それまでに巨万の富をため込んでいたうえに、いろんな人の弱みを握っていたもんだから、手続き上の問題かなにかで無罪になってしまった。そうは言っても、釈放されたらリンチにあって殺されていただろうが、そこは抜け目なく逃げおおせたんだね。いまならわかるが、名前を変えてアメリカから逃げていたんだよ。それ以来、悠々自適の紳士になりすまし、外国を旅して、自前の年金で暮らしていたというわけだ」

「まったく！　なんという破廉恥な《ケラニマル》！」と言うブークの声音《こわね》には、心底からの嫌悪感がにじんでいた。「殺されても同情できないね。いや、まったく！」

「同感だな」

「とはいうものの《トゥ・ド・メーム》、なにも〈オリエント急行〉で殺されなくてもよかったんじゃないのかね。場所ならほかにもあるんだから」

ポアロはわずかに苦笑した。この問題についてはブークは客観的ではいられないようだ。

「いま考えなくてはいけない問題はだね——この事件は、むかしカセッティに裏切られた敵のギャングの仕業なのか、それとも個人的な復讐なのかということだね」

ポアロはそう言って、焦げた紙片に書いてあった語句のことを説明した。「わたしの推測が正しいとすれば、この手紙は犯人の手で燃やされたのだと思う。なぜなら、『アームストロング』という語が出てくるからね。これがこの事件を解く手がかりだよ」

「アームストロング家には、いまも生き残っている家族がいるのかな」

「残念ながら、それはわからない。ただ、ミセス・アームストロングには妹がいると読んだ憶えがある」

ポアロは、コンスタンティン医師とふたりで達した結論について説明した。壊れた時計の話を聞いて、ブークの表情が明るくなった。

「それで、犯行時刻はかなり正確にわかるんじゃないかな」

「そうだね」とポアロ。「まったく好都合だよ」

そのいわく言いがたい口調に、ほかのふたりはそろって目をぱちくりさせた。「きみは自分で、一時二十分前にラチェットが車掌と話すのを聞いたと言わなかったっけ」

ポアロはそのときあったことを説明しただけで、ほかにはなにも言わない。

「ということは」とブーク。「カセッティは――いや、これからもラチェットと呼ぶことにしよう――少なくとも、一時二十分前にはまちがいなく生きていたことになる」

「正確には一時二十三分前だよ」

「わかった、では正式に言うと、午前零時三十七分にはムッシュ・ラチェットは生きていた。少なくとも、確実なことがひとつはあるわけだな」

ポアロは答えなかった。ただブークの前に座って、考え込むような顔をしている。

ドアに軽くノックの音がして、食堂車の接客係が入ってきた。「ムッシュ、食堂車の片づけが終わりました」

「行こう」ブークは立ちあがった。

「ごいっしょしてもかまいませんか」コンスタンティン医師が尋ねる。

「もちろんですよ、ドクトル。ムッシュ・ポアロに異存がなければだが」

「ないよ、あるわけがない」

「どうぞお先に《アプレヴ、ムッシュ》」「いえいえ《メ・ノン》、そちらこそどうぞ《アプレヴ》」とひとしきり丁重な譲りあいがあったのち、三人は客室をあとにした。

第二部　証言

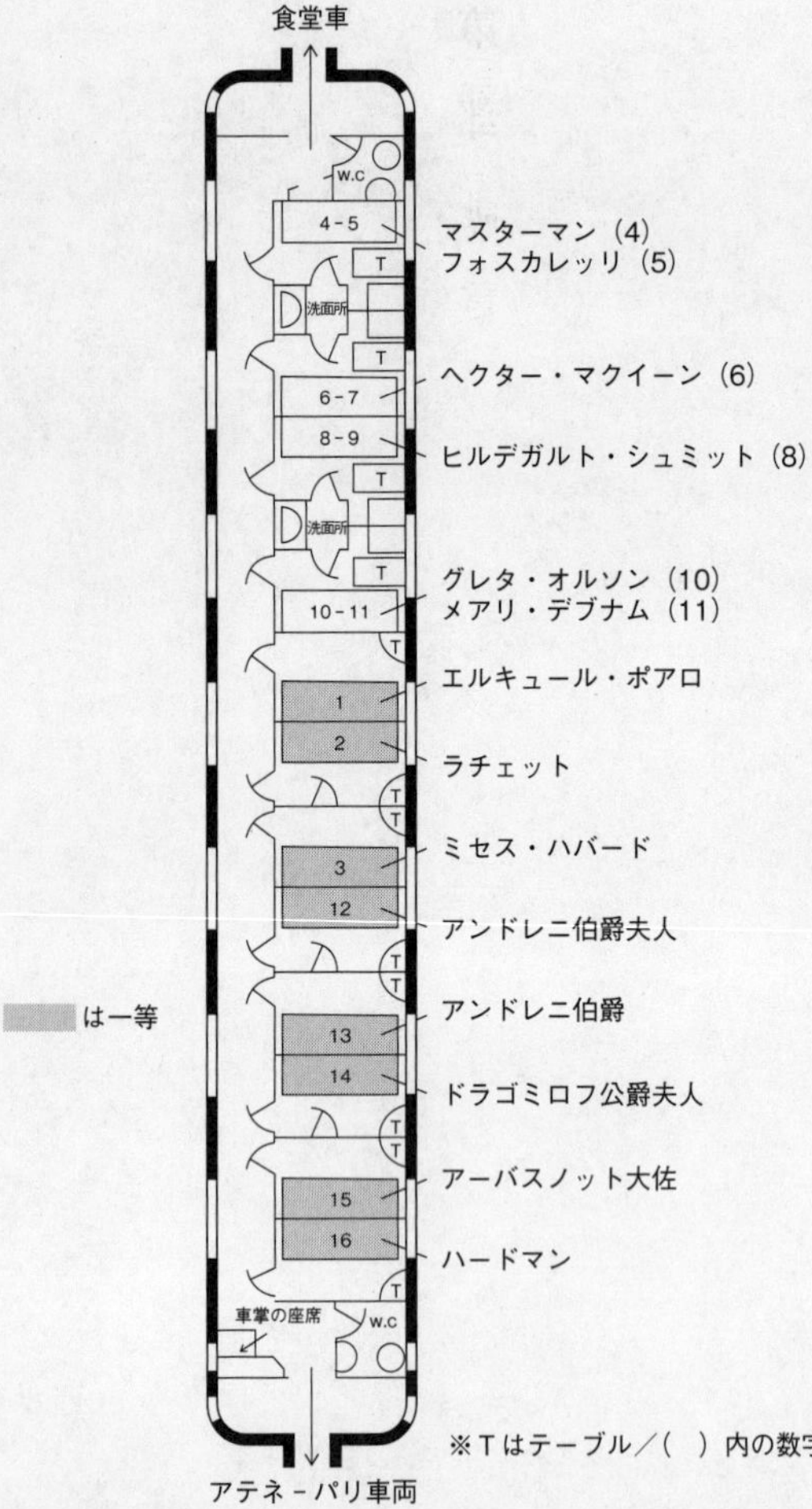

※Tはテーブル／（　）内の数字は寝台番号

第1章 〈ワゴンリ〉の車掌の証言

食堂車はすっかり用意が整っていた。

ポアロとブークはテーブルのいっぽうにならんで腰をおろし、医師は通路をはさんだ席に陣取った。

ポアロの前には、イスタンブール発カレー行きの客車の見取り図が置かれている。赤インクで乗客の名前も書き込んであった。

パスポートと切符はひとつに束ねていっぽうに置かれている。ほかには紙とインク、ペンと鉛筆が用意してあった。

「けっこう」ポアロは言った。「これだけあれば、すぐに査問会議が開けるね。まずは〈ワゴンリ〉の車掌の証言を聞くのがいいと思う。あの車掌のことは、きみなら多少は知っているだろう。どんな男だね。話を信用しても大丈夫かな」

「それは請け合っていいと思うよ。ピエール・ミシェルは、わが社に勤めだしてもう十五年以上になるんだ。フランス人で、カレーの近くに住んでる。どこから見てもちゃんとした、正直な男だよ。頭が切れるとは言えないかもしれないが」

ポアロはなるほどというようにうなずいた。「けっこう、話を聞いてみよう」

ピエール・ミシェルは、多少は気を取り直していたものの、やはりひどくそわそわしていた。

「わたしに落ち度があったなどと、まさかお考えでないとよいのですが」と不安げに言いながら、ポアロとブークの顔を見くらべる。「あんな恐ろしいことが起こるなんて。まさか、わたしがおとがめを受けるようなことがあるでしょうか」

不安を鎮《しず》めてやってから、ポアロは質問にとりかかった。まずミシェルの氏名と住所、勤続年数、そしてこの路線に配属されてからの期間を聞き出した。すでに知っていることばかりだったが、この型通りの質問は車掌を落ち着かせるのに役立った。

「それでは、昨夜の事件の話に移ろうか。ムッシュ・ラチェットが客室に引き取ったのは——いつだったかな」

「夕食がお済みになると、ほとんどすぐさまお引き取りになりました。それも、まだベオグラードを出ないうちに。前日の夜も同じでした。夕食のあいだに寝台の用意をしておくようにとおっしゃるので、そのようにいたしました」

「そのあと、ムッシュ・ラチェットの客室に入った者がいたかね」

「はい、従僕のかたと、秘書をなさっている若いアメリカの紳士が入っていかれました」

「ほかには？」

「いえ、わたしの知るかぎりではどなたも」

「けっこう。それで、ムッシュ・ラチェットの姿を見たとか、声を聞いたのはそれが最後だったのかな」

「いいえ、ムッシュ、お忘れですか。一時二十分前ぐらいにベルを鳴らしていらっしゃいます――汽車が停まってまもないころでした」

「あのときはなにがあったのかね」

「ドアをノックいたしましたが、なかからお声がして、勘違いだったとおっしゃいました」

「英語でかね、それともフランス語？」

「フランス語でした」

「正確にはなんと言った？」

「ス・ネ・リヤン。ジュ・ム・シュイ・トロンペ」

「まちがいない」とポアロ。「わたしにもそう聞こえたよ。それで、きみはドアの前を離れたんだね」

「はい」

「すぐ席に戻った？」

「いいえ、ちょうどほかのお部屋でもベルが鳴りましたので、まずそちらにうかがいました」

「さてミシェル、これから大事なことを質問するからね。一時十五分ごろ、きみはどこにいた？」

「わたしですか。自分の小さな椅子に座っておりました。車両の端にある——通路のほうを向いている席です」

「たしかだね？」

「はい、もちろん《メ・ウィ》——ただ——」

「ただ？」

「となりの、アテネ発の客車にいっとき行っておりました。あちらの車掌と話をしに行ったのです、雪のことで。それが一時少し過ぎでした。正確なところはわかりませんが」

「それで、戻ってきたんだね――何時ごろ？」

「ベルが鳴りまして――そう言えば――ムッシュ、お話ししましたよね。あのアメリカ人のご婦人です。何度かベルを鳴らしていらっしゃいました」

「そうだったな」とポアロ。「それで、そのあとは？」

「そのあとですか？　ムッシュ・ポアロのベルにお応えしまして、ミネラルウォーターをお持ちいたしました。それから三十分ほどしまして、ほかのお客さまの寝台を用意しにまいりました。あの、若いアメリカ人の紳士の。ムッシュ・ラチェットの秘書のかたです」

「ムッシュ・マクイーンはおひとりだったかね。きみが寝台を作りに行ったとき」

「十五号室の英国人の大佐とごいっしょでした。おふたりとも座ってお話をなさっておりまして」

「大佐は、ムッシュ・マクイーンの部屋を出たあとなにをしていた？」

「ご自分の客室にお戻りになりました」

「十五号室というと――きみの席のすぐそばだね」

「はい、通路の突き当たりから二番めです」

「大佐の寝台はもう用意してあったのかね」

「はい、夕食をとっていらっしゃるあいだに整えましたので」

「すっかり片づいたのは何時ごろだった？」

「正確にはわかりかねます。二時はまわっていなかったと思いますが」

「なるほど、それでそのあとは？」

「そのあとは、朝まで席についておりました」

「もうアテネ発の客車には行かなかったのだね」

「はい、行っておりません」

「少しは眠ったろうね」

「いえ、そんなことはなかったと思います。昨夜は汽車が停まっておりましたので。ふだんならうとうとしたりするのですが」

「だれか通路を行き来するのを見なかったかね」

車掌は考え込んだ。

「ご婦人がおひとり、反対端のお手洗いへいらっしゃるのを見たと思います」

「どのご婦人だね」

「わかりません。通路の向こう側ですし、こちらに背中を向けていらっしゃいましたので。緋色のキモノをお召しでした。ドラゴンの模様の入った」

ポアロはうなずいた。

「それで、そのあとは？」

「なにもございませんでした。朝までなにも」

「たしかかね」

「ああ、そうでした。ムッシュご自身が、ドアをあけてちょっと外をご覧になりました」

「けっこう」とポアロ。「忘れているんじゃないかと思ったよ。ところで、あのときわたしが目を覚ましたのは、なにか重いものがドアに倒れかかるような音がしたからだったんだが、あれはなんだったんだろうね」

車掌はポアロを見返して、「そのようなことはございませんでした。あれば気がつくはずです」

「それじゃ、あれは悪夢《コシュマール》だったにちがいないね」ポアロは腹も立てずに言った。

「ひょっとしたら」とブーク。「きみが聞いたのは、となりの客室の音だったのかもしれないよ」

ポアロはそれには答えなかった。〈ワゴンリ〉の車掌の前では答えたくなかったのだろう。「次の質問に移ろうか」彼は言った。「昨夜、この汽車に殺人犯が入り込んだとしよう。犯行のあと、汽車から逃げられたはずがないのはまちがいないかね」

車掌はうなずいた。

「汽車のどこかに隠れているという可能性は？」

「徹底的に捜索したからね」ブークが言った。「それはないと思うよ」

「それに」と車掌も言った。「寝台車に入ってくる者がいたら、わたしのところから見えるはずです」

「汽車が最後に停まった駅は？」

「ヴィンコヴツィです」

「何時ごろ？」

「発車予定は十一時五十八分でしたが、この天候のせいで二十分ほど遅れました」

「普通車両のほうから、こっちに入り込んだ可能性はないかね」

「それはございません。夕食をお出ししたあとは、普通車両と寝台車のあいだのドアには鍵をかけますので」

「ヴィンコヴツィでは、きみも汽車から降りたんだろう」

「はい、いつもどおりホームに降りまして、乗降ステップのそばに立っておりました。ほかの車掌たちも同じようにしておりました」

「前寄りのドアはどうだね。食堂車に近いほうの」

「あちらは常時、内側から鍵がかけてございます」

「いまはかかっていないよ」

車掌は驚いた顔をしたが、やがて腑に落ちたように表情が晴れた。

「きっとお客さまのどなたかが、雪を見ようとしておあけになったのでしょう」

「そうかもしれないな」とポアロ。なにごとか考えながら、しばらくテーブルを指でこつこつやっていた。

「なにかわたしに落ち度があったのでしょうか」車掌が恐る恐る尋ねた。

ポアロは温かい笑顔を向けて、「きみは運が悪かっただけだよ。そうそう、忘れないうちにもうひとつ。ムッシュ・ラチェットのドアをノックしていたとき、ほかの客室でもベルが鳴ったと言ったね。じつはわたしも聞いたんだが、あれはだれだったんだね」

「ドラゴミロフ公爵夫人のベルでございました。メイドを呼んでほしいとおっしゃいました」

「それで呼んできたんだね」

「はい」

ポアロは、目の前の見取り図を見ながら考え込んでいる。やがてうなずいて、「これで終わりにしよう。いまのところはね」

「ありがとうございます」

車掌は立ちあがり、ブークに目を向けた。

「心配しなくていい」ブークは励ますように言った。「きみに職務怠慢があったとは思えないから」

うれしそうに、ピエール・ミシェルは客室を出ていった。

第2章　秘書の証言

しばしポアロはものも言わずに考え込んでいたが、ついに口を開いた。「思うに、ムッシュ・マクイーンからもう少し話を聞いたほうがよさそうだな。これまでにわかったことからして」

若いアメリカ人はすぐにやって来た。

「それで、いまどうなってるんですか」

「まずまずですよ。あなたのお話をうかがったあとで、いささかわかったことがありましてね――ムッシュ・ラチェットの本名とか」

ヘクター・マクイーンは身を乗り出してきた。「ほんとですか」

「あなたのにらんだとおり、ラチェットというのはただの偽名でした。本名はカセッティです。巧妙な誘拐の腕で鳴らした男ですよ――あの有名なデイジー・アームストロング誘拐事件も彼の仕業です」

マクイーンの顔に驚愕の色が現われた。と思うと、その顔が曇った。「あんちくしょうめ！」

「ご存じでなかった？」

「もちろんです」若いアメリカ人はきっぱりと言った。「そうと知っていたら、あいつの秘書をするぐらいならこの右手を切り落としてますよ！」

「ムッシュ・マクイーン、ずいぶんお腹立ちのようですね」

「怒る理由があるんですよ。ぼくの父は地区検事長をしていて、あの事件を担当したんです。ミセス・アームストロングには何度かお目にかかりました――きれいな人でしたよ。とてもやさしくて、すごく心を痛めてた」マクイーンの顔がまた曇る。「あんな目にあって当然と言えるやつがいるとしたら、それはラチェットだかカセッティだか、あの男ですよ。殺されてざまあ見ろだ。あいつに生きる資格なんかない！」

「知っていたら、自分で正義の鉄槌《てっつい》を下してやりたかったと思われます？」

「思いますね。いっそ――」そこではたと口をつぐみ、しまったというように顔を赤くした。「こんなことを言って、これじゃ犯人かと疑われますね」

「ムッシュ・マクイーン、あなたが雇い主の死を大げさに悲しんでみせたら、そのほうがずっと疑われていたと思いますよ」

「とてもそんなまねはできませんよ。たとえ、そうしないと死刑になるとわかっていても」マクイーンは険しい声で言ったが、ふと思いついたように付け加えた。「あまり詮索《せんさく》したくはないんですが、どうしてわかったんですか。つまり、カセッティだってことが」

「客室に残っていた手紙の断片からですよ」

「でもたしかに――つまりその――あの男、ずいぶん不注意をやったもんですね」

「それは見かたによります」とポアロ。

マクイーンは、この答えに面食らったようだ。探りを入れるかのようにポアロの顔をまじまじと見つめた。

「いまわたしは、乗客のかた全員の行動を確認しようとしているところなのです。ですから、お気を悪くしないでいただきたいのです。これはたんなる手続きですから」

「わかりました。どうぞ始めて、潔白を証明させてください。できればですが」

「あなたの客室番号をお訊きする必要はありませんね」ポアロは笑顔で言った。「ひと晩同じ客室に入っておったのですから。二等客室の六番と七番ですね。わたしが出て、いまはおひとりで使っておられる」

「そうです」

「さてムッシュ・マクイーン、食堂車を出てからの昨夜の行動を説明していただけますか」

「お安いご用です。自分の客室に戻って、ちょっと本を読んで、ベオグラードでホームに降りたんですが、寒すぎると思ってまた汽車に戻りました。となりの客室の若い英国人のご婦人とちょっと話してたんですが、そのうち英国人のアーバスノット大佐と話し込んでしまって――そう言えば、ぼくたちが話してるとき、横を通っていかれましたよね。それから、ミスター・ラチェットの客室に行って、前にも言いましたが、ミスター・ラチェットが出す手紙の覚書《おぼえがき》を作りました。最後にお休みなさいと言って出てみたら、アーバスノット大佐はまだ通路に立ってました。大佐の客室はもう寝台の用意がすませてあったので、ぼくの客室に来ませんかと誘ったんです。飲物をふたりぶん持ってこさせて、すぐにまた話しだしました。国際政治とかインド政府のこととか、アメリカの財政状況やウォール街危機のことなんかを話しあったんです。ぼくは基本的に英国人は苦手なんですが――やたらにお高くとまってますからね――でも、あの大佐とは気が合ったので」

「大佐が引き取られたのは何時ごろだったかわかりますか」

「かなり遅かったですね。二時近かったんじゃないかな」

「汽車が停まったのには気がつきました?」

「もちろんです。あれっと思いましたよ。外を見たら雪がすごく積もってましたが、大したことないと思ってました」

「しまいにアーバスノット大佐が腰をあげて、そのあとどうなりました」

「大佐はそのまま自分の客室に引きあげて、ぼくは寝台を用意してもらおうと車掌を呼びました」

「車掌が寝台を整えているとき、あなたはどこにいました?」

「ドアのすぐ外に立って、煙草を吸っていました」

「それから?」

「それからベッドに入って、朝まで寝ていました」

「夜のあいだに、汽車の外へ出ませんでしたか」

「アーバスノット大佐といっしょに、外へ出ようかと――ええと、なんという名前でしたっけ――そう、ヴィンコヴツィだ。あの駅に着いたとき、外へ出て脚を伸ばそうかと思ったんですが、すごく寒かったので――吹雪《ふぶき》でしたからね。すぐになかに戻りましたよ」

「どっちのドアから外へ出ました?」

「ぼくの客室から近いほうです」

「それは食堂車側のドアですね」

「そうです」

「鍵がかかっていたかどうかわかりますか」

マクイーンはちょっと考えた。「ああ、ええ、たしかかかってたと思います。少なくとも、把手《とって》に渡すバーみたいなのが掛かってましたよ。あれのことですか」

「ええ。汽車に戻ったとき、そのバーをもとどおりに掛けなおしましたか」

「ええと、いえ――掛けなかったと思います。ぼくのほうがあとから戻ったんですが、そうですね、ぼくは掛けなおした憶えがありません」

彼はふいにこう付け加えた。「これ、重要なことなんですか」

「まだわかりません。さてムッシュ・マクイーン、あなたとアーバスノット大佐が話をしておられるとき、通路に出る客室のドアはあけたままだったのでしょうね」

ヘクター・マクイーンはうなずいた。

「そのあいだに、通路を通っていった人に気がつきませんでしたか。汽車がヴィンコヴツィを出たあと、大佐が引きあげていかれるまでのあいだに」

マクイーンは眉根《まゆね》にしわを寄せた。「車掌が一度通っていったと思います」彼は言った。「食堂車のほうからこっちのほうに。それと、女性がひとり反対方向に、つまり食堂車のほうへ歩いていきました」

「どの女性でした？」

「わかりません。ちゃんと見てなかったんです。なにしろ、大佐と議論するのに熱中してましたからね。ドアの向こうを緋色の絹みたいなのが通っていくのを、ちらと見た憶えがあるだけなんです。ちゃんと見てなかったし、かりに見ても顔は見えなかったと思います。ほら、ぼくの席は食堂車側を向いてるでしょう。だからそっち側に向かって歩いていくと、通り過ぎるときはぼくに背中を向けるかっこうになるんですよ」

　ポアロはうなずいた。

「その女性はお手洗いに行くところだったんでしょうね」

「でしょうね」

「引き返してくるのは見ましたか」

「いや、そうですね、そう言われると、戻ってくるのは気がつきませんでした。でも戻ってきたはずですよね」

「もうひとつ。ムッシュ・マクイーン、あなたはパイプを使いますか」

「いいえ、使いません」

ポアロはしばらく黙っていたが、やがて言った。「いまのところは以上だと思います。次はミスター・ラチェットの従僕のかたに来ていただきましょう。ところで、あなたもあのかたも、いつも二等で旅行なさるんですか」

「彼はそうですが、ぼくはふつうは一等で——予約がとれたときは、ミスター・ラチェットのとなりの客室をとってました。それで、ミスター・ラチェットは荷物をあらかたぼくの客室に入れとくんです。そうすれば、いつでも好きなときに荷物もとれるし、ぼくを呼ぶこともできますからね。ただ今回は一等寝台がぜんぶ埋まってて、最後のひとつをミスター・ラチェットがとったんです」

「なるほど。どうもありがとうございました、ムッシュ・マクイーン」

第3章　従僕の証言

アメリカ人の若者の次にやって来たのは、顔色の悪い英国人だった。その無表情な顔を、ポアロは前日に見た憶えがある。かしこまって直立しているので、ポアロは腰掛けるようううながした。

「あなたは、ミスター・ラチェットの従僕をしてますね」

「はい、さようでございます」

「お名前は」

「エドワード・ヘンリー・マスターマンと申します」

「お歳は」

「三十九歳です」

「ご住所をお願いします」

「ロンドンのクラーケンウェル地区フライアア通り二十一番です」

「ご主人が殺されたのは聞きましたか」

「はい、うかがいました。まことに恐ろしいことで」

「それで訊きたいんですが、最後にミスター・ラチェットを見たのは何時ごろでしたか」

従僕は考え込んだ。「昨夜の、九時ごろだったと思います。あるいはその少しあとだったかも」

「あなた自身の言葉で、そのときのことを説明してもらいたいんですが」

「いつものとおりミスター・ラチェットの客室にまいりまして、ご用をお務めいたしました」

「具体的にはどういうことを？」

「お召し物を畳んだり掛けたりいたしました。義歯を水にひたして、夜にお入り用のものがそろっているか確かめまして」

「ミスター・ラチェットの様子は、ふだんと変わりはありませんでしたか」

従僕はまたちょっと考えた。「それが、腹を立てておられたと思います」

「というと――どんなふうに？」

「手紙をお読みになって、それで。その手紙を客室に置いたのはわたしかとお尋ねになりました。もちろんそんなことはしておりませんので、そう申し上げましたのですが、旦那さまはわたしを叱りつけて、なにをして差しあげてもお気に召さないご様子でした」

「それは珍しいことだったのかな」

「いいえ、旦那さまはお気が短くて——つまりその、なににお腹立ちになるかだけのちがいでして」

「ご主人は睡眠薬を使っておられた？」

コンスタンティン医師がやや身を乗り出してきた。

「はい、汽車で旅行なさるときはいつもお使いでした。そうしないと眠れないとおっしゃいまして」

「いつもどんな薬を服《の》んでいたかわかりますか」

「それは、わたくしにはわかりかねます。壜には薬品名が書かれてございませんで、ただ『睡眠薬、就寝前に服用』としか」

「昨夜も服んでました？」

「はい、お服みになりました。わたしがコップに注《つ》いで、いつでも服めるように洗面台のテーブルに載せておきました」

「服むところは実際には見てないんですね」

「はい、見ておりません」

「そのあとはどうしました」

「ほかにご用はないかうかがって、翌朝は何時にお起こしすればよいかお尋ねしました。旦那さまは、こちらからベルを鳴らすまで起こすなとおっしゃいました」

「それはいつものことだった？」

「はい、いつもどおりでした。旦那さまはお起きになるときはいつも、まずベルを鳴らして車掌を呼んで、わたしを呼ぶように言いつけておられました」

「ご主人はふだんは早起きですか、それとも寝坊のほう？」

「それはご気分しだいでした。朝食前にお起きになったり、昼食までお寝《やす》みであったり」

「それで、朝になってお呼びがなくても、おかしいとは思わなかったわけですね」

「はい」

「ご主人に敵がいたのは知ってましたか」

「はい」

そう答える従僕の口調には、なんの感情もこもっていなかった。

「どうしてわかりました？」

「ミスター・マクイーンと、手紙のことを話しておられるのを耳にしましたので」

「ご主人のことが好きでしたか」

マスターマンの顔が、そんなことが可能ならばだが、ふだんより一段と無表情になった。「そうとはいささか言いにくうございます。旦那さまは気前のよい雇い主でした」

「しかし、好きではなかったんですね」

「と申しますより、わたくしはいささかアメリカのかたが苦手でございまして」

「アメリカに行ったことは？」

「ございません」

「アームストロング家の誘拐事件の記事を、新聞で読んだ憶えはありますか」

マスターマンの頰にうっすらと赤みが差した。

「はい、憶えております。小さな女の子でございましたね。まことに恐ろしい事件で」

「ご主人のムッシュ・ラチェットがあの事件の首謀者だったんだが、それは知ってましたか」

「いいえ、とんでもない」その口調に、人間味と感情が初めてはっきり表われた。

「とても信じられません」

「ところがほんとうなんですよ。では、昨夜のあなた自身の行動について教えてください。これはたんなる手続きですからね。ご主人の客室を出たあとはどうしました」

「ミスター・マクイーンに、旦那さまがお呼びだと伝えました。それから自分の客室に引きあげまして、本を読んでおりました」

「あなたの客室は――」

「二等の端の室《へや》でございます。食堂車のすぐそばの」

ポアロは見取り図を見ながら、「なるほど――どっちの寝台かな」

「下のほうでございます」

「この四番寝台だね」

「はい」

「同じ客室にだれか入ってる？」

「はい、大柄なイタリア人といっしょでございます」

「その人は英語ができるかな」

「はい、あれが英語と呼べればでございますが」非難がましい口調。「アメリカに行っていたそうです——シカゴだそうで」

「その人とよく話をしてますか」

「いいえ、本を読むほうが好きですので」

ポアロはにやりとした。目に見えるようだ——大柄でおしゃべりなイタリア人、それをぴしゃりとやっつける紳士のなかの紳士というわけだ。

「ところで訊いてもいいかな、なにを読んでるんです?」

「いまは、ミセス・アラベラ・リチャードスンの『愛の虜《とりこ》』[1]を読んでおります」

「面白いですか」

「たいへん面白いと思います」

「なるほど、それはそれとして。あなたは客室に戻って、その『愛の虜』を——何時ごろまで読んでました?」

「十時半ごろ、同室のイタリア人が床《とこ》に就《つ》きたいと申しまして。それで車掌が来て寝台を用意いたしました」

「それで、あなたも床に入って寝たんですね」

1　実在する作者・作品ではない。

「床には入りましたが、眠れませんでした」

「なぜ眠れなかったんです？」

「歯が痛かったものですから」

「おやおや《ラ・ラ》――歯痛はつらい」

「はい、まことにつろうございました」

「なにも手当はしなかったんですか」

「クローヴ・オイルを少しつけまして、それでやや楽になったのですが、やはり眠れませんでした。それで枕もとの明かりをつけまして、本の続きを読んでおりました――気を紛らすためと申しますか」

「それじゃ、昨夜はぜんぜん眠れなかったんですか」

「いえ、午前四時ごろには眠り込んでおりました」

「それで同室の人は？」

「あのイタリア人ですか。ああ、あの男は高いびきでございましたよ」

「では、夜のうちに客室を出たことは一度もなかったんですね」

「はい」

「あなたも？」

「はい、出ておりません」

「昨夜、なにか物音が聞こえたというようなことは？」

「そのようなことはなかったと存じます。つまり、ふだんどおりでございました。汽車が立ち往生しておりましたから、しんと静まりかえっておりました」

ポアロはしばらく黙っていたが、やがて口を開いた。「ふむ、これであらかた話は終わりましたかな。なんでもいいんだが、なにか手がかりになりそうなことを知りませんか」

「残念ですが、わたくしはなにも」

「あなたの知るかぎり、ご主人とムッシュ・マクイーンのあいだには、いさかいとか反目などはなかった？」

「とんでもない、ミスター・マクイーンはいつもとても紳士的にふるまっておられました」

「ムッシュ・ラチェットの前には、あなたはどちらで働いておられましたか」

「グローヴナー・スクエアのサー・ヘンリー・トムリンスンにお仕えしておりました」

「なぜそこは辞めたのかな」

「東アフリカへいらっしゃることになりまして、あちらではわたくしは必要ないということになりましたのです。ですが、わたくしの仕事にはご満足いただいていたと思います。何年もお仕えいたしましたので」

「それで、ムッシュ・ラチェットの下で働きだしたわけですね——いつから？」

「九か月と少し前からでございます」

「どうもありがとう、マスターマン。ところでね、あなたはパイプを吸いますか」

「いいえ、わたくしは紙巻きしか吸いません。安物の」

「ありがとう、以上です」下がってよいというしるしに、ポアロは軽くうなずきかけた。

ところが、従僕はしばしためらった。「差し出がましいとは存じますが、あの年配のアメリカ人のご婦人が、なんと申しますか、たいへん興奮していらっしゃいます。犯人のことはすべてわかっているとおっしゃいまして、ちょっとしたことで激昂《げっこう》なさって」

「そういうことなら」とポアロは苦笑した。「次はそのご婦人の話を聞いたほうがよさそうですね」

「わたくしからお伝えいたしましょうか。もうずいぶん前から、責任者に会いたいと言い張っておられます。車掌が落ち着かせようとしてはいるのですが」

「それじゃ、伝えてもらえますか」とポアロ。「すぐに話を聞くからと」

第4章　アメリカ人女性の証言

食堂車にやってきたとき、ミセス・ハバードは興奮のあまり息があがっていて、なにを言っているのかよくわからないほどだった。

「ちょっと、まず教えてくださいな。だれがここの責任者なの？　わたし、とっても重要な情報を握っているのよ。ほんとに、とっても重要なんだから。それをできるだけ早く責任者に伝えたいの。あなたがたが――」

彼女の視線は、三人の男のうえをせわしなく飛びまわっている。ポアロは身を乗り出した。「わたしがうかがいますよ、マダム。ですがまずは、どうぞ席におかけください」

ミセス・ハバードは、ポアロの向かいの席にどさりと腰をおろした。

「わたしの話っていうのは要するにね、昨夜、この汽車で殺人事件が起こったけど、その犯人はわたしの客室にいたのよ！」

そこで彼女は言葉を切り、劇的効果を狙って間を置いた。

「それはたしかですか、マダム」

「もちろんですとも！　信じられないとでも言うの？　うわごとを言ってるわけじゃありませんよ、わたしは。なにもかもちゃんと説明してあげます。昨夜、床に入って寝ていたら、急にはっと目が覚めたの。真っ暗だったけど、客室のなかに男がいるのがわかったのよ。あんまり恐ろしくて声も出なかったわ、ほら、そういうものでしょ。だからただじっとして、『どうしよう、殺される』と思っていたの。あのときの気持ち、とても言葉では説明できないわ。汽車になんか乗るんじゃなかったって思って、新聞で読んだとんでもない事件のことを考えたわ。でもそのとき、『ともかく宝石だけは盗《と》られないわ』って思ったの、靴下に入れて枕の下に隠しておいたから——ちなみにね、あれをやると寝心地はあまりよくないんですよ。ちょっとごつごつするの、ね、わかるでしょう。でも、いまはそんな話をしてる場合じゃないわね。どこまでお話ししたかしら」

「マダム、客室に男がいるのに気がついたというところですよ」

「そうそう、それでね、目をつぶってじっと寝ていたの、それでいったいどうしたらいいか考えてたんだけど、『わたしがこんな恐ろしい目にあっていること、娘に知られずにすんでよかった』って思ってね、それからなんとか勇気をふるって、車掌を呼ぼうと思って、手さぐりでベルを探しあてたの。でも、押しても押しても車掌が来ないんですよ。もうほんとうに、心臓が止まるかと思ったわ。『なんてこと、この汽車に乗ってる人はみんな殺されたのかもしれない』って思いましたよ。汽車は停まったままだし、あたりは不気味に静まりかえってるし。それでもベルを押しつづけていたら、やっと通路をこっちへ走ってくる足音がして、ドアにノックの音がしたわけですよ。もうほんとにほっとしたわ。『どうぞ』って叫んで、同時に照明のスイッチを入れたの。そうしたらあなた、信じられます？　だれもいなかったのよ」

ミセス・ハバードにとっては、これは拍子抜けどころか、劇的な山場らしかった。

「それでどうなさいました」

「そりゃあなた、車掌にいまあったことを話しましたよ。なのに信じられないみたいなの。夢でも見たんだろうって思ったらしいわ。座席の下を見るように言ったんですけどね、そこには人がもぐり込めるようなすきまはないって言うの。きっと逃げちゃったのね、でもまちがいなくいたのよ。それなのにあの車掌ったら、わたしをなだめすかそうとするばっかりで、ほんとうに腹が立つ！　わたしはね、ないものをあると思い込むような人間じゃないんですよ、ミスター――そう言えばお名前をうかがってなかったわ」

「ポアロです、マダム。こちらは〈ワゴンリ〉社の重役のムッシュ・ブーク、こちらはドクトル・コンスタンティンです」

　ミセス・ハバードは上の空で、三人に向かって「初めまして」とつぶやくように言ったが、すぐにまた独演会に戻った。

「そりゃわたしも、頭が冴えわたってたなんて言うつもりはありませんよ。あのときは、てっきりとなりの人が入ってきたんだと思ったもの──気の毒に、あの殺されたかたよ。だから車掌に、客室と客室のあいだのドアを調べるように言いましたらね、やっぱり閂《かんぬき》がかかってなかったのよ。もちろん、すぐに手を打ちましたとも。車掌にいますぐ閂をかけるように言って、車掌が出ていったあとで起きて、念のためスーツケースでふさいでおいたわ」

「ミセス・ハバード、それは何時ごろでした？」

「ええと、何時だったかしら。確かめてみなかったのよ、すっかり気が動転していたから」

「それでいまは、なにがあったとお思いですか」

「あらあら、火を見るより明らかだと思いますけど。あのときわたしの客室にいたのが殺人犯だったのよ。ほかに考えられないでしょ？」

「それで、犯人はとなりの客室に引き返したんだとおっしゃるんですね」

「どこに行ったかなんてわかりませんよ。だって目をぎゅっとつぶってたんだもの」

「通路に出るドアからこっそり逃げたのかもしれませんね」

「さあ、わたしにはわからないわ。言ったでしょ、目をぎゅっとつぶってたんですよ」

ミセス・ハバードはだしぬけに大きくため息をついた。

「もう、ほんとうにこわかったわ！　もし娘が知ったら——」

「ところでマダム、あなたが物音を聞いて目を覚まされたのは、となりの客室をだれかが動きまわっていたからではありませんか。となりというのはつまり、殺された男性の客室ということですが」

「いいえ、そうは思わないわ、ミスター——えーと——ポアロ。あの男はまちがいなく、わたしの客室に、わたしのすぐそばにいたんですよ。それにね、ちゃんと証拠があるんですから」

これ見よがしに大きなハンドバッグを持ちあげて、なかをかきまわしはじめた。順番になかのものを取り出していく。大きい清潔なハンカチ二枚、角縁の眼鏡、アスピリンの壜《びん》、グラウバー塩[1]の箱、セルロイドの筒に入った鮮やかな緑色のペパーミント・キャンディ、鍵束、はさみ、〈アメリカン・エキスプレス〉の小切手帳、驚くほど不細工な子供の写真、手紙が何通か、模造の東洋のビーズのネックレスが五本、そして小さな金属の——ボタンがひとつ。

「ほら、このボタンを見てくださいな。これはわたしのじゃないわ。わたしの服から落ちたものじゃないのよ。今朝起きたときに見つけたの」

ミセス・ハバードがそれをテーブルに置くと、ブークが身を乗り出して驚きの声をあげた。

「しかしこれは、〈ワゴンリ〉の車掌の制服のボタンだよ！」

「これには、簡単に説明がつくのではないかな」ポアロは言って、穏やかにミセス・ハバードに顔を向けた。「マダム、このボタンは車掌の制服から落ちたのではありませんか。車掌がマダムの客室を捜索したときか、あるいは昨夜寝台を整えていたときに」

1　硫酸ナトリウムの水和物の一種。十七世紀のドイツの化学者が通じ薬として用いたためこの名がある。

「あなたがた、どこかおかしいんじゃありませんの。なにを言っても反論することしか考えてないみたい。いいですか、昨夜わたしは寝る前に雑誌を読んでいたんです。明かりを消す前に、窓の近くに置いてあった小さなスーツケースにその雑誌を載せたのよ。ここまではおわかり?」

三人はわかったと答えた。

「けっこう。それでね、車掌はドア寄りの座席の下を見て、それから奥のほうへ入ってきて、となりの客室に通じるドアに閂をかけたわ。でも、窓の近くにはぜんぜん寄ってないのよ。それでね、このボタンは今朝、雑誌のうえに載っていたんですよ。これをどう思うか、ぜひご意見をうかがいたいわ」

「なるほど、それならこのボタンは証拠になりますね」とポアロ。

その答えを聞いて、ミセス・ハバードは気が鎮《しず》まったようだった。「言うことを信じてもらえないと、ほんとに腹が立ってしかたがないのよ」

「ひじょうに興味深い、貴重な証拠をもたらしてくださいましたね」ポアロはなだめるように言った。「ところで、いくつか質問をしてもよろしいですか」

「ええ、もちろん」

「マダムは、ラチェットという男のことをこわいとおっしゃっていましたが、なのにどうして、となりに通じるドアに閂を差しておかれなかったのですか」

「差しておきましたよ」ミセス・ハバードは即答した。

「おや、そうでしたか」

「いえ、じつを言うとね、あのスウェーデンの人、あの感じのいい人にね、閂がかかってるか尋ねたの。そしたらかかってるって言うから」

「どうしてご自分ではわからなかったのですか」

「そのときはもう床に入ってたし、ドアの把手《とって》に洗面道具の入った袋がかかっていたからよ」

「それをお尋ねになったのは何時ごろでした？」

「何時だったかしら。きっと十時半とか十時四十五分ごろだったと思うわ。あのかた、アスピリンを持ってないかって訊きに見えたのよ。だからそこにあるって教えて、バッグから自分で取ってもらったの」

「マダムはもう床に入っていらしたんですね」

「ええ」

ふいに彼女は笑いだした。「気の毒に——あの人、とてもどぎまぎしていたわ。あのね、まちがってとなりの客室のドアをあけてしまったのよ」

「ムッシュ・ラチェットのですか」

「そうなの。ほら、汽車のなかを歩いてて、ドアがみんな閉まってると、ほんとにわかりづらいでしょう。それでまちがって、となりのドアをあけてしまったのよ。とっても気にしていたわ。笑われて、あまり品のないことを言われたみたいなんですよ。かわいそうに、すっかりおどおどしちゃって、『まちがいました、まちがって恥ずかしいです。失礼な人。〝あんたは婆さんすぎる〟言われました』って言うのよ」

コンスタンティン医師が笑い声を漏らすと、ミセス・ハバードはひとにらみで医師を凍りつかせた。

「女性にそんなことを言うなんて、礼儀を知らない人です。それを笑うのも褒められたことじゃありませんよ」

コンスタンティン医師はあわてて謝った。

「そのあと、ムッシュ・ラチェットの客室からなにか物音は聞こえませんでしたか」

ポアロは尋ねた。

「そうねえ――あんまり」

「マダム、それはどういう意味ですか」

「つまり――」と言いよどんで、「いびきが聞こえたわ」

「ああ、ムッシュ・ラチェットはいびきをかいていたんですね」

「ものすごいのよ。前の晩は、それでよく眠れなかったぐらい」

「客室に男がいてこわい思いをなさったあとは、いびきは聞こえませんでしたか」

「まあ、ミスター・ポアロ、聞こえるわけないでしょ？　死んでたんですもの」

「そうでした、これはどうも」ポアロは面食らったような顔で言った。「ところでミセス・ハバード、アームストロング家の誘拐事件のことは憶えてらっしゃいますか」

「ええ、もちろん憶えてますよ。あんなことをしでかした悪人が、罰も受けずに釈放されるなんて！　ほんとうに、わたしがこの手で始末してやりたいぐらいだわ」

「犯人は逃げられなかったのですよ。死にました。昨夜死んだんです」

「なんですって、まさか――？」ミセス・ハバードは興奮して、椅子から腰を浮かした。

「そうなのです、ラチェットが犯人だったんですよ」

「あらまあ！　まあ、なんてことでしょう！　娘に手紙を書いて知らせてやらなくちゃ。ほらね、昨夜わたし言いましたでしょ、あの人はいやな顔をしてるって。やっぱりわたしの思ったとおりだったのね。娘がいつも言うんですよ、『お母さんの直感には、有り金ぜんぶ賭けても大丈夫だ』って」

「ミセス・ハバード、アームストロング家のどなたかとお知り合いではありませんか」

「いいえ。あのかたがたはとてもつきあいが狭かったのよ。でも、ミセス・アームストロングがそれはきれいな人で、旦那さまにとても大事にされてたっていうのはよく聞いてましたよ」

「そうですか。ミセス・ハバード、たいへん参考になりました——いや、じつに助かりました。ところで、フルネームを教えていただいてよろしいですか」

「ええ、もちろんですとも。キャロライン・マーサ・ハバードです」

「ここにご住所を書いてください」

ミセス・ハバードは住所を書きながらも、ずっとしゃべりつづけていた。「ほんとにまだ信じられないわ。カセッティが——この汽車に乗ってただなんて。あの人にはいやな感じがするってわたし言いましたでしょ、ミスター・ポアロ」

「たしかにおっしゃってましたね。ところで、マダムは緋色の絹のガウンをお持ちですか」

「あらまあ、なにをおっしゃるかと思えば！　いいえ、ガウンは二着持ってきましたけれどね、一着はピンクのフランネルので、船のうえで着るのにちょっと温かいのを持ってきたの。もう一着は娘がプレゼントしてくれたんだけど、アラブふうの紫の絹のガウンですよ。でもいったいぜんたい、なんのためにガウンのことなんかお訊きになるの」

「それはですね、昨夜緋色のキモノを着ただれかが、マダムかムッシュ・ラチェットの客室に入っていったからですよ。さきほどおっしゃったとおり、ドアがすべて閉まっていると、どの客室がどれだかひじょうにわかりにくいですからね」

「あらそう、でもわたしの客室には緋色のガウンを着た人なんか来てませんよ」

「では、ムッシュ・ラチェットの客室でしょうね」

ミセス・ハバードは唇を引き結んで、むっつりして言った。「そうでしょうとも」

ポアロは身を乗り出した。「では、となりから女性の声が聞こえましたか」

「まあミスター・ポアロ、よくおわかりねえ。さすがだわ。でも——その——じつを言うと、ええ、聞こえたんです」

「しかしついさっき、となりで物音がしなかったかとうかがったときは、ムッシュ・ラチェットのいびきがしたとしかおっしゃいませんでしたね」

「でも、それは嘘ではないんですよ。たしかに、いびきが聞こえるときもあったんですから。でも、そうでないときは——」ミセス・ハバードは顔を赤らめた。「あまり品のいいことじゃないから、言いたくなかったんですよ」

「女性の声が聞こえたのは何時ごろでした？」

「さあ、何時だったかしら。ふっと目が覚めたときに、女の人の話し声がしたの。どこからかはすぐにわかったわ。それで『やっぱりそういう男だったのね。そんなことだろうと思っていたのよ』って思って、またすぐに眠ってしまったんですよ。お断わりしておきますけど、ことさら訊かれたのでなかったら、見も知らぬ三人の紳士にこんな話、ぜったいしたりしなかったんですからね」

「それは、客室に男がいてこわい思いをなさる前ですか、あとですか」

「まあ、さっきも同じようなことをおっしゃったわねえ！　死んだあとに、女の人と話なんかできるわけないじゃありませんか」

「これは失礼《パルドン》。とんだ間抜けとお思いでしょうね」

「あなたみたいなかたでも、ときどきは頭がごっちゃになったりなさるのね。それにしても信じられないわ、カセッティみたいな怪物が乗ってたなんて。娘が知ったら――」

ポアロは如才なく、ミセス・ハバードがバッグの中身をもとに戻すのを手伝い、立ちあがるとドアまで送っていった。

最後の最後に、彼は言った。「マダム、ハンカチを落とされましたよ」

ポアロが差し出した小さな薄い キャンブリック[2]のハンカチを見ると、ミセス・ハバードは言った。「それはわたしのじゃありませんよ、ミスター・ポアロ。わたしのはこのなかに入ってますもの」

「これは失礼《パルドン》。ここにHのイニシャルが入っているので、てっきり――」

「あらほんと、みょうだわね。でもわたしのじゃありませんよ。わたしのにはCMHって入れてあるし、どれももっと実用的よ――そういう高いだけで使えないパリ製のじゃないわ。そんなハンカチで洟《はな》のかめる人なんかいます？」

この問いかけに、三人の男たちがこぞって答えに窮《きゅう》しているのを尻目に、ミセス・ハバードは意気揚々《ようよう》と去っていった。

2　薄手の高級な綿または亜麻の織物。

第5章　スウェーデン人女性の証言

ブークは、ミセス・ハバードが置いていったボタンをいじりながら言った。「このボタン、どういうことか理解できん。これはやっぱり、ピエール・ミシェルが多少は関わっていたということなのかな」ポアロが答えないので、ややあって彼は言った。「どう思うね、きみは」

「そのボタンね。いくつか可能性は考えられる」ポアロは思案げに言った。「次はスウェーデンのご婦人の話を聞こうじゃないか。いまの証言についてはそのあと考えよう」

彼は目の前のパスポートの束をよりわけた。「あったあった、これだ。グレタ・オルソン、四十九歳」

ブークが食堂車の接客係に指示を出すと、まもなくくだんのご婦人が案内されてやって来た。黄ばんだ灰色の髪を束髪に結い、羊のようにおとなしそうな長い顔をしている。眼鏡越しに近眼の目をすがめてポアロを見たが、とくにたじろぐ様子はなかった。

フランス語なら理解できるし、また話すこともできるとわかって、質問はフランス語でおこなわれた。ポアロはまず、氏名、住所、年齢と、すでに答えのわかっていることから質問した。次に職業を尋ねた。

イスタンブール近くで、伝道団のやっている学校の寮母をしている、と彼女は答えた。看護師の訓練を受けたという。

「昨夜なにがあったかもうお聞きでしょうね、マドモワゼル」

「もちろんです。ほんとうに恐ろしい。アメリカのご婦人からうかがいましたけど、殺人犯があのかたの客室に入ってきてたんですってね」

「ところでマドモワゼル、殺された男性の生きた姿を最後に見たのはあなただそうですね」

「さあ、どうでしょう。そうかもしれません。まちがって、あのかたの客室のドアをあけてしまったんです。とても恥ずかしい思いをしましたわ。あんなにばかなへまをしでかすなんて」

「まちがいなく姿をご覧になった？」

「はい、本を読んでらっしゃいました。すぐに謝って退散しましたの」

「なにか言われましたか」

慎み深い女性らしく、頰にかすかに赤みがさした。

「笑って、ひとことふたことおっしゃいましたけど――その、はっきり聞こえませんでした」

「それで、そのあとはどうなさいました」ポアロは尋ねて、気まずい話題を慇懃《いんぎん》に避けた。

「アメリカのご婦人の、ミセス・ハバードの客室にうかがいました。お願いして、アスピリンを少しいただいたんです」

「ムッシュ・ラチェットの客室に通じるドアに閂《かんぬき》がかかっているか、ミセス・ハバードはお尋ねになったそうですが」

「はい」

「閂はかかってました？」

「はい」

「そのあとはどうなさいました」

「そのあとは自分の客室に戻って、アスピリンを服《の》んで横になりました」

「何時ごろのことでした？」

「床についたのは十一時五分前でした。時計を見てねじを巻きましたから」

「すぐに眠れましたか」

「いいえ、なかなか。頭痛はましになったんですが、しばらく目が覚めたまま横になっていました」

「汽車が雪で立ち往生したときは、まだ起きてらっしゃいました？」

「いいえ、もう眠っていたと思います。駅で停まったとき、ちょうどとうとしかけていましたから」

「それはヴィンコヴツィでしょうね。ところでマドモワゼル、あなたの客室はここで合ってますか」と、ポアロは見取り図を指さした。

「はい、そこです」

「寝台は上ですか、下ですか」

「下のほうです。十番です」

「同室のかたがいらっしゃいますね」

「はい、お若い英国人のご婦人といっしょです。とても親切で、感じのよいかた。バグダッドからいらしたんですって」

「汽車がヴィンコヴツィを出たあと、そのご婦人は客室の外に出られましたか」

「いいえ、出てらっしゃらないと思います」

「なぜわかります？　そのあとお眠りになったのでしょう」

「わたしは眠りがとても浅いんです。ちょっと物音がするとすぐ目が覚めてしまって。上の寝台から降りていらしてたら、きっと目が覚めたはずです」

「あなたご自身は客室からお出になりましたか」

「いいえ、朝まで出ておりません」

「マドモワゼル、緋色の絹のキモノをお持ちですか」

「いいえ、持っておりません。わたしのは、〈イエーガー〉[1]の織物のガウンです。とても着心地がいいんですよ」

「ご同室のご婦人はいかがですか。ミス・デブナムのガウンは何色でした？」

「薄い藤色のアバ[2]です。東洋でよく売っているような」

ポアロはうなずいた。次に、打ち解けた口調で言った。「このご旅行の目的はなんです？　休暇ですか」

「はい、休暇で帰省するところなんです。でもまず、ローザンヌの妹のところに一週間ほど滞在するつもりです」

「よろしかったら、妹さんのお名前とご住所をここに書いていただけませんか」

「喜んで」

ポアロの差し出した紙と鉛筆を受け取ると、求めに応じて名前と住所を書きつけた。

「マドモワゼル、アメリカにいらしたことはありますか」

「いいえ、一度行きかけたんですけれど。身体の不自由なご婦人といっしょに行くはずだったのが、最後の最後に取りやめになったんです。とても残念でした。アメリカの人たちはとても親切ですもの。学校や病院を建てるのに多額のお金を寄付してくださいます。それにとても実際的で」

「アームストロング家の誘拐事件のことは、お聞きになったことがありますか」

「いいえ、どんな事件ですか」

ポアロは説明した。

グレタ・オルソンは憤慨した。黄色い束髪が怒りに震えるほどだった。

「そんな極悪人がこの世にいるなんて！　信仰が揺らぎそうになりますわ。お母さん

1　英国の繊維メーカー。
2　アラビアのゆったりした袖《そで》無しの服。

はさぞお嘆きでしょうね、それを思うと胸が痛みます」

心のやさしい人らしく、立ち去るときにはその親切そうな顔は赤らみ、目には涙がたまっていた。

ポアロは熱心に紙になにごとか書きつけている。

「なにを書いてるんだね」ブークが尋ねた。

「これはわたしの癖でね、なんでもきちんと順序立てておかないと気が済まないんだよ。出来事を発生順にならべた表を作っているんだ」

書きあげると、ポアロはその紙をブークに渡した。

九時十五分　汽車がベオグラードを出る
九時四十分ごろ従僕、ラチェットの客室を出る。睡眠薬を寝台のそばに置いて
十時ごろ　マクイーン、ラチェットの客室を出る
十時四十分ごろ　グレタ・オルソン、ラチェットの姿を見る（生きた姿の最後の目撃）
注意――ラチェットは起きて本を読んでいた
零時十分　汽車、ヴィンコヴツィ発車（遅延）
零時三十分　汽車、雪溜まりに突っ込む

零時三十七分　ラチェットの客室でベルが鳴る。車掌が行くと、ラチェットは「ス・ネ・リヤン。ジュ・ム・シュイ・トロンペ」と答える
一時十七分ごろ　ミセス・ハバード、客室内に男がいると思い、ベルを鳴らして車掌を呼ぶ

ブークはなるほどとうなずいた。「これはとてもわかりやすいね」

「どこかおかしいところはないかな」

「いや、どこをとってもはっきりしてるし、不審な点もないよ。事件が起こったのが一時十五分ごろなのはまちがいなさそうだね。壊れた時計の時刻もそうだったし、ミセス・ハバードの話とも矛盾はない。わたしとしては、犯人がだれか見当がついた気がするね。たぶん、大柄なイタリア人が犯人だよ。アメリカのシカゴから来たっていうし、イタリア人は武器としてよく刃物を使うじゃないか。それも一度じゃなく何度も刺すんだ」

「そうらしいね」

「まちがいない、これがこの事件の真相だよ。おそらく、あのイタリア人とラチェットは例の誘拐事件にいっしょに関わってたんだ。カセッティというのはイタリアの名

前だしね。どういう形でかはわからないが、ラチェットにいわゆる裏切りってやつをやられたんだろう。それで追いかけてきて、まず脅迫状を送って、ついに残忍な方法で復讐を果たしたんだよ。まったく単純な事件だね」

ポアロはまさかというように首をふった。「とてもそんな単純な話ではないと思うよ」ぼそりと言った。

「そうかな、わたしはこれが真相だと思うね」ブークは言った。考えれば考えるほど、自説が正しいと自信がついてきたようだ。

「しかし従僕は、歯痛で眠れなかったけど、イタリア人は客室を一度も出なかったと言っているんだよ」

「それが問題だな」

ポアロの目がいたずらっぽく輝いた。「そう、困った問題だ。きみの説にとっては不運だが、あのイタリア人にとっては望外の幸運だね。ムッシュ・ラチェットの従僕が歯痛に悩んでいたのは」

「なんとか説明がつくはずだ」ブークは、自信みなぎる口調で言い切った。

ポアロはまた首をふる。「いや、とてもそんな単純な話じゃないよ」と再度つぶやいた。

第6章　ロシアの公爵夫人の証言

「ピエール・ミシェルに、このボタンについて訊いてみよう」ポアロは言った。

呼ばれてやって来た〈ワゴンリ〉の車掌は、もの問いたげな目を三人に向けた。

ブークは咳払いをした。「ミシェル、これはきみの制服のボタンだね。あのアメリカのご婦人の客室に落ちていたんだよ。どういうことか説明してもらえるかな」

車掌は無意識に、自分の上着に手を持っていった。「わたしはボタンを落としてはおりません。なにかのお間違いでしょう」

「それはじつにみょうだな」

「どういうことでしょうか」

車掌は驚いているようだったが、隠しごとをしているようではないし、困っているようにも見えなかった。

ブークがいわくありげに言った。「見つかった状況から考えて、このボタンは昨夜、ミセス・ハバードがベルを鳴らしたときに、彼女の客室にいた男が落としたものと考えてまずまちがいないんだがね」

「ですがムッシュ、客室にはだれもおりませんでした。あのご婦人の勘違いだったとしか思えないのですが」

「それが勘違いではなかったんだよ、ミシェル。ムッシュ・ラチェットを殺した犯人はあそこを通っていった――そしてこのボタンを落としたんだ」

ブークの言わんとすることがわかったとたん、ピエール・ミシェルはひどく取り乱した。「違います、ムッシュ、違います！」彼は叫んだ。「わたしがやったとおっしゃるんですか。わたしが？　わたしはなにもしてません。まったくの濡《ぬ》れ衣《ぎぬ》です。どうしてわたしがお客さまを殺さなくてはならないんですか、いままでいっぺんもお会いしたこともないのに」

「ミセス・ハバードがベルを鳴らしたとき、きみはどこにいた？」

「さっきも申し上げましたとおり、となりの客車であちらの車掌と話をしておりました」

「では、その車掌を呼んで話を聞こう」

「はい、お願いします。ぜひそうなさってください」

呼ばれてやって来たとなりの客車の車掌は、すぐにピエール・ミシェルの言葉を裏書きした。それどころか、ブカレスト発の客車の車掌もその場にいたと付け加えた。大雪の状況を三人で話し合っていたというのだ。話しだして十分ほどしたころ、ベルが鳴っているような気がするとミシェルが言った。そして車両と車両のあいだのドアをあけてみたら、やはりはっきりベルの音が聞こえた。ベルはくりかえし鳴り、ミシェルは急いで走っていったという。

「ムッシュ、このとおりわたしは無実です」ミシェルが不安げに声を高めた。

「しかし、これは〈ワゴンリ〉の制服のボタンだ――これをどう説明するね」

「わかりません。わたしにはなにがなんだかわかりません。わたしの制服のボタンはみんなそろっておりますし」

ほかの車掌ふたりも、ボタンはひとつもなくしていないという。また、ミセス・ハバードの客室にはいちども入ったことがないとも断言した。

「ミシェル、落ち着いてくれ」ブークは言った。「落ち着いて、ミセス・ハバードのベルに呼ばれたときのことを思い出すんだ。通路でだれかに出くわさなかったかね」

「いいえ」

「通路の反対側に向かって、離れていく人影が見えたとかいうことは？」

「それも見ておりません」

「みょうだな」とブーク。

「そうでもない」ポアロが言った。「問題は時間だよ。ミセス・ハバードは目が覚めて、だれかが客室にいると気がついた。しばらく身動きもできず、目をつぶったままじっとしていた。たぶんそのあいだに、男はこっそり通路に逃げたんだろう。ミセス・ハバードがベルを鳴らしたのはそのあとだったんだ。しかし、車掌はすぐに来なかった。彼がベルに気づいたのは三度めか四度めだったんだよ。わたしが思うに、たぶん時間はたっぷりあって、そのあいだに──」

「そのあいだに？　そのあいだに、なにをしたというんだね。いいかい、汽車のまわりにはうずたかく雪が積もっているんだよ」

「この謎の殺人者には、選択肢はふたつある」ポアロは考え考え言った。「両端のトイレのどちらかに身をひそめるか、客室のどれかに姿をくらますかだ」

「しかし、客室はみんなふさがってるじゃないか」

「そのとおり」

「つまり、自分の客室に引っ込んだというのかね」

ポアロはうなずいた。

「なるほど、筋は通る」ブークはつぶやいた。「車掌がいなかった十分ほどのあいだに、殺人犯は自分の客室を出てラチェットの客室に行き、彼を殺して、内側からドアに鍵とチェーンをかけ、ミセス・ハバードの客室に出ていく。そして車掌がやって来るころには、ぶじに自分の客室に戻っていたというわけか」

ポアロがぼそりと言った。「それほど単純な話ではないよ。こちらのドクトルが説明してくれると思うが」

ブークは、身ぶり手ぶりで三人の車掌に下がってよいと伝えた。

「あと八人の乗客から話を聞かなくちゃならない」ポアロは言った。「五人は一等の客——ドラゴミロフ公爵夫人、アンドレニ伯爵夫妻、アーバスノット大佐、ミスター・ハードマン。二等の乗客が三人——ミス・デブナム、アントニオ・フォスカレッリ、それから公爵夫人のメイドのフロイライン[1]・シュミットだ」

「まずだれを呼ぼうか——イタリア人かね」

「きみはイタリア人にご執心だね！　いや、まずはてっぺんから始めよう。公爵夫人にお願いして、少しお時間をさいていただこうじゃないか。ミシェル、公爵夫人にそ

1　未婚の女性に対するドイツ語の敬称。

うお伝えしてくれないか」

「わかりました」ミシェルは、ちょうど出ていこうとしているところだった。

「お越しくださるのがご面倒なら、こちらから客室にうかがいますと伝えてくれ」と、その背中にブークが声をかける。

しかし、ドラゴミロフ公爵夫人はそれには及ばないと言って、みずから食堂車にやって来た。軽く会釈《えしゃく》して、ポアロの向かいに腰をおろす。

ヒキガエルを思わせる小さな顔は、前日よりさらに黄色く見えた。醜い顔なのはたしかだが、ヒキガエルと同じくその目は宝石のように輝いていた。[2]威厳に満ちた黒い目からは、内なる胆力と知力が明らかに透《す》けて見える。

声はよく響いて歯切れがよく、かすかにしゃがれていた。

ブークが恐縮して大仰に詫びの言葉を並べようとすると、公爵夫人はさえぎった。

「ムッシュ、謝っていただく必要はありませんよ。殺人事件が起こったそうですね。それなら、乗客全員の話を聞くのは当然のこと。できるだけの協力はさせていただきたいわ」

「ありがたいお言葉、感謝いたします」とポアロ。

「いいのよ、これは務めですから。なにをお尋ねになりたいの」

「お名前をフルネームで、それとご住所をうかがいたいのです。よろしければこれにお書きいただけませんか」

ポアロは紙と鉛筆を差し出したが、公爵夫人は手をふって断わった。「あなたが書いてくださいな。ちっともむずかしくありませんから。ナタリア・ドラゴミロフ、住所はパリ、クレベール通り十七番よ」

「コンスタンティノープルからご自宅へお帰りになるところですか」

「ええ、オーストリア大使官邸に滞在してましたの。メイドといっしょに」

「昨夜、ご夕食のあとなにをなさっていたか、よろしければ簡単にご説明いただけますか」

「もちろんですとも。わたくしが食堂車にいるあいだに、寝台の用意をすませておくように車掌に頼んでおきました。夕食がすむとすぐ床に入って、十一時まで読書をしてから明かりを消しました。でも、持病のリューマチの痛みで眠れませんでね。一時十五分前ぐらいに、ベルを鳴らしてメイドを呼びましたの。マッサージをさせて、本

2　ヒキガエルの頭のなかには宝石が隠れていて、それが目の奥で光っていると信じられていた。

を朗読させているうちに眠くなってきました。メイドがいつ出ていったのかよくわかりません。三十分ぐらいしてからでしょうか、もっとあとだったかもしれないわ」

「そのとき汽車はもう停まっていましたか」

「もう停まっていました」

「お目覚めのあいだに、なにか――おかしな物音でもお耳になさいませんでしたか」

「気がつきませんでした」

「メイドのお名前は」

「ヒルデガルト・シュミットです」

「長くおそばに置いてらっしゃるのですか」

「十五年になりますね」

「信用できるとお思いですか」

「それはもう。あの人の一族は、わたくしの亡き夫がドイツにもっていた所領の出身ですからね」

「マダムはアメリカにいらしたことがおありですね」

とつぜん話題が変わったため、老婦人は眉をあげた。「ええ、何度も」

「そのようなおりに、アームストロングというご一族とお近づきになってはおられませんか。悲劇的な事件の被害者となられたご一族ですが」

いくらか感情のこもる声で、老婦人は言った。「そのご一家とはおつきあいがございました」

「では、アームストロング大佐をよくご存じなのですか」

「大佐のことはほとんど存じません。でも、奥さまのソニア・アームストロングはわたくしの名づけ子でした。そのお母さまが女優のリンダ・アーデンで、わたくしは彼女と親しかったものですからね。リンダ・アーデンは大天才で、世界有数の悲劇女優でした。マクベス夫人やマグダ[3]をやらせたら、右に出る者はいなかった。わたくしは女優としての彼女を応援していただけでなく、個人的にも親しくしておりましたの」

「亡くなったのですか」

「いいえ、生きていらっしゃいますよ。でも完全に引退してしまったの。お身体がとても弱って、ほとんど寝たきりで過ごしてらっしゃるのよ」

「たしか、もうひとりお嬢さんがいらっしゃいましたね」

「ええ、ミセス・アームストロングよりずっと年下の」

3　十九～二十世紀のドイツの劇作家、ズーダーマンによる悲劇『マグダ』のヒロイン。

「そのかたはお元気ですか」

「もちろん」

「いまはどちらに？」

老婦人は鋭い一瞥《いちべつ》をポアロにくれた。「先ほどから、どうしてそんなことをお尋ねになるの。いまのこの問題と──この汽車で起こった殺人事件と、いったいなんの関係があるのです？」

「マダム、じつはそれとこれとは関係があるのです。殺された男は、ミセス・アームストロングのお子さんを誘拐して殺した犯人だったのですよ」

「まあ！」

まっすぐな眉と眉が寄ったかと思うと、ドラゴミロフ公爵夫人はさらに少し居住まいを正した。

「わたくしに言わせれば、それならこの殺人事件はたいへんな慶事です！ 大目に見てくださるでしょうね、わたくしの見かたは少し偏っているけれど」

「ごもっともです。それで、先ほどの質問にお答えいただけませんか。リンダ・アーデンの末のお嬢さんで、ミセス・アームストロングの妹さんは、いまどこにお住まいなのですか」

「それが、じつは知らないのですよ。お若いかたとはつきあいが絶えてしまったの。何年か前に英国人と結婚なさって英国に行かれたと思うけれど、いまちょっと名前を思い出せないわ」

しばらく黙っていたが、ややあって言った。「ほかになにかお訊きになりたいことは？」

「最後にひとつだけ、いささか立ち入ったことをうかがいますが——お持ちのガウンは何色でしょうか」

公爵夫人は少し眉をあげた。「そんな質問をなさるのは、なにか理由があってのことなのでしょうね。わたくしのガウンは青のサテンです」

「お訊きしたいことは以上です。質問に快くお答えいただきまして、まことにありがとうございました」

びっしり指輪をはめた手を小さく動かしてそれに応じ、公爵夫人は立ちあがった。ほかの三人もいっしょに立ちあがったところで、彼女はふと動きを止めた。

「ムッシュ、失礼だけれど、お名前をうかがってよろしいかしら。どこかでお顔を見た憶えがあるわ」

「名乗るほどの者ではございませんが、エルキュール・ポアロと申します」

公爵夫人は無言だったが、ややあって口を開いた。「エルキュール・ポアロ……なるほど、思い出したわ。これが運命というものね」

彼女は立ち去った。背筋をのばし、いささかぎこちない足どりで。

「いやはや、大したご婦人じゃない《ヴォワラ・ユヌ・グランド・ダーム》か」ブークは言った。「きみはどう思うね」

だがそれには答えず、エルキュール・ポアロは首をふった。

「わからない」──彼は言った。「運命とはどういう意味だろう」

第7章　アンドレニ伯爵夫妻の証言

次に呼ばれたのはアンドレニ伯爵夫妻だったが、食堂車にやって来たのは伯爵ひとりきりだった。

顔を突き合わせてみると、美男子なのは疑いもなかった。ゆうに百八十センチを超える身長、広い肩幅、引き締まった腰。すこぶる仕立てのよい英国製のツイードのスーツを着こなし、長い口ひげと頬骨の線のわずかな差異がなければ、英国人と言っても通りそうだった。

「どうも、みなさん」彼は言った。「わたしになんのご用件でしょう」

「お手数をおかけして申し訳ありませんが」とポアロ。「あのようなことが起こってしまいましたので、乗客のかた全員からお話をうかがわざるをえないのです」

「なるほど、なるほど」伯爵は気軽に応じた。「お立場はよくわかります。ただ、妻もわたしもあまりお役に立てないと思うが。ふたりともぐっすり眠っていて、なんの物音も聞いていないので」

「殺された男性の身元はご存じですか」

「大柄なアメリカ人だったと聞いたが――どう見てもあまり感じのいい顔ではなかった。あのテーブルで食事をしていた男でしょう」と、ラチェットとマクイーンが食事をしていたテーブルのほうにあごをしゃくった。

「そうです、まったくそのとおりです。ただわたしがうかがいたいのは、あの男性の名前をご存じだったかと」

「いや、知りません」伯爵は、ポアロの問いにすっかり面食らっているようだった。

「名前が知りたいのなら、パスポートに書いてあるでしょう」

「パスポートではラチェットになっていますが」とポアロ。「しかし、これは本名ではないのです。本名はカセッティです。アメリカで起こった、有名な誘拐事件の張本人だったのです」

そう言いながら注意深く観察していたが、この話を聞いても伯爵の顔にはなんの変化も見えなかった。たんに目を少し見開いただけだ。

「なるほど！」彼は言った。「それが事件解決の糸口になりそうですね。まったく驚いた国だな、アメリカというのは」

「伯爵、アメリカにいらしたことはおありでしょうね」

「一年間ワシントンに住んでいました」

「では、アームストロングのご家族のことをご存じでは？」

「アームストロング――アームストロングと――ちょっと思い出せないな。なにしろおおぜいの人間に会ったので」と苦笑して肩をすくめた。

「しかし、もっかの問題に戻りましょう」彼は言った。「ほかになにか、お役に立てることがありますか」

「伯爵、客室にお引き取りになったのは――何時ごろでした？」エルキュール・ポアロは見取り図にちらと目をやった。アンドレニ伯爵夫妻は、となりあう十二号室と十三号室を使っている。

「昨夜は、食堂車にいるあいだにいっぽうの客室の寝台を整えさせました。それでもういっぽうの客室に戻って、しばらくふたりで座っていて――」

「それは何号室のほうでした？」

「十三号室です。ピケット[1]をしていたんですが、十一時ごろに妻は寝に引き取りまし

1　トランプ遊びの一種。

た。車掌にわたしの客室の用意をさせて、わたしも床《とこ》に就《つ》きました。今朝までぐっすり眠ってましたよ」

「汽車が停まったのには気がつかれましたか」

「いや、今朝になって初めて知りました」

「奥さまはいかがです？」

伯爵は笑顔になった。「妻はいつも、汽車で旅行するときは睡眠薬を服《の》むんです。トリオナール[2]をいつもと同じだけ服んでましたよ」

少し間があって、「申し訳ない、まったくお役に立てなくて」

ポアロは紙とペンを伯爵に渡した。「お手数ですが、伯爵、これはたんなる形式ですので。お名前とご住所をこちらにお書き願えませんか」

伯爵はゆっくり丁寧に氏名と住所を書きつけた。「あなたに書いてもらうより、自分で書いたほうがいいですからね」と快活に言う。「わたしの国の地名は、言葉のちがうかたには少しスペルがむずかしいので」

紙をポアロに渡して立ちあがる。「妻を来させる必要はないでしょう。わたしと同じぐらいなにも知りませんから」

ポアロの目に小さな光が見えた。「ごもっともです。ただ、それでも伯爵夫人と少しお話をさせていただきたいのですが」

「まったく意味がないと思うが」と言う声には尊大な響きがあった。

ポアロは悪気なさそうに目をぱちくりさせて、「たんなる形式なのですよ。ただ、報告書にはどうしても必要なものですから」

「ではしかたがない」

伯爵は不機嫌に譲歩した。軽く異国ふうの会釈をすると、食堂車を出ていった。

ポアロはパスポートに手をのばした。伯爵の名前と肩書が書かれている。それ以外の記載に目をやる――「細君同伴」。細君の名はエレナ・マリア。旧姓ゴールデンベルク、年齢二十。いつごろのことか、不注意な職員がなにかこぼしたらしく、名前のうえに油のしみができていた。

「外交旅券だ」ブークが言った。「こりゃ、怒らせないように気をつけなくちゃいかんよ。伯爵夫妻がこの事件に関係があるはずはないんだから」

「心配いらないよ、如才なくやるから。たんなる形式だしね」

ポアロは声をひそめた。アンドレニ伯爵夫人が食堂車に入ってきたのだ。内気そう

2　催眠・鎮静剤。

だが、はっとするほど美しい。

「わたしにご用とうかがいまして」

「たんなる形式なのですよ、奥さま」ポアロは慇懃《いんぎん》に立ちあがり、会釈をして向かいの座席を勧めた。「ただ昨夜、なにか見たり聞いたりなさっていないかうかがいたいだけなのです。事件の解決につながるかもしれませんから」

「でもわたし、なにも気がつきませんでした。眠っておりましたから」

「たとえば、おとなりの客室で騒ぎがあったのにお気づきではありませんでしたか。おとなりのアメリカのご婦人が、ヒステリーの発作を起こされて、ベルを何度も鳴らして車掌をお呼びだったのですが」

「なにも気がつきませんでしたわ。わたし、睡眠薬を服んでおりましたので」

「なるほど、そうでしたか。では、これ以上お引き止めはしますまい」そそくさと立ちあがろうとするのへ、「ただ、もう少しお待ちいただきまして——ここに書いてあります、奥さまの旧姓とか年齢などはこれで合っておりますか」

「はい、まちがいありません」

「それではそのしるしに、このメモにご署名をお願いいたします」

伯爵夫人は手早くサインをした。斜めに傾いた流麗な文字で、エレナ・アンドレニと。

「奥さまは、ご主人さまといっしょにアメリカにいらしたのですか」

「いいえ」伯爵夫人は微笑《ほほえ》んで、少し頬を赤らめた。「そのころはまだ結婚しておりませんでしたので。結婚してまだ一年ですの」

「そうでしたか、これはどうも失礼いたしました。ところで、ご主人さまは煙草をたしなまれますか」

立ち去ろうと立ちあがった姿勢のまま、伯爵夫人はポアロを見つめた。

「はい」

「パイプをお使いですか」

「いいえ、紙巻きと葉巻を」

「そうですか、ありがとうございました」

しばらくたたずんだまま、彼女は不思議そうにポアロを見ている。美しい目だった。濃色の瞳、アーモンド形の目をふちどる黒いまつげはあくまでも長く、まばたきのたびに透けるように白い頬に影を落とす。異国ふうに真紅に塗られた唇を、ほんの少し開いている。独特の雰囲気をもつ美女だった。

「どうしてそんなことをお尋ねになりますの」

ポアロは無頓着そうに手をふってみせ、「事件を捜査するときは、ありとあらゆることを質問しなくてはならないのですよ。たとえば、奥さまのガウンのお色をうかがってもよろしいですかな」

ポアロをまじまじと見ていたが、やがて笑いだした。

「淡い黄色のシフォン[3]ですわ。こんなことに、ほんとうになにか意味があるんでしょうか」

「もちろんです」

伯爵夫人は興味をそそられたように尋ねた。「それで、あなたはほんとうに事件を捜査していらっしゃるんですの」

「さようでございます」

「この汽車には、刑事さんは乗っていないのかと思っておりましたわ。ユーゴスラヴィアを抜けて、イタリアに入るまでは」

「奥さま、わたしはユーゴスラヴィアの刑事ではございません。国際的に捜査をしておるのです」

「国際連盟のお仕事をなさってるんですの？」

「世界じゅうの仕事をしております」ポアロは芝居がかって答えた。「活動拠点はおもにロンドンですが。英語はお話しになりますか」と英語で付け加えた。

「はい、少し話します」と答える口調には、かわいらしい訛《なま》りがあった。

ポアロはまた会釈をして、「これ以上はお引き止めいたしますまい。それほどご不快はおかけしなかったと思いますが」

伯爵夫人はにっこりし、軽く頭を下げると立ち去った。

「愛らしい女性《エレ・ジョリ・ファム》だね」ブークが感に堪えたように言う。ため息をついて、「しかし、あまり参考にはならなかったな」

「そうだね」とポアロ。「ふたりしてなにも見ず、なにも聞かなかったというんだから」

「それじゃ、今度こそイタリア人を呼ぶかね」

ポアロはしばらく答えなかった。ハンガリーの外交旅券についた油じみをしげしげと眺めている。

3　絹などの柔らかくて薄い織物。

第8章　アーバスノット大佐の証言

ポアロははっとして顔をあげた。ブークの期待に満ちた目を見て、その目がきらりと光る。

「ああ、それなんだがね」彼は言った。「わたしはどうも、いわゆる俗物根性にやられてしまってるんだな。二等の乗客より、一等の乗客を先に調べたほうがいいと思うんだよ。だから、次はあの男前のアーバスノット大佐の話を聞こうじゃないか」

大佐はフランス語はまったくと言ってよいほど話せないことがわかり、ポアロは英語で質問することにした。

氏名、年齢、住所、軍での正確な地位を確認したところで、ポアロは次の質問に移った。「インドから帰国なさるのは、いわゆる休暇《リーヴ》——わたしどもならペルミシオンと言うところですが——をご利用のわけですね」

アーバスノット大佐は、外国人どもがなにをどう呼ぼうがまったく関心がなく、英国人らしく簡潔に答えた。「そうです」

「それなのに、帰国に〈P&O〉[1]の船をお使いにならなかった」

「そうです」

「なぜですか」

「陸路を選んだのは、個人的な理由だ」

彼の態度は、「おまえみたいな、厚かましい詮索好きなやつに説明する必要はない」と言わんばかりだった。

「インドからまっすぐこちらにいらしたんですか」

大佐はそっけなく答えた。「ウル[2]を見るために一泊、それからバグダッドでは空軍司令官のところで三日過ごした。古い友人なので」

「バグダッドに三日滞在なさったと。ところで、ミス・デブナムという英国人の若い女性も、バグダッドからおいでしたね。あちらでお知り合いになったのですか」

1　正式名称はPeninsular and Oriental Steam Navigation Company。英国王の勅許を得た政府系の船会社だった。
2　古代都市の遺跡。イラクにある。

「いや、ミス・デブナムに初めて会ったのは、キルクークからニシビン[3]へ行く列車でいっしょになったときだ」

ポアロは身を乗り出した。猫なで声になり、いささか必要以上に外国人ふうを装って、「ムッシュ、ひとつお願いがあるのですが。この汽車には、あなたとミス・デブナムのおふたり以外には英国人は乗っておられない。そこでどうしても、お互いについてどう思われるかうかがいたいのですよ」

「そんな話は聞いたこともない」大佐は冷やかに言った。

「そうともかぎりませんよ。というのも、この事件は女性の犯行である公算がきわめて高いのです。被害者は十二回も刺されておりましたからね。列車長も、すぐに『女の仕業だ』と言っておったほどです。とすれば、真っ先にやるべきことはと言えば、イスタンブール発カレー行き客車に乗る女性客全員に対して、アメリカ人の言う『すばやい評価《ワンスォーバー》』を下すことでしょう。しかし、英国人は判断がむずかしい。なかなか本心を見せてくれませんからね。そこでムッシュ、捜査のためにぜひお願いしたい。ミス・デブナムというのはどういう女性ですか。知っていることがあったら教えてください」

「ミス・デブナムは淑女だ」大佐はいささか熱のこもる声で言った。

「なるほど！」ポアロは、いかにも満足したかのように言った。「では、この犯罪に関わっているとはお思いにならないわけですね」

「ばかばかしい」とアーバスノット。「あの男とは初対面だ。会ったこともないのに」

「ミス・デブナムがそうおっしゃったんですか」

「そのとおり。なんだかいやな感じがすると見た瞬間に言っていた。きみは女性が関わっていると思っているらしいが（わたしの見るところでは、なんの証拠もない仮説にすぎないようだが）、かりにそれが当たっていたとしても、ミス・デブナムを疑うなどありえないと思うね」

「この話になるとずいぶん熱が入りますな」ポアロはにやにやした。

アーバスノット大佐は冷たくにらんだ。「なにが言いたいんだね」

その視線に、ポアロは鼻白んだようだった。うつむいて、手許の書類をいじりはじめる。

「いえ、ただの余談です」彼は言った。「さて仕事に戻って、事実関係を確認させてください。この事件は、昨夜一時十五分ごろに起こったと考えられます。そこで、そ

3　トルコ南東部の村。

の時刻になにをなさっていたか、乗客のかた全員にお尋ねしなくてはなりません。手続き上やむをえませんので」

「それはもっともな話だ。一時十五分ごろというと、たしかわたしは若いアメリカ人と話をしていた。殺された男の秘書の」

「そうでしたか。あちらの客室でですか、それとも大佐ご自身の？」

「わたしが向こうに行った」

「それは、マクイーンという若いかたのことですね」

「ああ」

「ご友人かお知り合いだったのですか」

「いや、この旅行で初めて知り合ったんだが、昨日ちょっと話をしてみたら、おたがい興味を惹《ひ》かれてね。わたしはふだんアメリカ人とはつきあわないのだが――」

マクイーンの「英国人」に対する酷評を思い出して、ポアロはにやりとした。

「――しかし、あの若者は気に入ったのでね。ただ、インドの状況に関しては、突拍子もないばかな見かたをしていた。あれがアメリカ人のいちばんよくないところだ。すぐに非現実的な夢を見る。ともかく、彼はわたしの話に興味をもったわけだ。わたしはあっちで三十年近く過ごしてきたからね。またわたしのほうも、彼からアメリカの金融状況の話を聞いて面白いと思った。それから話は国際政治全般のことになって、そうこうするうちに時計を見たら、もう二時十五分前だったので驚いたというわけだ」

「では、お話を切り上げたのはその時刻ですね」

「そういうことだ」

「そのあとはどうなさいました」

「通路を歩いていって自分の客室に戻った」

「もう寝台の用意は済んでました？」

「ああ」

「それはこの――ええと――十五号室の――食堂車とは反対側の端の、そのひとつ手前の客室ですね」

「そのとおり」

「客室に戻られたとき、車掌はどこにいました？」

「端の小さなテーブルの前に座っていた。じつを言えば、マクイーンに呼ばれていたがね――ちょうどわたしが客室に戻るのと入れ違いに」

「どうして車掌を呼んだんでしょうね」

「寝台の用意をさせるためだろう。あの客室はまだ寝る用意をしてなかったから」

「さて、アーバスノット大佐、よくお考えいただきたいのですが——ミスター・マクイーンと話をなさっているあいだに、ドアの外をだれか通っていきませんでしたか」

「何人も通っただろうと思うが。ただ、あまり注意していなかった」

「そうですか。ただ、わたしが言っているのは——そうですね、話をなさっていた最後の一時間半ばかりのことなのですよ。たしかヴィンコヴツィで外へお出になりましたね」

「ああ、しかしほんの一分かそこらのことだ。外は吹雪だったから。恐ろしいほど寒かった。むっとする車内に戻ったときは大いにほっとしたよ。ふだんわたしは、こういう汽車ではなぜこんなに暖房をきかせるのかと思っているのだが」

ブークがため息をついた。「あちらを立てればこちらが立たずだな。英国人はかたっぱしから開け放してまわり、するとほかの客がやって来て今度はぜんぶ閉めてまわる。どうしようもない」

ポアロもアーバスノット大佐も、これには返事をしなかった。

「ところで大佐、よく思い出してみてください」ポアロが励ますように言う。「外は寒かった。汽車のなかに戻ってくる。また腰をおろし、煙草を吸う——紙巻きか、あるいはパイプで——」そこでほんの少し間を置いた。

「わたしはパイプだ。マクイーンは紙巻きを吸っていた」

「汽車はまた動きだす。あなたはパイプを吸う。ヨーロッパの——世界の状況について論じあう。夜も更《ふ》けた。ほとんどの人が客室に引きとって床についている。そんなとき、ドアの向こうをだれか通る——どうです」

アーバスノットは眉をひそめて考え込んでいる。「なんとも言えんな」彼は言った。「なにしろ、注意していなかったのでね」

「ですが、軍人として鋭い観察力をお持ちでしょう。いわば、気づかずして気づく能力をお持ちのはずですよ」

大佐はまた考え込んだが、やがて首をふった。

「わからないな。車掌以外にだれかが通ったという記憶がない。いや、ちょっと待てよ——女がひとり通ったような気がする」

「見たのですか。若い女性でしたか、それとも年配の?」

「見たわけではない。そっちのほうに目を向けていなかった。ただ衣《きぬ》ずれの音と、香水のようなにおいがしたんだ」

「香水というと——上等な香水でしたか」

「そうだな、果物のような——なんと言っていいかわからないが。つまり、百メートル向こうからでもわかるようなにおいだった。ただ」と大佐は急いで続けた。「これはひょっとしたら、もっと早い時刻のことだったかもしれない。さっきあなたが言われたとおり、いわば気づかずして気づいたようなことだから。昨夜のいつごろだったか、『女だ——香水——ずいぶんぷんぷんさせてるな』と思ったんだ。しかし、それがいつだったかとなるとはっきりしない。ただ——そうだな、ヴィンコヴツィよりはあとだったと思う」

「なぜです」

「なぜかというと、ちょうどそのとき、つまりにおいを嗅《か》いだときということだが、スターリンの五カ年計画が完全な大失敗に終わりそうだと、そういう話をしていたのを憶えているからだ。『女だ』と思ったことで、ロシアでの女性の地位という問題が頭に浮かんだし、ロシアの話題になったのは、まちがいなくだいぶ遅くなってからだったから」

「もう少し絞り込んでいただけませんか」

「うーん、どうかな。だいたい最後の三十分以内だったにちがいないと思うんだが」

「それは、汽車が停まったあとでした？」

大佐はうなずいた。「ああ、たぶんそうだったと思う」

「わかりました。では、次の質問に移りましょう。アーバスノット大佐、アメリカにいらしたことはありますか」

「ない。行きたいとも思わない」

「アームストロング大佐という人をご存じではありませんか」

「アームストロング――アームストロングというと、知り合いにふたりか三人いる。トミー・アームストロングは六十代だが――彼のことではない？　セルビー・アームストロングというのもいたが――ソンム川[4]で戦死した」

「わたしの言っているアームストロング大佐は、アメリカ人の女性と結婚して、ただひとりの子供を誘拐されて殺されたかたですよ」

「ああなるほど、その記事は読んだ憶えがある。衝撃的な事件だった。実際に会ったことはなかったと思う。もちろん知ってはいたが。ジョン・アームストロング。立派な男で、だれにでも好かれていた。大した戦功をあげて、ヴィクトリア十字勲章を授与されている」

4　フランス北部、英仏海峡にそそぐ川。第一次世界大戦で戦場になった。

「昨夜殺された男性は、アームストロング大佐のお子さんを殺害した犯人だったんですよ」

アーバスノットの顔が険しくなった。

「それなら、あんな目にあって自業自得というのがわたしの意見だ。もっとも、正式に絞首刑にされるほうがよかったとは思うが――いや、あっちでは電気椅子だったか」

「アーバスノット大佐、実際のところ、個人的な復讐よりも法と秩序のほうが好ましいと思われますか」

「そりゃそうだ。なにかと言うと血の報復に走って、互いに切り刻んでまわるわけにはいかないだろう。コルシカ人やマフィアじゃあるまいし」大佐は言った。「なんと言っても、陪審《ばいしん》による裁判は健全な制度だ」

ポアロは考え込むような表情で大佐を見ていたが、やがて口を開いた。

「なるほど。たしかに、大佐ならそうお考えになるでしょうね。アーバスノット大佐、わたしからお尋ねすべきことはもうないと思います。ご自身で昨夜のことを思い出してみられて、おかしいと思われたこと――というより、いまあらためて考えてみるとおかしいと思われることはありませんか。どんなことでもけっこうです」

アーバスノットはしばし考え込んだ。

「いや、なにも。ただ──」と言いかけて口ごもる。

「どうぞ続けてください。ただ、なんです？」

「いや、大したことじゃないんだが」と大佐はためらいがちに言った。「ただ、どんなことでもと言われたから」

「ええ、なんでもおっしゃってください」

「いや、ほんとうに大したことじゃないんだ。ちょっとしたことなんだが、自分の客室に戻ったとき、ひとつ向こうの客室のドアが──つまり一番端の──」

「わかります、十六号室ですね」

「そう、そのドアがちゃんと閉じていなかった。それで、室内から男が外を見ていたんだ。こっそり外を見ていて、それですぐに閉じてしまった。もちろん大したことじゃない。それはわかっているんだが、ただちょっと変だなと思ったものだから。つまりその、ドアをあけて頭だけ出して外を見るというのは、だれでもよくやることだ。ただ、こっそりうかがうふうだったのが引っかかって」

「なるほど……」ポアロはあやふやな口調で言った。

「だから、大したことではないんだよ」アーバスノット大佐は申し訳なさそうに言った。「ただ、わかってもらえると思うが——真夜中過ぎで、あたりはひっそりしていて——そういうときは、なんでもいわくありげに思えるものなんだ。探偵小説みたいに。たわごとだな、実際」

大佐は立ちあがった。「もしほかになければ——」

「ありがとうございます、アーバスノット大佐。わたしからは以上です」

大佐はしばしためらった。最初のうちは、「外国人」に質問されることに生理的な嫌悪感を抱いていたようだが、いまではそれは消え失せていた。

「ミス・デブナムのことなんだが」と気づまりそうに口を開いた。「これは請け合ってもいいが、彼女はちゃんとした人だ。プッカ・サヒブ[5]だから」

少し顔を赤くして、大佐は出ていった。

コンスタンティン医師が興味をそそられたように尋ねた。「どういう意味ですかね、プッカ・サヒブとは」

「ミス・デブナムのお父さんや兄弟が、アーバスノット大佐と同じような学校を出ているという意味ですよ」とポアロ。

「それでは、この殺人事件とはなんの関係もない話なんですね」医師はがっかりしたように言った。

「そうですね」ポアロは言った。

一心に考え込む様子でテーブルをこつこつやっていたが、やがて顔をあげた。

「アーバスノット大佐はパイプを吸っている。ムッシュ・ラチェットの客室には、パイプクリーナーが落ちていた。ムッシュ・ラチェットは葉巻しか吸わないのに」

「ということは——？」

「これまでのところ、パイプを吸うと自分で認めたのは大佐だけだ。しかもアームストロング大佐のことを知っていた——自分では認めなかったが、ほんとうは親しかったのかもしれない」

「それじゃきみは、もしや——？」

ポアロは大きくかぶりをふった。

「問題はそこだ——ありえないんだ——ありえないんだよ。あんまり頭はよくないが、

5　「プッカ」はヒンディー語で「本物の」「信頼できる」を意味する形容詞、「サヒブ」は英領インドで現地人がヨーロッパ人を呼ぶときの尊称で、転じて「紳士」「立派な人物」を意味するようになった。植民地で支配者たることを暗に求められる英国人が、「プッカ・サヒブ（＝真の紳士）」としてふるまわなくてはと感じる、という文脈でよく使われた。

名誉や正義を重んじるあの英国人が、敵を刃物で十二回もめった刺しにするわけがない！　わからないかな、これがどれだけありえないことか」

「それは心理学じゃないか」とブーク。

「心理学をばかにしちゃいけないよ。この事件にはしるしが残っているが、それはどう考えてもアーバスノット大佐のしるしじゃない。それはともかく、次の乗客を呼ぼうか」

今回はブークも口には出さなかったが、考えていたのはやはりイタリア人のことだった。

第9章　ミスター・ハードマンの証言

一等の乗客のうち、最後に質問を受けることになったのは、ミスター・ハードマンという大柄で威勢のよいアメリカ人だった。イタリア人や従僕と同じテーブルで食事をしていた人物だ。

いささか派手なチェックのスーツを着て、ピンクのシャツに安ぴかのネクタイピンをし、舌でなにかを転がしながら食堂車に入ってきた。大きくて肉付きのよい顔、目鼻だちは垢抜けないが、人のよさそうな表情を浮かべている。

「おはようさん」彼は言った。「わたしになんのご用かな」

「殺人事件があったことはお聞きになったと思いますが、ミスター――ああ――ハードマン」

「ああ、聞きましたよ」

チューインガムを器用に反対側に移す。

「この汽車の乗客のかたがたには、みなさんからお話を聞かなくてはならないんですよ」

「わたしゃかまいませんよ。それしかやりようがないでしょうからね」

ポアロは目の前のパスポートをあらためた。

「お名前はサイラス・ベスマン・ハードマン、合衆国国民、年齢は四十一歳、タイプライターのリボンのセールスマンとして旅行しておられるんですね」

「大当たり」

「イスタンブールからパリへいらっしゃるところですね」

「そうです」

「ご旅行の目的は」

「仕事ですよ」

「ミスター・ハードマン、いつも一等で旅行なさるんですか」

「まあね、費用は会社もちなもんでね」とウィンクしてみせた。

「ミスター・ハードマン、それでは昨夜の事件の話に移りましょう」

アメリカ人はうなずいた。

「なにかご存じのことはありませんか」

「いや、ぜんぜん」

「そうですか、それは残念だ。ミスター・ハードマン、では昨夜、夕食のあとなにをなさっていたか話していただけませんか」

ここで初めて、アメリカ人は気軽に返事をする気がなくなったようだった。ややあってようやく口を開いた。「失礼ですがね、みなさんはいったいどういう人たちなんです？　教えてくださいよ」

「こちらはムッシュ・ブーク、〈ワゴンリ〉社の重役です。それでこちらは、遺体を調べてくださったドクトルです」

「それでおたくさんは？」

「わたしはエルキュール・ポアロです。〈ワゴンリ〉社に雇われて、この事件の捜査をしております」

「その名前は聞いた憶えがある」ハードマンはしばらく考えて、「こりゃ白状したほうがよさそうだな」

「なにかご存じなのなら、包み隠さず話したほうがよいと思いますよ」ポアロはそっけなく言った。

「ほんとになにか知ってるんなら、まったくおっしゃるとおりってとこなんだが、あいにくなにも知らないんですよ。いま言ったとおり、わたしはなんにも知りません。ただ、知っているべき立場なんだ。それで情けなく思ってるんですよ。知ってなくちゃならないんだから」

「どういうことですか、ミスター・ハードマン」

ハードマンはため息をつき、チューインガムを口から出してポケットに突っ込んだ。と同時に、人物がまるごと入れ替わったかのようだった。舞台の登場人物のようなわざとらしさが薄れて、よりほんとうの人間らしくなった。大きな鼻声もそれほど耳につかなくなった。

「そのパスポートは偽装なんです」彼は言った。「こっちがほんとうの身分で」

すっと差し出された名刺をポアロは眺めた。ブークが肩ごしにのぞき込む。

ミスター・サイラス・B・ハードマン
マクニール探偵事務所
ニューヨーク

ポアロはその名を知っていた。ニューヨークでもとくに有名で評判の高い私立探偵事務所だ。

「ではミスター・ハードマン」ポアロは言った。「事情をご説明いただけますか」

「いいですとも。どういうことかというと、わたしは詐欺師《さぎし》ふたりを追ってヨーロッパへ渡った――この事件とは無関係ですよ。それで追っていった最終地点がイスタンブールだったんです。所長に電報を打ったら戻ってこいと指示されたんで、なつかしのニューヨークに戻るはずが、そこへこれが舞い込んだというわけで」

そう言って、手紙をこちらへ差し出した。

最上部に書かれた発信人の住所は〈トカトリアン・ホテル〉になっている。

拝啓、〈マクニール探偵事務所〉の探偵をしておられるとのこと、本日午後四時にわたしのスイートにご足労いただきたい。

署名は「S・E・ラチェット」とある。

「それで……？」

「指定の時間に訪ねていくと、ミスター・ラチェットが状況を説明してくれましたよ。受け取った手紙を二通ほど見せられました」

「ミスター・ラチェットは不安がってましたか」

「平気なふりはしていたが、まちがいなくびびってました。それでわたしは、同じ汽車でパリまで行って、ミスター・ラチェットが襲われたりせんよう見張ることになったんです。まあところが、たしかに同じ汽車には乗ったものの、依頼人はやっぱり襲われちまったわけです。いや、まったく情けない。面目《めんぼく》丸つぶれですよ」

「どういう対策をとるか、ミスター・ラチェットのほうから指示があったんですか」

「ええ、向こうがなにもかも手はずをつけたんです。わたしがとなりの客室をとるっていうのが最初の案だったんだが、そもそもそこからケチがつきましてね。とれたのは十六番の寝台だけだった。これをとるのにもかなり苦労しましたよ。たぶん、車掌はあの客室は予備にとっときたいんでしょう。まあ、これはどうでもいいことだが。それはともかく、実際の状況を見てみて、十六号室は戦略的に好都合な要所にあるとわたしは思った。イスタンブール発の寝台車の前方には食堂車があるだけで、ホームに出るドアのうち、前方寄りのは夜間は閂《かんぬき》がかかってる。悪党が忍び込むとすれば、ホームに通じる後ろ端のドアか、汽車の後ろのほうから客車づたいに入ってくるしかない。どっちにしても、わたしの客室の前を通るわけですからね」

「襲ってくる相手がだれだか、よもやご存じではないでしょうね」

「それが、外見的な特徴はわかってるんです。ミスター・ラチェットが説明してくれたんで」

「ほんとうですか」

三人はそろって身を乗り出した。

ハードマンは続けた。「小男で、黒っぽい髪で、女みたいな声をしていると言ってましたよ。それと、たぶん最初の夜には来ないだろうとも言ってました。二日めか三日めの夜じゃないかと」

「なにか知っていたんだな」とブーク。

「秘書になにもかも話していたわけじゃないのはまちがいないね」ポアロが考え込むように言った。「その敵について、なにか聞いておられませんか。たとえば、なぜ生命を狙われているのかとか」

「いや、そのあたりについてはちょっと口が重くて。ただ、そいつは彼の生命を狙っていて、あきらめる気がないとだけ言ってましたね」

「小男――黒っぽい髪――女のような声」ポアロは思案げにつぶやいた。やがて射抜くような目でハードマンを見据えて、彼は言った。「とうぜん、あなたは彼の正体をご存じでしょうな」

「ラチェットです。だれだかご存じだったのでしょう」

「どっちの彼です」

「どういう意味ですか」

「ラチェットの本名はカセッティです。アームストロング事件の誘拐殺人犯ですよ」

ミスター・ハードマンは思わず口笛を漏らした。

「こいつは驚いた！　信じられん！　いや、まったく気がついてませんでした。それも長々と。あの事件が大騒ぎになったころ、わたしは西部のほうへ行ってたもんでね。新聞で写真は見たと思うんだが、新聞の写真じゃ、おふくろが写ってたって見分けがつくもんじゃない。なにしろカセッティなら、恨みをもつ人間がおおぜいいても不思議はないな」

「アームストロング事件に関わりのある人物で、その人相特徴に一致する人を知りませんか。その、小男で、黒っぽい髪で、女のような声という」

ハードマンはしばらく考えた。

「どうですかね。あの事件の関係者はあらかた亡くなってるし」

「たしか、窓から飛び下り自殺をした若い女性がいたでしょう」

「いましたね。そこに目をつけるとは鋭いな。あの娘は外国人かなにかだったから、イタリア系の親戚がいたかもしれない。しかし、アームストロング事件のほかにも事件があったのを忘れちゃいけませんよ。カセッティはけっこうな期間、誘拐を繰り返してたんだから。あれだけに注目するわけにはいかんでしょう」

「たしかに。しかし、この事件はまちがいなく、アームストロング事件に関係していると考える理由があるのですよ」

ハードマンは問いかけるように目をあげたが、ポアロは答えない。ハードマンは首をふった。

「アームストロング事件では、その特徴に当てはまる人間は思いつきませんね」考え考え言った。「ただもちろん、わたしは関係者じゃないし、大してくわしいわけでもないし」

「わかりました。どうぞ、お話を続けてください」

「話すことはほとんどないんですよ。わたしは昼間眠って、夜は起きて見張ってました。最初の夜は、不審なことはなにも起こらなかった。昨夜もそれは同じだった、少なくともわたしに関してはね。客室のドアを少しあけて見張ってたんだが、不審な人物はだれも通りませんでした」

「たしかですか、ムッシュ・ハードマン」

「まちがいなしです。外からこの汽車に乗ってきた者も、後方の客車からこっちに移ってきた者もいなかった。これは誓って言えます」

「あなたの客室から車掌は見えましたか」

「見えましたよ。あの小さい椅子に座ってたんだが、それがうちの客室のドアにくっつきそうなほどすぐそばで」

「ヴィンコヴツィで汽車が停まったあと、車掌は座席を離れたことがありましたか」

「それはあの最後の駅かな？　だったらええ、二度ばかりベルが鳴ってそっちに行ってたし――あれは、汽車が完全に停まっちまったすぐあとだったような。そのあと、わたしの前を通り過ぎて後ろの客車に行ってたし――十五分ぐらい行ってましたかね。そのとき狂ったみたいにベルが鳴って、走って戻ってきたんですよ。それでわたしも通路に出てみたんです、なにがあったかと思って。事情が事情なんで、少しばかり不安になりましてね。しかしなんのこたあない、あのアメリカ人のご婦人でね。なんだかわからないが大騒ぎをしてましたよ。にやにやしちまいましたよ。それから車掌はまたべつの客室に行って、戻ってきてミネラルウォーターの壜を持っていってましたね。そのあとは座席に戻ってきたけど、次はずっと向こう端の客室にだれかの寝台を用意しに行ってたな。それからは、今朝の五時まで動かなかったと思いますよ」

「居眠りはしてませんでしたか」

「それはわからないな。してたかもしれないが」

　ポアロはうなずいた。テーブルの上の書類を、無意識のうちに手でまっすぐにそろえていたが、やがて先ほどの名刺をまた取りあげた。

「よかったら、ちょっとこれにイニシャルを書いてもらえませんか」

　ハードマンは言われたとおりにした。

「ムッシュ・ハードマン、あなたのご身分を裏書きできる人はいないでしょうね」

「この汽車に？　いや、いませんね。ただ、あのマクイーン青年ならあるいは――わたしはよく知ってるんですよ。彼のお父さんのニューヨークの事務所で見かけてたから。しかし、向こうがわたしを憶えてるかどうか。おおぜいいる探偵のひとりだからね。残念ですがね、雪がやむまで待ってもらうしかないと思うな。ニューヨークに電報を打ってみてください。わたしはかまいませんよ、嘘はついてないんで。それじゃみなさん、わたしはこれで。ミスター・ポアロ、お会いできてよかった」

　ポアロはシガレットケースを差し出した。

「パイプのほうがお好みでしたか」

「いやいや」

　ハードマンは煙草をとると、きびきびと食堂車を出ていった。

三人は顔を見合わせた。

「あの話はほんとうだと思いますか」コンスタンティン医師が言った。

「ええ、思いますね。いかにもなタイプですよ。それに、あれが嘘ならすぐにばれますからね」

「ひじょうに興味深い証言だったね」とブーク。

「たしかに」

「小男、黒っぽい髪、高い声か」ブークが思案げに言う。

「この汽車の乗客には、当てはまる者はひとりもいないね」ポアロは言った。

第10章　イタリア人の証言

「それはそうと」ポアロが目をきらきらさせて言った。「ついに、ムッシュ・ブークに喜んでもらえる時が来たよ。次はイタリア人の話を聞こう」

アントニオ・フォスカレッリは、猫のような足どりですするすると食堂車に入ってきた。満面に笑みを浮かべている。いかにもイタリア人らしい、陽気で浅黒い顔。フランス語を流暢《りゅうちょう》にあやつり、訛《なま》りはほとんどなかった。

「お名前はアントニオ・フォスカレッリですね」

「そうです」

「アメリカに帰化なさったんですね」

イタリア系アメリカ人はにやりとした。「ええ、そのほうが仕事がやりやすいんで」

「お仕事は〈フォード〉自動車のセールスマンですね」

「そう、それなんですがね――」

その後は言葉の洪水だった。それが終わるころには、フォスカレッリの販売戦略についても、旅行についても、収入についても、アメリカや大半のヨーロッパ諸国に対する意見についても、三人が知らないことはほとんどないほどだった。これは、情報を引き出すのに苦労するたぐいの人間ではない。向こうからいくらでもあふれてくるのだ。

人のよさそうな童顔に満足の笑みを浮かべながら、最後の雄弁な身ぶり手ぶりを終えて、彼はやっと言葉を切ってハンカチでひたいの汗をぬぐった。

「まあそういうわけで」彼は言った。「わたしは手広く商売をしてるんです。当世風なんですよ。販売って仕事がわかってるんです！」

「ではこの十年間、あなたはたびたびアメリカにいらしたわけですね」

「そうです。いやあ、思い出すなあ。初めて船に乗って――アメリカに渡ったんですよ、はるばるとねえ！　おふくろや妹が――」

滔々《とうとう》と思い出話が始まりそうになるのを、ポアロはさえぎった。「アメリカを旅しておられるあいだに、昨夜殺された男性に出くわしたことはありませんか」

「ありませんね。でも、ああいう手合いは知ってますよ。ええ、ほんとに」と、意味ありげに指を鳴らした。「外づらはそりゃあ立派で、身なりも立派ですがね、中身は完全に腐ってるんです。経験から言わしてもらうと、あいつはとんでもない悪党ですよ。少なくともわたしゃそう思いますね」

「お見立てどおりですよ」ポアロがあっさり言った。「ラチェットは、誘拐の常習犯カセッティだったんです」

「ああ、やっぱりねえ！　経験を積んで勘を磨いてきたんですよ、顔から読みとるってやつ。必要な能力ですからね。アメリカでなきゃ、まともな販売法なんか学べやしません」

「アームストロング事件を憶えておられますか」

「いや、どうですかね。人の名前ですよね。たしか女の子の——赤んぼでしたっけ」

「そうです、じつに悲劇的な事件で」

その評価に異を唱えたのは、おそらくこのイタリア人が初めてだったと思われる。

「まあね、ああいうのはよくあることですからねえ」彼は突き放したように言った。「アメリカみたいな進んだ大国になると——」

ポアロはそれをさえぎって、「アームストロング家のご親族と、お会いになったことがありますか」

「いや、ないと思いますね。ただ断言はしかねますが。数字をあげさしてもらうと、わたしが売った車は、去年一年だけで——」

「ムッシュ、どうか脱線はつつしんでもらえませんか」

イタリア人は、謝罪のしぐさで両手をあげた。「まことに申し訳ない」

「差し支《つか》えなければ、昨夜夕食後になにをなさっていたか教えてください」

「いいですとも。食堂車に最後まで居残ってました。ここのほうが面白いですからね。同じテーブルのアメリカ人の紳士と話をしましたよ。タイプライターのリボンのセールスをしてる人です。それから引きあげたんですが、客室はからっぽでした。同室の無愛想な英国人は、ご主人の用をうかがいに行ってたんです。しまいに戻ってきましたが、例によって仏頂面《ぶっちょうづら》ですよ。イエスかノーを言うぐらいで、あとはほとんど口をきかない。英国人てのは無愛想な人種ですね。まったく人好きがしない。すみに腰をおろして、しゃっちょこばって本を読んでましたが、そこへ車掌が来て寝台の用意をして行きました」

「四番と五番ですね」ポアロがぽつりと言った。

「そうです——端っこの客室ですよ。わたしが上の寝台です。わたしはそこに座って、煙草を吸いながら本を読んでました。英国人は歯痛を抱えてたみたいです。小壜を取り出してましたが、蓋《ふた》をとるとすごくきついにおいがしてましたよ。わたしはすぐに眠っちまったんですが、目が覚めるたびにうなってるのが聞こえました」

「夜のあいだに、その英国人は一度でも客室を出ましたか」

「いや、出なかったと思いますね。出てれば物音がするだろうし、通路から明かりが入ってくるし――自然に目が覚めますよ、国境の税関検査かと思っちゃって」

「ご主人の話は出たことがありますか。悪意を持っているような話とか」

「だからね、あの人はぜんぜんしゃべらないんですよ。まるで人好きがしない。とりつく島もないんだから」

「あなたは煙草を吸うそうですが――パイプ、紙巻き、葉巻、どれです？」

「紙巻きだけですよ」

ポアロが勧めると、彼は一本受け取った。

「シカゴに行かれたことは？」ブークが訪ねた。

「ありますよ――いい街です。でもいちばんよく行くのは、ニューヨーク、ワシントン、デトロイトですね。アメリカに行かれたことあります？　ないんですか。そりゃもったいない、ぜひ――」

ポアロは紙を差し出した。「よかったら、これに署名をお願いします。それと定住所を」

イタリア人は、張り切って言われたとおりに書くと立ちあがった。あいかわらず人懐こい笑みを浮かべている。

「これで終わりですか。もうご用はない？　それじゃ失礼します。早く汽車が動きだすといいんですがねえ。ミラノで約束が――」やれやれと首をふった。「契約をとり損なっちまう」

イタリア人が出ていくと、ポアロは友人に目をやった。

「アメリカに長く滞在してるし」とブーク。「それにイタリア人だ。イタリア人は刃物を使うものだよ！　それに大嘘つきだ！　わたしはイタリア人は嫌いなんだよ」

「そのようだ《サ・ス・ヴォワ》ね」ポアロはにやにやして言った。「まあ、きみの言うとおりかもしれないが、ここで指摘しておくけどね、あの男が犯人だという証拠はこれっぽっちもないんだよ」

「心理学はどうなったんだね。イタリア人は刃物を使わないとでも？」

「それはそうだ」とポアロ。「とくに口論でかっとなっているときはね。しかしこれは――これは、そういう種類の犯罪ではない。じつはね、これはじつに綿密に計画され、演出された犯罪じゃないかという気がしてきたんだよ。なんというか――ラテン的な犯罪ではないんだ。さまざまな痕跡からうかがえるのは、冷静で、抜け目がなくて、周到な頭脳の存在だ。言ってみればアングロサクソン的な頭脳だね」

最後の二冊のパスポートをとりあげて、「それじゃ今度は、ミス・メアリ・デブナムの話を聞こうじゃないか」

第11章　ミス・デブナムの証言

食堂車に入ってきたメアリ・デブナムを見て、以前の評価はまちがっていなかったとポアロは思った。

フランス製の灰色のブラウスに、細身の黒のスーツを一分のすきもなく着こなし、波うつ暗色の髪はひと筋の乱れもなくまとまっている。立ち居振る舞いも落ち着いていて、髪と同じくひと筋の乱れもなかった。

ポアロとブークの向かいの席に腰をおろすと、もの問いたげな目を向けてきた。

「お名前はメアリ・ハーマイオニ・デブナム、お歳は二十六ですね」ポアロはまずそう尋ねた。

「はい」

「英国人でらっしゃる」

「そうです」

「差し支えなければ、この紙に定住所を書いていただけませんか」

彼女は言われたとおりにした。きれいな読みやすい文字だ。

「さてマドモワゼル、昨夜の事件についてご存じのことはありませんか」

「残念ですけど、なにも存じません。ベッドに入って寝ておりましたので」

「さぞかしご心痛でしょうね、この汽車で犯罪がおこなわれて」

これは明らかに意外な質問だったようだ。灰色の目が少し見ひらかれた。

「どういうことでしょうか」

「まったく単純なご質問だと思いますが。もういちどうかがいますが、この汽車で犯罪がおこなわれて、とてもご心痛でしょう」

「そんなふうに考えてみたことはありませんけれど、いいえ、心が痛むということはございません」

「犯罪ですよ――そんなことは日常茶飯事だとでもおっしゃる？」

「それはもちろん、あってうれしいことではございませんけれど」メアリ・デブナムは落ち着いて答えた。

「マドモワゼル、あなたはじつにアングロサクソン的でいらっしゃる。なにがあって《ヴ・ネプル》も平然として《ヴェ・パ・デモシオン》おられますね」

彼女はわずかに微笑《ほほえ》んだ。「ヒステリーでも起こせば感受性の鋭い女性だと思ってもらえるんでしょうけれど、残念ながら無理ですわ。だって、人は毎日死んでますものね」

「たしかに。しかし、殺人事件はもう少しめずらしいでしょう」

「それはそうですね」

「殺された被害者と面識はおありでしたか」

「昨日ここで昼食をいただいたときに初めて会いました」

「どんなふうに思われました」

「ほとんど目を留めませんでしたので」

「いやな感じを受けたりはなさいませんでしたか」

彼女は肩を軽くすくめてみせた。「いいえ、そんなことはなかったと思います」

ポアロは射抜くような目で彼女を見つめた。

「わたしの事情聴取のやりかたを、少し軽蔑しておられるようですね」目をいたずらっぽく光らせて彼は言った。「英国人ならこんな質問はしないと思っておられるのでしょう。お国ではなにごとも型どおりで、事実に即した質問しかなされない。理路整然というわけです。しかしマドモワゼル、わたしにはいささかわたしなりの方法がありましてね。初めて証人に会うときは、その人となりを大づかみにして、それによって質問を組み立てていくのです。ついさっき話をうかがった紳士は、なにごとにつけても自分の考えを残らず話さずにはいられない人でした。そういう人が相手のときは、わたしも要点にしぼって質問をします。イエスかノーか、それかこれかを答えてもらうわけです。ところが次にいらしたのはあなただ。きちんとした能率的なかたなのはひと目でわかります。この人は、目前の問題だけに集中しようとするだろう。お答えは短くて要点をついているだろう。そしてだからこそ、人間の本性はひねくれたものですからね、それとはまったくべつの質問をしているのです。あなたがどう感じ、どう思ったかをうかがいたいわけですよ。こういうやりかたはお気に召しませんか」

「お気を悪くなさらないでいただきたいのですけれど、それはちょっと時間のむだではないでしょうか。ミスター・ラチェットのお顔をわたしがどう思ったとしても、そんなことが殺人犯を見つけるのに役に立つとは思えませんし」

「マドモワゼル、あのラチェットという男の正体をご存じですか」

彼女はうなずいた。「ミセス・ハバードがみんなに教えてくださってますから」

「アームストロング事件についてどう思われますか」

「ほんとうにとんでもない話です」彼女はきっぱり言った。

ポアロは考え込むふうに彼女を見やった。「ミス・デブナム、あなたはバグダッドから旅行しておられるんでしたね」

「そうです」

「目的地はロンドンですか」

「はい」

「バグダッドではなにをしておられたんですか」

「ふたりの子供の家庭教師をしておりました」

「休暇のあとは、またそのお仕事に戻られる？」

「わかりません」

「なぜです」

「バグダッドは少し遠すぎます。よいお話があれば、ロンドンで働き口を見つけたいと思っているんです」

「なるほど。わたしはまた、ご結婚なさるのかなと思いましたよ」

ミス・デブナムは返事をしなかった。目をあげて、ポアロの顔をまともに見る。そのまなざしは、はっきり「大きなお世話だ」と言っていた。

「同室のご婦人――ミス・オルソンについてはどう思われます?」

「感じのよい、裏表のないかただと思います」

「ミス・オルソンのガウンの色はおわかりですか」

メアリ・デブナムは目をぱちくりさせた。「茶色っぽい――天然素材の色です」

「そうですか。ところで、秘密をもらすことにはならないと思うのですが、アレッポからイスタンブールへ向かう車中で目にしたものですから――あなたのガウンは薄い藤色でしたね」

「はい、そうです」

「マドモワゼル、それ以外にガウンをお持ちではありませんか。たとえば緋色のとか」

「いいえ、わたしは持っておりません」

ポアロは身を乗り出した。ネズミをいたぶる猫のようだ。「ではだれがお持ちなんです?」

ミス・デブナムは驚いたように少し身を引いた。

「知りません。どういう意味ですか?」

「あなたは『そんなガウンは持っていない』とはおっしゃらず、『わたしは持っていない』とおっしゃった。つまり、だれかほかの人が持っているという意味でしょう」

彼女はうなずいた。

「この汽車に乗っているだれかですね」

「そうです」

「だれです？」

「いま言ったとおり、知らないんです。今朝五時ごろ目が覚めて、ずいぶん長いこと停まっているなと思ったんです。それでドアをあけて通路を見ましたの。ここはどこかの駅だろうと思って。そうしたら、緋色のキモノを着た人が通路の向こうに見えたんです」

「しかし、だれかはわからなかったのですね。金髪でしたか、黒っぽい髪ですか。それとも白髪？」

「わかりません。ヘアネットをかぶってましたし、こちらからは後ろ姿しか見えなかったので」

「体格はどうです？」

「背は高いほうで、やせていたと思いますけど、でもよくわかりません。キモノにはドラゴンの刺繡《ししゅう》が入っていました」

「そうそう、そのとおり。ドラゴンでした」

ポアロはしばらく黙り込んだ。ぶつぶつと「おかしい。どうもおかしい。わけがわからん」とつぶやいている。

やがて顔をあげて、「マドモワゼル、お訊きしたいのは以上です」

「あら！」驚いたようだったが、すぐに立ちあがった。

しかし、ドアの前で少したためらい、また引き返してきた。

「あのスウェーデンのかた――ミス・オルソンでしたっけ。あのかたがとても心配してらっしゃるみたいなんです。殺された男性の生きた姿を最後に見たのは自分だって、あなたに言われたとかで。疑われていると思ってらっしゃるんだと思います。そんなことはないって、わたしからお伝えしてもかまいません？　だって、ハエ一匹殺せないような人ですから」

そう言いながら、彼女は小さく微笑んでいた。

「ミス・オルソンが、ミセス・ハバードにアスピリンをもらいに行かれたのは何時ごろでしたか」

「十時半少し過ぎです」

「戻ってくるまでどれぐらいかかりました？」

「五分ぐらいでした」

「夜中にまた客室を出たことがありましたか」

「いいえ」

ポアロは医師に向かって、「ラチェットがそんなに早く殺されたという可能性はありますかね」

医師は首をふった。

「では、安心するようにおっしゃってかまいませんよ、マドモワゼル」

「よかった」と言うと、彼女は急に顔をほころばせた。つい引き込まれそうな笑顔。

「あのかた、ほんとに羊みたいなんですもの。すぐにおびえて泣き声をお出しになるの――」

ミス・デブナムはまわれ右をして出ていった。

第12章　ドイツ人メイドの証言

ブークは不思議そうにポアロをじろじろ見ている。「わたしにはさっぱりわけがわからないよ。きみはいったい――なにをしたかったんだね」

「ほころびを探していたんだよ」

「ほころび？」

「そう――あの若いご婦人は、冷静沈着の鎧《よろい》をまとっているからね。揺さぶりをかけて、あの落ち着き《サンフロワ》を崩してやりたかったのさ。うまく行ったかといえば、どうだかね。しかし、これはわかった――わたしがこんなふうに攻めてくるとは、彼女は思ってなかったね」

「きみは彼女を疑ってるのか」ブークがおもむろに言った。「しかしなぜだね。ひじょうに魅力的な女性のようだし――この手の犯罪にはおよそ関わりそうにも見えないが」

「同感ですね」コンスタンティン医師も言った。「落ち着いていて、激情に駆られるタイプではない。刃物で人を刺すより、裁判所に訴えて出るでしょう」

ポアロはため息をついた。

「おふたりとも、思い込みは棄《す》てなくちゃいけない。これは、突発的に起こった無計画な犯罪ではないんですよ。ミス・デブナムを疑う理由ですがね、これはふたつあります。ひとつは、まだお話ししてませんでしたが、彼女の話をもれ聞いてしまったからですよ」

ポアロは、アレッポからの途上で耳にした、奇妙なやりとりのことを説明した。

「たしかに奇妙だ」その話が終わると、ブークは言った。「それは調べてみなくてはならないね。きみの疑っているとおりの意味なら、ふたりともこれに関わっていることになる。彼女も、あの堅苦しい英国人も」

ポアロはうなずいた。

「ところが、事実はそれとはつじつまが合わないんだ。つまりね、あのふたりが共犯だとしたら、とうぜん予想されるのは——お互いにアリバイを証明しあうことだ。そうだろう？　ところが、実際にはそうじゃない。ミス・デブナムのアリバイを証明しているのは、初対面のスウェーデン人女性だ。アーバスノット大佐のアリバイは、被害者の秘書のマクイーンが保証してる。いやいや、この謎はそう簡単には解けないんだよ」

「きみはさっき、彼女を疑う理由はふたつあると言ったよね」ブークが催促する。

ポアロはにやりとした。「まあね、しかしもうひとつはたんなる心理学なんだよ。この事件の裏には、冷静で賢くて周到な頭脳の持主がいるとわたしは信じているんだが、ミス・デブナムにはこの犯罪を計画することができたか、と考えてみたんだ。このミス・デブナムならそれにぴったりだ」

ブークは首をふった。「見込みちがいだと思うよ。あの若い英国のご婦人は犯罪者にはとても見えない」

「それはともかく」ポアロは言って、最後のパスポートをとりあげた。「最後のひとりに取りかかろうか。メイドのヒルデガルト・シュミットだ」

接客係にうながされて、ヒルデガルト・シュミットは食堂車に入ってきた。呼ばれるのをかしこまって待っている。

ポアロは、席につくよう手招きした。

座席に腰をおろした彼女は、両手を組んで、質問されるのを穏やかに待っていた。根っから穏やかな女性のようだ。見るからにきちんとしている――あまり頭はよくないかもしれないが。

ヒルデガルト・シュミットに対するポアロの質問法は、メアリ・デブナムに対するときとは正反対だった。

できるかぎりやさしく丁重に接して、まずは安心させた。次に、氏名と住所を書かせながら、ものやわらかに質問に移っていく。

聞き取りはドイツ語でおこなわれた。

「昨夜なにがあったか、できるだけくわしく知りたいのですよ」ポアロは言った。「事件そのものについては、なにもご存じないだろうとわかっています。ですが、あなたが見たり聞いたりしたことで、あなたにとってはなんの意味もないことでも、ひょっとしたら貴重な情報が隠れているかもしれません。ここまではおわかりですか」

どうもわかっていないようだった。人のよさそうな丸顔に、穏やかなぽかんとした表情を貼りつかせたまま、彼女は答えた。「ムッシュ、わたしはなにも存じません」

「なるほど、でもたとえば、あなたは昨夜奥さまに客室に呼ばれたでしょう」

「はい」

「時刻は憶えていますか」

「いいえ。眠っておりましたら、車掌さんが来てうかがうように言われました」

「なるほどなるほど。こんなふうに呼ばれるのはよくあることなのですか」

「そんなにめずらしいことではございません。奥さまはたびたび、夜中にわたしをお呼びになります。あまりよくお休みになれないので」

「それはそれは《エ・ビヤン》。それで、あなたはお呼びを受けてお起きになったと。ガウンを引っかけていかれましたか」

「いいえ、着替えてまいりました。奥さまの前にガウン姿ではあがりたくございませんので」

「そうは言っても、とても上等のガウンをお持ちでしょう。緋色でしたよね」

彼女は目を丸くして、「いいえ、紺色のフランネルのガウンです」

「そうでしたか。どうぞお気になさらず、ちょっとした冗談ですから。それで、公爵夫人のところへいらしたわけですね。それからどんなことをなさったんですか」

「マッサージをいたしました。それから本を朗読しました。わたしは朗読があまりじょうずでないのですが、奥さまはかえってそれがよいのだとおっしゃるんです。そのほうが眠くなってよいんだそうです。しばらくして、眠くなったからもう下がってよいとおっしゃったので、本を閉じて自分の客室に戻りました」

「それは何時ごろだったかわかりますか」

「いいえ」

「では、公爵夫人のおそばにいらしたのはどれぐらいのあいだでした？」

「三十分ぐらいです」

「なるほど。それで、そのあとはどうなさいました」

「まず、わたしの客室から予備の毛布を奥さまにお持ちしました。暖房してあっても、とても寒うございましたので。毛布をおかけいたしましたら、奥さまがもう下がってよいとおっしゃいましたので、ミネラルウォーターを少しコップにおつぎしてから、明かりを消して下がりました」

「それからどうなさいました」

「それだけです。自分の客室に戻ってまた寝ました」

「通路ではだれにも会いませんでしたか」

「はい」

「たとえばですが、緋色のキモノを着たご婦人を見かけませんでしたか。ドラゴンの模様の入った」

穏やかな目を丸くして、彼女はポアロを見つめた。「いいえ、見かけませんでした。

車掌さん以外にはだれもいませんでした。みんな寝ていました」

「でも、車掌は見かけたのですね」

「はい」

「なにをしていました？」

「客室から出てくるところでした」

「なんだって」ブークが身を乗り出す。「どの客室だね」

ヒルデガルト・シュミットはまたおびえた顔になり、ポアロは目で友人をたしなめた。

「なるほど」ポアロは言った。「車掌は、夜中にしょっちゅうベルで呼ばれますからね。どの客室だったか憶えていますか」

「車両のまんなかへんだったと思います。奥さまの客室からふたつ三つ離れた」

「ああ、そうですか。よかったら、どこでなにがあったのか、くわしく教えてもらえますか」

「車掌さんともう少しでぶつかるところでした。わたしは自分の客室から、毛布を持って奥さまの客室に行く途中でした」

「そこへ車掌が客室から出てきて、あなたとぶつかりそうになったのですね。車掌はどっちの方向へ行こうとしてました？」

「わたしの方向へです。車掌さんはあやまって、そのまま食堂車のほうへ行きました。ベルが鳴りはじめましたけど、車掌さんはそれはほったらかしにしていたと思います」


彼女はそこで口をつぐみ、ややあって言った。「あの、どういうことでしょうか。どうしてこんな――？」


ポアロは励ますように言った。「たんに時刻が知りたいのですよ。手続き上、確認しなくてはならないだけなんです。気の毒に、車掌は昨夜ずいぶん忙しかったようですね。あなたを起こしに行って、そのあとは何度もベルで呼ばれて」

「でも、あれはわたしを起こしに来た人ではなかったんです。べつの車掌さんでした」

「ああ、そうでしたか！　それは、前にも会ったことがある車掌でしたか」

「いいえ」

「ほう！　またその人を見たらわかると思いますか」

「はい」


ポアロがぼそぼそと耳打ちすると、ブークはドアに立って行き、なにごとか指示を出した。

ポアロは、気さくな調子で質問を続けている。「フラウ・シュミット、アメリカに行かれたことがありますか」

「ありません。すてきな国だそうですね」

「ひょっとして、昨夜殺された男性がじつは——じつは、幼い子供を殺した犯人だという話をお聞きになってますか」

「はい、聞きました。ほんとにひどい——恐ろしい話です。神さまがそんなことお許しになるはずがありません。ドイツでは、そんなひどい事件は起こりません」

目に涙を浮かべている。強い母性が揺さぶられたのだ。

「まことに言語道断《ごんごどうだん》な事件です」ポアロも重々しい口調で言った。

ポケットから小さな布切れを取り出して彼女に渡した。「これはあなたのハンカチですか、フラウ・シュミット」

しばし無言で、彼女はそれを眺めていた。ややあって顔をあげたとき、その顔はかすかに赤くなっていた。「いいえ、ちがいます。わたしのじゃありません」

「Hというイニシャルが入っているでしょう。それで、あなたのものかと思ったんですよ」

「でもムッシュ、これは身分の高いご婦人のハンカチです。とっても高価なハンカチ。手縫いの刺繡が入っていますもの。きっとパリ製だと思います」

「あなたのものではないと。どなたのものかご存じですか」

「わたしがですか？　いいえ、知りません」

その答えを聞いていた三人のうち、そこにわずかなためらいを聞きとったのはポアロひとりだった。

ブークから耳打ちされて、ポアロはうなずき、メイドに向かって言った。「寝台車の車掌が三人入ってきますからね。昨夜、公爵夫人に毛布を持って行かれる途中で、出くわしたのはどの人だか教えてもらえますか」

三人の男たちが入ってきた。ひとりはピエール・ミシェル。アテネ発パリ行き客車の車掌は長身で金髪、ブカレスト発の客車の車掌は大柄でがっしりした体格だった。

ヒルデガルト・シュミットは三人を見ると、すぐに首をふった。「いいえ、このなかには昨夜の車掌さんはいません」

「でも、この汽車に乗っている車掌はこの人たちだけですよ。なにかのお間違いでは？」

「いいえ、間違いありません。この人たちはみんな背が高くて大柄ですけど、昨夜会った車掌さんは小柄で黒っぽい髪の人でした。ちょびひげを生《は》やしてましたし。『失礼《パルドン》』って言った声は、女の人みたいに細い声でした。間違いないです、よく憶えてますもの」

第13章　乗客の証言のまとめ

「小柄で黒っぽい髪、女のような声」とブーク。

三人の車掌とヒルデガルト・シュミットはもう引き取っていた。

ブークはお手上げという身ぶりをしてみせ、「まったくわけがわからん――わけのわからないことばっかりだ！　ラチェットが言っていた敵は、やっぱりこの汽車に乗っていたのか。しかし、それじゃどこへ行ったんだ。どこへともなく消え失せるなんてことがあるもんかね。わたしは頭がくらくらしてきたよ。頼むからなんとか言ってくれないか。この不可能を可能にする道があるなら教えてもらいたいね」

「うまいことを言うね」とポアロ。「不可能は可能にはなりえない。したがって、不可能に見えてもそのじつは可能なはずなんだ」

「それじゃ手っとり早く説明してくれないか。昨夜、この汽車ではいったいなにが起こったんだ」

「わたしは魔術師じゃないんだよ。きみと同じで、すっかり面食らっているんだ。捜査はいよいよおかしな方向に進んでいる」

「方向もなにも、最初からぜんぜん進んでないじゃないか」

　ポアロは首をふった。「いや、そんなことはない。ずっと進んでいるよ。いろんなものが見つかったし、乗客の証言も聞いた」

「しかし、それでなにがわかったっていうんだ。まったくゼロじゃないか」

「そんなことはないと思うが」

「ゼロというのは言いすぎだったかもしれない。あのハードマンというアメリカ人の身元とか、ドイツ人のメイドの話とか――たしかに、あれで多少は情報が得られたね。しかし言ってみれば、そのせいでますますわけがわからなくなっただけだ」

「いや、そんなことはないさ」ポアロがなだめるように言う。

　ブークはそれに詰め寄って、「それじゃ教えてくれよ。エルキュール・ポアロの知恵を披露《ひろう》してもらいたいね」

「だから言ったじゃないか、わたしも面食らってるんだって。ただ少なくとも、問題を直視することはできるだろう。いま手もとにある情報を順序立てて整理してみよう」

「どうぞ、お願いしますよ」コンスタンティン医師が言った。

ポアロは咳払いをして、吸取紙をまっすぐに直した。「現時点でわかっていることをおさらいしてみよう。まずは、疑いようのない事実がいくつかある。ラチェット、あるいはカセッティという名の被害者は、十二か所も刺されて昨夜死亡した。これが事実その一だ」

「なるほど、たしかにそれはそのとおりだ」ブークが皮肉たっぷりのしぐさをまじえつつ言った。

エルキュール・ポアロは気を悪くするふうもなく、平然と先を続けた。「遺体にはかなりおかしなところがあって、それについてはもうドクトル・コンスタンティンと話をしたんだが、いまは飛ばそう。またあとで取りあげるから。第二の重要な事実は、わたしの考えでは、犯罪がおこなわれた時刻だ」

「それもまた、わかっている数少ない事実のひとつだね」とブーク。「事件が起こったのは、昨夜の午前一時十五分過ぎだ。すべてがそれを裏書きしている」

「すべてではないよ。きみは誇張している。たしかに、それを裏づける証拠はかなりあるけどね」

「やれありがたい、少なくともそれは認めてくれるんだね」

この茶々は気にせず、ポアロは落ち着いて話を進めた。「可能性は三つある。第一に、きみが言ったとおり、事件は一時十五分過ぎに起こったという可能性だ。これを裏づける証拠は、時計、ミセス・ハバードの証言、ドイツ人女性ヒルデガルト・シュミットの証言だ。これはドクトル・コンスタンティンの医学的所見とも一致している。

第二に、事件が起こったのはもっとあとで、時計の証拠は故意に捏造《ねつぞう》されたという可能性もある。

第三に、事件が起こったのはもっと前で、証拠は同様の理由で捏造されたものという可能性もある。

さて、このうち最も実際にありそうで、かつ最も証拠で裏づけられているのが第一の可能性だと認めたとすると、そこから導かれる可能性も事実と認めなくてはならない。まず、事件が一時十五分過ぎに起こったとすれば、犯人は汽車から逃げられなかったはずだ。とすると疑問が生じてくる。犯人はどこにいるのか。そしてだれなのか。

まずは証言をたんねんに吟味してみよう。小男で黒っぽい髪、女のような声という、この人物の話を初めて持ち出したのは、ハードマンという男だ。彼はラチェットからこの人物の話を聞いたと言い、この人物が現われないか見張るために雇われたと言っている。しかし、これを裏づける証拠はなにひとつない。たんにハードマンがそう言っているだけだ。そこで、次はこの問題を検討してみよう。ハードマンはほんとうに、本人が言っているとおりの人物なのか。つまり、ニューヨークの探偵事務所の探偵なのだろうか。

わたしの考えでは、この事件がきわめて興味深いのは、警察なら利用できる手段がここにはまるで存在しないというところなんだよ。どの人物についても、身元の確認をとることができない。推測に頼るしかないわけだ。わたしに言わせれば、これは面白くてたまらないよ。決まりきった確認作業をする必要がない。すべて知力の問題なんだ。『ハードマンの自己紹介を真に受けてよいのか』と考え、『答えはイエスだ』と判断する。わたしは、ハードマンは本人が言うとおりの人物だと見てよいと思うね」

「つまり直感に頼るというわけですか——アメリカ人の言うインスピレーションに」

とコンスタンティン医師が言った。

「とんでもない。蓋然性《がいぜんせい》を考慮するんですよ。ハードマンはにせのパスポートを持って旅行している。したがってすぐに嫌疑の対象になります。ここに警察がやって来たら、真っ先にハードマンを拘束して、本人の言うとおりの人間かどうか電報で確認するでしょう。ほかの乗客に関しては、身元の確認はむずかしいでしょうね。警察は、まずほとんど身元確認をとろうとはしないだろうな。疑わしいふしがまったくなければなおさらです。しかしハードマンの場合は簡単だ。本人が名乗っているとおりの人物か、そうでないかのふたつにひとつだ。そんなわけで、すっかり疑いは晴れるだろうと思うわけですよ」

「それじゃ、ハードマンが犯人の可能性はないというわけですか」

「とんでもない、それは誤解ですよ。わたしの知るかぎり、アメリカの探偵はみんな、ラチェットを殺したいと思う個人的な動機をもっていると思いますよ。わたしが言いたかったのは、ハードマンが自分自身について言っていることは正しいと思うと、そういうことです。また、ラチェットが彼を見つけて雇ったというのもそう突飛な話ではないし、もちろん確実なことはわかりませんがね、ほんとうだという可能性は高い。そしてそれを事実と認めるとすれば、次はその裏づけがあるかどうか調べなくてはなりません。そしてその裏づけが、かなり意外なところから出てきたわけです——ヒルデガルト・シュミットの証言ですよ。彼女が見た〈ワゴンリ〉の制服を着た男は、ハードマンの言った特徴そのままです。このふたりの話にはほかにも裏づけがあるかというと、じつはそれがあるんです。ミセス・ハバードが客室で見つけたボタンですよ。さらにもうひとつ、傍証となる証言があるんだが、お気づきですか」

「というと？」

「アーバスノット大佐もヘクター・マクイーンも、車掌が客室の前を通ったと言っていますね。どちらも大したこととは思っていないようでしたが、しかしですね、ピエール・ミシェルは席を離れなかったと言っているんですよ、とくに用事があるときを除いては。そしてどの用事のときにも、アーバスノットとマクイーンのいた客室の向こう、車両の反対端に行く必要はなかったんです。

というわけで、女のような声をした黒っぽい髪の小男が〈ワゴンリ〉の制服を着ていたという話は、直接間接に四人の証人の供述に裏づけられているわけです」

「ひとつ、細かいことですが」とコンスタンティン医師。「ヒルデガルト・シュミットの話が事実だとすれば、本物の車掌はどうして彼女を見かけたと言わなかったんでしょうね、ベルに応えてミセス・ハバードの客室に行ったとき」

「それは説明がつくと思いますよ。車掌がミセス・ハバードの客室に向かったときには、ヒルデガルト・シュミットはご主人の客室にまだいたんでしょう。そのあと自分の客室に戻ったときには、こんどは車掌がミセス・ハバードの客室に入っていたというわけです」

ブークは、ふたりの話が終わるのをじれったそうに待っていた。「なるほど、よくわかったよ」とポアロに向かってせっかちに言った。「きみの慎重な態度も、一歩一歩進んでいくやりかたも立派だと思うよ。しかしね、言わせてもらうと、きみはまだこの問題の要点に触れていないじゃないか。その人物が存在することは、これはみんな認めるところだよ。問題は、どこへ消えたのかってことだろう」

ポアロはたしなめるように首をふった。「それはちがうな。きみは馬の前に荷車をつけようとしている。『この男はどこへ消えたのか』と問う前に、『そんな男がほんとうに存在したのか』とわたしは考えているんだよ。というのもね、これが架空の人物だったら、つまり捏造だったとしたら、煙のように消えてもなんの不思議もないじゃないか！　だからまず、そんな男がほんとうに存在するのか、血肉をそなえた実在の人物なのか、そこを確認しようとしているんだよ」

「それで、存在するという結論に達したというわけだね――やれやれ《エ・ビヤン》――いまそいつはどこにいるんだ」

「それには答えはふたつしかない。ひとつは、いまもまだこの汽車に隠れている。人がとうてい思いつかないような、あっと驚く場所に隠れているというわけだね。そしてもうひとつは、言ってみればだね、犯人はふたりいるということだ。つまり、ほんとうの自分――ムッシュ・ラチェットが恐れていた男だね――と、この汽車の乗客のふた役をかねているということだよ。みごとに変装していて、ムッシュ・ラチェットにも見破られなかったんだ」

「なるほど、それはありうるな」ブークは顔を輝かせたが、すぐにまた眉を曇らせた。「しかし、ひとつ問題が――」

ブークが言い終えないうちに、ポアロがあとを引き取って言った。「男の身長だ。きみが言いたいのはそこだろう？　ムッシュ・ラチェットの従僕をべつにすれば、乗客は大男ぞろいだからね。あのイタリア人も、アーバスノット大佐も、ヘクター・マクイーンも、アンドレニ伯爵も。とすると、残るのはあの従僕だが――彼が犯人というのはおよそありそうにない。『女のような』声だというからね。すると、ここでべつの可能性が浮上してくる。犯人は女に変装しているのかもしれない。あるいは逆に、犯人はほんとうに女なのかもしれない。長身の女が男装すれば、小男に見えるだろう」

「しかし、それならラチェットは当然知って――」

「たぶん、たしかに知っていただろう。おそらくこの女はすでに、目的を達成するのにそのほうが都合がよいから、男の格好をして彼の生命を狙ったことがあるのかもしれない。ラチェットは、彼女がまた同じ手を使ってくると考えて、それでハードマンに男を探すように言ったんだ。しかしそのいっぽうで、女のような声だとも言っている」

「たしかにその可能性はある」とブーク。「しかし――」

「いいから聞きなさい。そろそろ、ドクトル・コンスタンティンが気づいた矛盾のことを説明するから」

遺体の傷について医師と話し合ったすえの結論を、ポアロはくわしく説明した。ブークはうなり、また頭を抱えた。

「わかるよ」ポアロが気の毒そうに言った。「きみの気持ちはよくわかる。頭がくらくらするだろう」

「まるっきり、悪い夢でも見てるみたいだ」ブークが声をあげた。

「まったくだよ。ばかばかしいし、非現実的だし、ありえない話だ。さっきわたしもそう言っただろう。ところが、にもかかわらずこれは現実なんだ。現実からは逃げられないよ」

「狂ってる！」

「そのとおり。あまりに狂っているからこそ、ときどき、ほんとうはごく単純な話のはずだという気がしてしかたがないんだ……

とはいえ、それはいつもの『ちょっとした思いつき』でしかないんだけどね……」

「殺人犯がふたり」ブークはうめいた。「それもこの〈オリエント急行〉に」それを思うと、声をあげて泣きだしたくなった。

「さてそれでは、この悪夢にいっそう輪をかけてみようか」ポアロは機嫌よく続ける。「昨夜この汽車には、なぞの人物がふたり乗っていた。ひとりは〈ワゴンリ〉の車掌だ。ムッシュ・ハードマンのあげた特徴をそのまま備えていて、ヒルデガルト・シュミットとアーバスノット大佐とムッシュ・マクイーンに目撃されている。もうひとりは緋色のキモノを着た女だ。背が高くて細身の女で、ピエール・ミシェル、ミス・デブナム、ムッシュ・マクイーン、そしてわたしに姿を見られているうえに、変な言いかただが、アーバスノット大佐にはにおいをかがれているんだ！　この女はだれだろう。この汽車の乗客はみんな、緋色のキモノなど持っていないと言っている。彼女もまた消えてしまった。〈ワゴンリ〉のにせ車掌と同一人物なのか。それともぜんぜん別人なのか。そして、このふたりはいまどこにいるのか。ついでに言えば、〈ワゴンリ〉の制服と緋色のキモノはいまどこにあるんだろう？」

「ああ、それなら調べられるぞ」ブークは勢い込んで立ちあがった。「乗客の荷物を残らず調べよう。よし、これでなんとかなる」

ポアロも立ちあがった。「ひとつ予言をしておこうか」

「どこにあるかわかるのかね」

「ちょっとね」

「つまりどこだって？」

「緋色のキモノは男性客の荷物のなかから、〈ワゴンリ〉の車掌の制服はヒルデガルト・シュミットの荷物から出てくる」

「ヒルデガルト・シュミットだって？　ということは——？」

「いや、きみの考えているようなことじゃない。こんなふうに言ってみようか。ヒルデガルト・シュミットが犯人なら、制服は彼女の荷物に入っているかもしれない——が、無実ならまちがいなく入っている」

「しかしどうして——」と言いかけて、ブークは言葉を切った。「なんだ、あの音は。こっちに近づいてくる」と声を高める。「機関車の音に似ているが」

音はいよいよ迫ってくる。やがて、女性の甲高《かんだか》い悲鳴と怒りの声であることがわかってきた。食堂車の端のドアが大きく開き、ミセス・ハバードが飛び込んできた。

「ひどいわ」彼女は叫んだ。「ひどすぎるわ。洗面道具入れに。わたしの洗面道具入れに。大きな刃物が——血まみれの」

いきなりつんのめったかと思うと、気絶してブークの肩にどさりと倒れ込んできた。

第14章　物証――凶器

紳士の鑑《かがみ》というにはいささか乱暴に、ブークは気絶した女性の頭をテーブルにのせて横たえた。コンスタンティン医師が大声で呼ぶと、食堂車の接客係のひとりが駆けつけてくる。

「このご婦人の頭をこのまま支えて」と医師。「意識が戻ったら少しコニャックをあげなさい。いいね」

そう言うと、急いでほかのふたりのあとを追った。いまは事件のことで頭がいっぱいで、気絶した年配の女性にかまってはいられなかったのだ。

手厚く世話をされていたら、ミセス・ハバードが意識を取り戻すにはもっと時間がかかったかもしれない。だが数分後、彼女は起きあがった。座席に腰かけ、接客係の差し出したグラスからコニャックを飲むと、また話しだした。

「どんなにぞっとしたか、とうてい言葉にできませんよ。この汽車のだれにも、わたしの気持ちはわからないと思うわ。子供のころから、わたしはとってもとっても感受性が強かったの。血を見ただけで――うっ――ほんとうに、いま思い出しても震えが走るわ」

　接客係がまたグラスを差し出した。「マダム、もう少しどうぞ《アンコラン・プー》」

「飲んだほうがいいかしら。わたし、むかしから絶対禁酒を守ってきているのよ。いままで一度も、ウィスキーもワインも飲んだことがないの。家族もみんな禁酒主義だし。まあでも、これはただのお薬だから――」そう言ってまた飲んだ。

　いっぽうポアロとブークは、すぐあとにコンスタンティン医師を従えつつ、食堂車を出てイスタンブール発の客車の通路を走り、ミセス・ハバードの客室に向かっていた。

　その客室の前には、汽車の乗客が全員集まっているかのようだった。車掌が困った顔をして入り口をふさいでいる。

「なにも見るものはありませんよ《メ・ズィル・ニャ・リヤン・ナ・ヴォワール》」と言い、同様の意味のことを何か国語かでくりかえしていた。

「すみません、通してください」ブークは言って、人垣のすきまに太った身体をねじ込んで客室のドアに向かった。そのすぐあとにポアロが続く。

「助かりました、いらしてくださって」車掌は安堵《あんど》のため息をついた。「みなさんがなかに入ろうとなさるんですよ。あのアメリカのご婦人が――あんなすごい悲鳴をあげるなんて――まったく《マ・フォワ》！　てっきりあのかたまで殺されたかと思いましたよ！　それで駆けつけてみたら、狂ったみたいに悲鳴をあげていて、食堂車のかたがたを呼んでくるとか言って出ていかれたんです。声をかぎりに叫びながら、途中で会う人たちみんなになにがあったか言いふらすんですからね」

「それに入ってます。わたしはさわってません」と、手で指し示しながら付け加えた。となりの客室に通じるドアの把手《とって》に、大ぶりの洗面道具入れがかかっていた。

チェック柄《がら》のゴム製だ。その下の床、ミセス・ハバードが手から取り落としたままの場所に、まっすぐな刃の短剣が落ちていた。安っぽいえせ東洋ふうの短剣で、柄には浮き彫りがほどこされ、刃は根元に向けて幅広になっている。その刃には、赤錆様《あかさびよう》のものがあちこちにこびりついていた。

ポアロがそれをそっと拾いあげた。

「なるほど」彼はつぶやいた。「まちがいない。これで凶器は見つかったわけだ――ドクトル、どう思われます」

医師はその短剣をあらためた。

「そんなに慎重になさる必要はありませんよ」とポアロ。「指紋はひとつも残っていないでしょう。ミセス・ハバードのをべつにすれば」

「まちがいなくこれが凶器です。どの傷にも矛盾しない」コンスタンティン医師は言った。

「お願いですから、そんなことをおっしゃらないでくださいよ」

医師は驚いた顔をした。

「それでなくても、もう偶然だらけなんですから。昨夜、ふたりの人間がムッシュ・ラチェットを刃物で刺した。そのふたりがそれぞれ、まったく同じ凶器を選んだというのではあんまりです」

「その点に関しては、見かけほど大した偶然ではないかもしれませんよ」医師は言った。「こういうえせ東洋ふうの短剣は、何千何万と作られてコンスタンティノープルの市場《バザール》に輸出されてますからね」

「少しほっとしましたよ。ほんの少しですが」とポアロ。

目の前のドアを考え込むように眺めていたが、洗面道具入れをはずして把手をつかみ、ドアをあけようとした。びくともしない。把手の一フィートほどうえに閂《かんぬき》がかかっている。それを抜いて再度やってみたが、やはりドアは開かなかった。

「反対側から門をかけましたよ、お忘れですか」医師が言った。

「そうでしたね」ポアロはうわの空で答えた。なにかべつのことを考えているようだ。

面食らったようにひたいにしわを寄せている。

「つじつまは合うんじゃないかな」ブークが言った。「犯人はこのドアからこっちの客室に逃げてきた。それでドアを閉じたとき、洗面道具入れに手が触れた。それでひらめいて、血まみれの刃物を急いでそのなかにすべり込ませた。それから、ミセス・ハバードが目を覚ましたのにはまるで気づかずに、今度は通路側のドアから外へ逃げた」

「そうだね」ポアロがつぶやくように言う。「きっとそういうことだったんだろう」

しかし、あいかわらず面食らったような表情は消えない。

「なにが問題なんだね」ブークが尋ねた。「なにか、腑に落ちないところがあるんだろう」

ポアロはちらとブークに視線を投げた。「きみは気がついてないのか。そうか、どうやらそうらしいね。いや、ささいなことなんだが」

車掌が客室のなかをのぞき込んできた。「アメリカのご婦人が戻ってきます」

コンスタンティン医師はいささかばつの悪そうな顔をした。ミセス・ハバードの手当がおざなりだったと感じていたのだ。しかし、彼女はまるで気にしていなかった。ほかのことで頭がいっぱいだったのだ。

「ひとつだけ、いますぐ言っておきたいことがあるんです」戸口に来るなり、息を切らしながら言った。「もうこの客室にはいられないわ！　百万ドルもらったって、今夜ここで寝るのはいやです」

「それは、マダム――」

「なにがおっしゃりたいかはわかってます。でもいまここではっきり言っておきますけど、わたしはぜったいにいやです！　通路でひと晩じゅう起きてるほうがましだわ」

彼女は泣きだした。「ほんとうに、娘に知られたら――いまのわたしを見られたら、いったい――」

ポアロがきっぱりした口調でそれをさえぎった。「マダム、お考えちがいをなさってますよ。ご要望はまことにごもっともです。お荷物はいますぐべつの客室に運ばせましょう」

ミセス・ハバードはハンカチをおろした。「ほんとうに？　まあ、いっぺんに元気が出てきたわ。でもたしか満室だったんじゃありませんの。どなたかが代わって――」

ブークが口を開いた。「マダム、お荷物はべつの客車に運ばせますよ。ベオグラードで連結された、となりの車両の客室をお使いください」

「まあ、なんてありがたい。わたし、とくべつ神経質なほうではないんですけど、でも殺された人のとなりの客室で寝ることを思うと――」と身震いした。「気が変になりそう」

「ミシェル」ブークが車掌を呼ぶ。「このお荷物を、アテネ発パリ行き車両のあいた客室にお移ししてくれ」

「承知しました。ここと同じ――三号室でよろしいですか」

ブークに答えるひまを与えず、ポアロが言った。「いや、マダムにとっては、ぜんぜんちがう番号のほうがいいだろう。十二号室などはどうかな」

「承知しました《ビヤン、ムッシュ》」

車掌は荷物を取りあげた。ミセス・ハバードは感謝の目をポアロに向けて、「とってもご親切に、いろいろお気を遣っていただいて。ほんとうに、心から感謝いたしますわ」

「お礼などとんでもない。わたしたちもごいっしょして、ご不便がないか確認しましょう」

ミセス・ハバードは、三人の男たちに付き添われて新しい客室に向かった。室内をうれしそうに見まわして、「いいお部屋だわ」

「ここで大丈夫ですか、マダム。ここはその、前の客室とまったく同じ作りなんですが」

「それはそうね、ただ反対向きですけど。でも、そんなことはかまいませんわ、だってこういう汽車は最初はこっちに走って、次はあっちに走るんですものね。娘にね、『機関車のほうを向いている客室がいいわ』って言いましたらね、『でもお母さん、そんなこと気にしてもしかたがないわよ。寝たときはこっち向きでも、起きたときには反対向きに走ってるんだから』って言うんですよ。でもほんとうに娘の言うとおりだったわ。昨夜、ベオグラードに入ったときはこっちが前だったけど、出るときは反対でしたものね」

「それはともかく、いまはもうご満足なのですね」

「あら、そうとは言えませんわ。だって、汽車はいま雪の吹き溜《だ》まりで立ち往生していて、だれもなんの手も打ってらっしゃらないし、わたしの乗る船は明後日には出てしまうんですもの」

「マダム」とブークが口をはさむ。「それはだれしもそうですよ。みんな同じです」

「ええ、それはそうですわね」ミセス・ハバードは譲歩した。「でも、真夜中に客室のなかを殺人犯に歩かれた人はほかにはいないわ」

「いまもって腑に落ちないのですが」とポアロが口を開く。「マダムのおっしゃるように、客室と客室をつなぐ《コミュニケーティング》ドアに閂がかかっていたのなら、犯人はどうやってマダムの客室に入ったのでしょうね。閂がかかっていたというのはまちがいありませんか」

「でも、あのスウェーデンのご婦人が、わたしの目の前で確かめてくださったのよ」

「そのささやかな現場を、ちょっと再構成してみましょうか。マダムは寝台に横になっておられた――それで、ご自分では見えなかったとおっしゃいましたね」

「ええ、洗面道具入れのせいですよ。ああいけない、新しい洗面道具入れを手に入れなくちゃ。いまのはもう、見ただけで吐き気がするもの」

ポアロは問題の洗面道具入れを取りあげ、コミュニケーティングドアの把手に引っかけた。

「なるほど《プレシゼマン》――たしかに」彼は言った。「閂は把手のすぐ下にありますね――洗面道具入れで隠れるわけだ。マダムが横になっておられた場所からは、閂がかかっているかどうかはわかりませんね」

「ええ、だからずっとそう言ってるじゃありませんか」

「それで、スウェーデンのご婦人、ミス・オルソンが、マダムとドアのあいだに立っていたわけですね。ミス・オルソンがあくかどうか試してみて、閂がかかっているとおっしゃったんですね」

「ええ」

「ところが、ミス・オルソンは勘違いをなさったのかもしれない。なにが言いたいかおわかりでしょう」そう言いながら、ポアロはぜひとも説明したがっているようだった。「この閂は、たんなる金属の出っ張りです——このとおり。右側に倒してあると閂がかかっているし、左に起こしてあればかかっていない。おそらくミス・オルソンは、ドアがあくか試してみただけだったのでしょう。反対側に閂がかかっていたのでドアがあかず、それでこっち側にもかかっていると思い込んだのかもしれません」

「まあ、だとしたらちょっと間が抜けてませんこと」

「心根がやさしくて気立てのよい人が、頭もいいとはかぎりませんからね」

「それはもちろんそうですけど」

「ところでマダム、スミルナへいらっしゃるときも汽車をお使いになったのですか」

「いいえ、イスタンブールまで直行の船便で行って、そこで娘の友だちのミスター・ジョンソンっていう——とってもすてきなかたなの、ぜひご紹介したいわ、ともかくそのかたが迎えに来てくださって、イスタンブールじゅう案内してくださったの。でもあの街にはとてもがっかりしましたわ。みんな崩れかけてるんですもの。それにあのモスク、なかに入るときは大きながさがさするものを靴にかぶせなくちゃならないし——どこまでお話ししたかしら」

「ミスター・ジョンソンが迎えに来てくださったところですよ」

「そうそう、それでね、そのかたに送っていただいてスミルナ行きのフランスの船会社の船に乗って、そしたら波止場に娘婿が迎えに来てくれていたの。あの人、こんなことになってるって聞いたらなんて言うかしら！　汽車ぐらい安全で快適な旅はないって娘は言ってたんですよ。『客室に座っているだけで、まっすぐパリまで行けるのよ、そしたらそこで〈アメリカン・エキスプレス〉の人が待ってるわ』[1]って。まあほんとに、汽船の切符をキャンセルするにはどうしたらいいのかしら。連絡がつけばいいんだけど。たぶんもう間に合いませんわよねえ。ほんとになんてひどい——」

ミセス・ハバードはまた涙ぐんでいる。

ポアロはいささかじりじりしていたが、このチャンスに飛びついた。「マダム、気が動転してらっしゃるんですね。食堂車の係に言って、お茶とビスケットかなにかを持ってこさせましょう」

「わたし、お茶はそんなに欲しくありませんわ」ミセス・ハバードが涙声で言う。

「それは英国の習慣でしょ」

「ではコーヒーにしましょう。なにか気付けになるものが必要ですよ」

「さっきコニャックをいただいたから、頭がとても変な感じなの。コーヒーをいただけるとありがたいわ」

「そうですとも、元気をよみがえらせないと」

「あら、不思議な言いかたをなさるのね」

「ただその前に、ちょっとした手続き上のことなのですが。お荷物の検査をしてもかまいませんか」

「まあ、なんのために？」

「乗客のみなさん全員のお荷物検査を始めるところなのですよ。不愉快な話をまた持ち出したくはないのですが、マダムの洗面道具入れに――おわかりでしょう」

「そうだわ、ぜひやっていただかなくちゃ！　あんなこわい思いをするのはもうたく

1　〈アメリカン・エキスプレス〉社は当時から観光業に手を広げており、世界中に事務所を置く大旅行代理業者になっていた。

さんですもの」

検査はすぐに終わった。ミセス・ハバードは最低限の荷物しか持っていなかったからだ。ハットボックス、安物のスーツケース、ぎゅう詰めの旅行かばん。どれも中身はごくふつうの当たり前のものばかりで、本来なら二、三分もあれば検査は終わっただろうが、ミセス・ハバードのせいで長引いてしまった。写真が出てくると、どうしてもちゃんと見せずには気がすまなかったのである（「わたしの娘よ」とか、いささか不細工な子供ふたりの写真をさして「娘の子供なの。かわいいでしょう」とか）。

第15章　物証——乗客の荷物

　心にもないお世辞を並べ立て、コーヒーを届けさせるからと約束して、ポアロはやっとふたりの友人とともにミセス・ハバードの客室をあとにした。

「まあスタートは切ったが、成果はなかったということか」とブーク。「次はだれにする？」

「客室の順番どおりに進めていくのがいちばん簡単じゃないかな。ということは十六号室だね。あの愛想のいいムッシュ・ハードマンからだ」

　ハードマンは葉巻をくゆらせながら、三人を温かく歓迎した。「どうぞ入ってください——と言っても、神ならぬ身に可能ならですがね。こう狭苦しくちゃ、とてもパーティなんか開けやしない」

　ブークがこの訪問の目的を説明すると、大柄な探偵はごもっともとばかりにうなずいた。

「かまいませんよ。じつを言うと、どうしてもっと早くそうしないのかと思ってたぐらいでね。さあ、この鍵を使ってください。ポケットも調べるなら、どうぞかまいませんよ。かばん《グリップ》をおろしましょうか」

「車掌にやらせますよ。ミシェル！」

ハードマンの「グリップ」二個の中身はすぐに検査され、問題なしとされた。むやみにアルコール飲料が多いようだったが、ハードマンはウィンクしてみせた。「国境でグリップを調べられることはめったにないんで――車掌に話をつければね。トルコの札束をすぱっと渡してやったから、これまでのところそれで面倒はなかったな」

「しかしパリに着いたら？」

ハードマンはまたウィンクをした。「パリに着くころには、このささやかな荷の残りは、洗髪液のラベルをはった壜に移してあるって寸法ですよ」

「禁酒法の支持者ではないわけですな、ムッシュ・ハードマン」ブークがにやにやしながら言った。

「まあね」とハードマン。「禁酒法で困ったことはないってところですかね」

「ははあ、もぐり酒場《スピークイージー》ですか」ブークは、その単語を味わうかのように慎重に発音した。「アメリカの言葉は、じつに風変わりで表現力豊かだ」

「アメリカには、ぜひ行ってみたいと思っているのですよ」ポアロは言った。

「あっちじゃ、ひとつふたつ進んだ手法が出てきてますよ」ハードマンは言った。

「ヨーロッパは目を覚まさなきゃ。半分眠ってるじゃないですか」

「アメリカが進歩の国なのはたしかですね」ポアロも同意した。「アメリカ人には称賛すべき点がいくつもあります。ただ――わたしは昔気質《かたぎ》なのかもしれませんが――アメリカの女性に関しては、わたしの故国《くに》の女性のほうが魅力的だと思いますね。フランスやベルギーの娘は色気とかわいげがあって――あれにまさる女性はどこにもいないんじゃないでしょうか」

ハードマンは横を向いて、しばらく雪を眺めていた。「そうかもしれませんね、ムッシュ・ポアロ」彼は言った。「しかしどこの国民も、自分とこの女がいちばんだと思うもんじゃないんですか」

雪で目が痛んだかのように、ハードマンはまばたきした。「ちょっとまぶしくないですか」彼は言った。「いや実際、今度のことじゃだんだん気が滅入ってきましたよ。殺人事件に雪に、おまけになんにもすることがない。ぶらぶらして時間をつぶしてるだけで。人でもモノでも、あとを追っかけて忙しくしてるほうが好きなもんでしてね」

「まさに西部開拓精神ですね」ポアロがにやりとして言った。

車掌がかばんをもとに戻すと、かれらは次の客室に移動した。アーバスノット大佐はすみに腰をおろし、パイプをくゆらせながら雑誌を読んでいた。

ポアロが用件を説明しても、大佐は文句ひとつ言わなかった。荷物はずっしりした革のスーツケースがふたつ。

「残りは、はるばる海路で輸送中でね」彼は説明した。

軍人の例にもれず、大佐のスーツケースはきちんと詰めてあった。おかげで検査には数分しかかからなかった。ポアロは、パイプクリーナーの包みに目を留めた。

「いつもこの同じ種類をお使いですか」

「たいていはね。手に入るときは」

「なるほど」ポアロはうなずいた。

そのパイプクリーナーは、被害者の客室の床に落ちていたものと同じだった。

通路に戻ると、コンスタンティン医師がそこを指摘してきた。

「まったく《トゥ・ド・メーム》」ポアロはぼやいた。「信じられん。あれはそういう性質《ダン・ソン・カラクテール》の男ではない。それだけ言えばじゅうぶんですよ」

となりの客室のドアは閉まっていた。ここはドラゴミロフ公爵夫人の客室だ。ドアをノックすると、公爵夫人のよく響く声が応じた。「どうぞ《アントレ》」

今回はブークが代表に立った。ことのほかうやうやしく丁重に用件を説明する。

公爵夫人は黙ってそれを聞いていた。ヒキガエルに似た小さな顔には、なんの動揺も見てとれない。

「そういうことでしたら」ブークの説明が終わると、公爵夫人は静かに言った。「しかたがありませんね。鍵はメイドが持っています。メイドに立ち会わせましょう」

「鍵はいつもメイドに預けていらっしゃるのですか」ポアロが尋ねた。

「もちろんです」

「では、夜中に国境の税関にお荷物をあけたいと言われたら、どうなさるのですか」

老婦人は肩をすくめた。「そんなことはまずないでしょう。でももしあれば、こちらの車掌に頼んでメイドを呼んでもらいます」

「では、絶対の信頼を置いていらっしゃるのですね」

「前にも申しましたでしょう」公爵夫人は静かに言った。「信用できない人間は雇いません」

「まさに」ポアロは思案げに言った。「近ごろでは、信用はじつに得がたいものです。地味でも信用できる女性のほうが、もっとしゃれた——たとえば、機転の利くパリジェンヌなどを雇うよりよいのでしょうね」

ポアロが見ていると、知的な黒い目がゆっくりと見開かれ、ひたとこちらの顔を見すえた。

「ムッシュ・ポアロ、それはどういう意味です」

「なにも。なんの意味もございません」

「いいえ、そんなはずはありません。身のまわりの世話をさせるなら、機転の利くフランス女のほうがよいとおっしゃりたいの？」

「そのほうが一般的ではないかと思ったのです」

公爵夫人は首をふった。「シュミットは献身的に尽くしてくれます」一語一語をまるで名残《なごり》を惜しむように発音しながら、「献身というのは――得がたい宝《セ・タンペヤーブル》です」

ドイツ人のメイドが鍵を持ってやって来た。公爵夫人はメイドの母語で指示を与え、旅行かばんをあけて、荷物の検査を手伝うように言った。彼女自身は通路に出たまま、そこで雪を眺めていた。ポアロもそれにつきあい、荷物検査はブークに任せている。

公爵夫人は冷やかな笑みをポアロに向けた。「あら、わたくしのかばんになにが入っているかご覧になりたくないの」

ポアロは首をふった。「これはたんなる手続きですから」

「ずいぶん確信がおありのようね」

「はい、奥さまに関しては」

「でもわたくしは、ソニア・アームストロングを知っていて、とても親しかったのですよ。それで、どう思っていらっしゃるの。あのカセッティのような下衆《カナーユ》をあやめて、わたくしがわが手を汚したりするはずはないとでも？　でもそうね、そうかもしれない」

しばらく口をつぐんでいたが、やがて言った。「あのような男に、わたくしがどうしてやりたいと思うかお教えしましょうか。召使たちを呼んで、『この男が死ぬまで鞭《むち》打って、死体はゴミの山に投げ捨てておいで』と言いつけるのよ。わたくしが若いころは、それが当たり前のやりかたでしたからね」

ポアロはなにも言わず、熱心に耳を傾けているだけだ。

公爵夫人はその様子を見て、とつぜん激情に駆られたように言った。「ムッシュ・ポアロ、なぜ黙っていらっしゃるの。なにをお考えなのか教えてくださいな」

ポアロはひたと公爵夫人の顔を見すえた。

「わたしが考えているのは、奥さまの強さはその意志にあると——そのお手ではなく」

公爵夫人は、黒衣に包まれた自分の細い腕を見おろした。その先には鉤爪《かぎづめ》に似た黄ばんだ手があり、指輪のはまった指がある。

「そのとおりね」彼女は言った。「この手にはなんの力もない——ほんの少しも。喜んでいいのか悲しんでいいのかわからないけれど」

だしぬけに、こちらに背を向けて客室に戻っていった。メイドがせっせと荷物を詰めなおしている。

公爵夫人はブークの謝罪の言葉をさえぎって、「ムッシュ、お詫びなどご無用に願います。殺人事件が起こったのですから、なんらかの手だてをとるのは当然のこと。それだけのことですから」

「ご親切に、ありがとうございます《ヴーゼット・ビヤン・ナミャーブル》」

彼女は軽く会釈して、出ていく三人を見送った。

となりの客室ふたつのドアは閉まっていた。ブークがためらって頭をかく。

「やれやれ《ディャーブル》！」彼は言った。「これはやりづらそうだな。このおふたりさんは外交旅券だよ。外交官の荷物は検査免除だ」

「税関検査はそうだろうがね、殺人事件となれば話はべつだよ」

「そりゃそうだが、それでもねえ——面倒ごとは御免こうむりたいし——」

「心配要らないよ。伯爵も伯爵夫人もわかってくれるさ。ドラゴミロフ公爵夫人だって協力的だったじゃないか」

「あのひとは本物の女傑《グランド・ダーム》だからね。こっちのおふたりも身分の高さではひけはとらないが、伯爵はちょっとかっとなりやすい性分《しょうぶん》のように見受けたな。奥さんに質問したいときみが言ったら、不機嫌になってたじゃないか。それでこれだから、ますますご機嫌を損ねるだろう。その――このふたりは飛ばしちゃだめかね。なんと言っても、この事件にはまるで関係がないんだから。わざわざ無用の面倒を起こさなくてもいいだろう」

「それは賛成できないな」とポアロ。「アンドレニ伯爵はきっと冷静に対応してくれると思うよ。ともかく試してみようじゃないか」

ブークに返事をするひまを与えず、ポアロは十三号室のドアを強くノックした。なかから大きな声が返ってくる。「どうぞ《アントレ》」

伯爵はドア近くのすみに腰をおろし、新聞を読んでいた。伯爵夫人は反対側、窓のそばに丸くなっている。頭には枕があててあり、眠っていたようだった。

「失礼します、伯爵《パルドン》」ポアロは口を開いた。「お邪魔をして申し訳ありません。いま、乗客全員の荷物検査をおこなっておりまして。ほとんどはたんなる手続きなのですが、やらないわけにはいかないのです。ムッシュ・ブークも申しておりますとおり、伯爵は外交旅券をお持ちですので、そのような検査は断わるとおっしゃるならそれはそれでけっこうです」

伯爵はちょっと考えた。

「お心遣いはありがたいが、この場合、そんな免除をお願いするのは好ましくないと思う。わたしたちの荷物も、ほかの乗客と同じように検査していただきたい」

妻に向かって、「あなたもそう思うだろう、エレナ」

「もちろんよ」伯爵夫人は即答した。

その後の検査は手早く、かついささかおざなりにおこなわれた。ポアロは気まずさを紛らそうとするかのように、いろいろと無意味な言葉を並べていく。「マダム、このスーツケースの荷物札はずいぶん湿っておりますね」などと言いながら、イニシャルとコロネット[1]のついた青いモロッコ革のスーツケースをおろした。

伯爵夫人はこれにはなんとも返事をしなかった。というより、ことの成行《なりゆき》にすっかり退屈しているようだった。となりの客室で自分の荷物が検査されているあいだも、すみで身体を丸めたままぼんやり窓の外を眺めていた。

所持品検査の最後に、ポアロは洗面台の上の小さな棚をあけ、中身をざっとあらためた。スポンジ、フェイスクリーム、白粉《おしろい》、小壜にはトリオナールとラベルがついていた。

双方ともに丁重な挨拶をかわして、手荷物検査隊は引きあげていった。

次はミセス・ハバードが使っていた客室、被害者の客室、そしてポアロ自身の客室の番だった。

続いて二等の客室に移る。最初の十号・十一号室を使っているのは、メアリ・デブナム（本を読んでいた）とグレタ・オルソン（ぐっすり眠っていたが、三人が入ってくると驚いて目を覚ました）である。

ポアロがお定まりの説明をくりかえす。スウェーデン人女性は動揺しているようだったが、メアリ・デブナムはわれ関せずとばかりに落ち着きはらっている。

ポアロはスウェーデンのご婦人に向かって言った。「マドモワゼル、よろしければ先にあなたのお荷物を検査させていただきまして、それが終わりましたら、あのアメリカのご婦人のご機嫌うかがいにいらしてくださいませんか。となりの車両の客室にお移ししたのですが、なにしろあんなものを見つけてしまわれて、まだとてもおびえ

1　紋章に使われる冠の意匠。

ておられるんですよ。コーヒーをお持ちするように言いつけておいたのですが、いまなにより必要なのはお話し相手ではないかと思いましてね」

心のやさしい彼女はたちまち同情で胸がいっぱいになり、すぐに行くと答えた。ほんとうに、立ち直れないほどショックだったにちがいない、それでなくても汽車の旅や、娘さんと別れたことで動揺していらしたのに、ほんとうにお気の毒。ええ、もちろんすぐに行きます――わたしのかばんには鍵はかかってませんし。そうそう、気付け薬を少し持っていってあげよう。

ミス・オルソンはあたふたと出ていき、彼女の荷物はすぐに検査された。荷物は極端に少なかった。ハットボックスの金属ネットがなくなっていることは、まだ気づかれていないようだ。

ミス・デブナムは本を読むのをやめていた。ポアロをじっと見守っている。鍵を頼むと渡してよこした。おろしたかばんをポアロがあけていると、彼女は口を開いた。

「ムッシュ・ポアロ、どうしてあのかたを追い払ったんですの」

「追い払った？　とんでもない、あのアメリカ人のご婦人の面倒を見てもらおうと思っただけですよ」

「おみごとな口実ですわね。でも、口実は口実だわ」

「なんのことやらわかりませんが」

「あら、よくおわかりのはずだと思いますけど」と言ってにやにやする。

「わたしをひとりきりにしたかったんでしょう。ちがいます？」

「わたしに心にもないことを言わせようとしてらっしゃいますな、マドモワゼル」

「それで、思ってもなかったことを思わせようとしていると？　わたしはそうは思わないわ。最初からそう思ってらっしゃったのよ。そうでしょう」

「マドモワゼル、フランスの格言に――」

「言いわけは《キ・セクスキューズ》やましさの証拠《サキューズ》、かしら。それがおっしゃりたかったこと？　ほらね、観察眼も常識も多少は備わってますのよ。なぜかしら、このおぞましい事件のことで、わたしがなにか知っていると思ってらっしゃるでしょう。殺された男性にはこれまで会ったこともなかったのに」

「マドモワゼル、それは思い過ごしですよ」

「いいえ、思い過ごしなんかじゃありません。ほんとうのことを話さないのは、たいへんな時間のむだだと思うんです。遠回しに探りを入れるより、ずばり核心に切り込むべきだと思いますわ」

「なるほど、時間をむだにするのがお嫌いなのですね。そうでしょうね、要点をつくのがお好きなんでしょう。正攻法をとれとおっしゃる。わかりました《エ・ビャン》、では正攻法をとることにしましょう。シリアからの途上で、立ち聞きしてしまったお言葉の意味をお尋ねしたいのです。コニヤ駅で汽車を降りて、英国ふうに言えば『脚を伸ばし』ていたときでした。夜の闇のなかから、あなたと大佐のお話し声が聞こえてきたのです。あなたは大佐に『いまはだめ。いまはまだ。これがみんな終わったら。なにもかもすっかり終わったら』とおっしゃっていた。マドモワゼル、あれはどういう意味だったのですか」

彼女は押し殺した声で言った。「それじゃ、あれが――あれが殺人の話だったとお思いなんですか」

「質問しているのはこちらですよ、マドモワゼル」

彼女はため息をつき、なにごとか一心に考え込んでいる。しばらくして、はっとわれに返ったように言った。「わたしがああいうふうに言ったのには、たしかにそれなりの意味があります。でも、それはわたしの口からは言えません。ただ、これは名誉にかけて申し上げますけれど、あのラチェットという男性に、わたしは一度も会ったことがありません。この汽車で会ったのが初対面です」

「それなのに――あのときの言葉の意味を説明するつもりはない、とおっしゃる」

「ええ――あなたのお言葉を借りるならですけれど、そのつもりはございません。あれは、その――わたしが引き受けていた用件に関係があるんです」

「それで、そのご用件はもう終わったのですね」

「どういう意味ですの」

「終わったのでしょう？」

「どうしてそうお思いになるんですか」

「いいですか、マドモワゼル、もうひとつこういうこともあったでしょう。イスタンブールに着く予定の日に、汽車が遅れたことがありましたね。あのとき、あなたはとても動転しておられた。ふだんは冷静で、なにがあっても落ち着いていらっしゃるあなたがですよ。その落ち着きを失っておられた」

「それは、乗り継ぎに遅れたくなかったからです」

「そうおっしゃってましたね。しかし、〈オリエント急行〉は毎日イスタンブールを出ていますよ。乗り継ぎに遅れたところで、せいぜい二十四時間遅れるだけでしょう」

ミス・デブナムは、このとき初めていらだちの色を見せた。

「お気づきでないみたいですけれど、ロンドンで友人が待っていることもあるでしょうし、一日の遅れのせいで約束が守れなくなって、たいへんな迷惑をかけてしまうことだってありますわ」

「なるほど、そういうことですか。ご友人がご到着を待っておられるのですね。それで、ご友人たちにご迷惑をかけたくないとおっしゃる」

「もちろんです」

「しかし——それはおかしい——」

「なにがですか」

「この汽車に乗ってからも——またこうして遅れています。しかも今回は、あのときよりさらに事態は深刻です。なにしろ、ご友人たちに電報を打つこともできないし、あるいは、ええと、長《ロング》——長《ロング》——」

「長距離《ロング・ディスタンス》ですか？　長距離電話のこと？」

「そうです、英国ふうに言えばかばん電話《ポートマントー・コール》ですな」

メアリ・デブナムはつい小さく笑みを漏らした。「それを言うなら、トランク・コールですわ」と言いなおす。「それはそうと、おっしゃるとおり、電話でも電報でも連絡できないというのはほんとうに困りますわね」

「ところがですよ、今回はあのときとはまるでご様子がちがう。少しもいらいらしたご様子が見えません。落ち着きはらって、超然としておられますね」

メアリ・デブナムは顔を赤らめ、唇をかんだ。先ほどの笑みはもうどこにもなかった。

「マドモワゼル、お答えがないようですが」

「ごめんなさい、なにをお答えすればいいのかしら」

「あのときと今回で、ご様子がちがう理由をお願いします」

「ムッシュ・ポアロ、なんでもないことで大騒ぎをなさってるとはお思いになりません？」

ポアロは、申し訳ないと言うように両手を広げてみせた。「おそらく、これはわたしたち探偵の悪い癖でしょうね。人間の行動は首尾一貫しているはずだと考えるのです。気分しだいなどということは認められないんですよ」

メアリ・デブナムは返事をしない。

「アーバスノット大佐のことはよくご存じなのでしょう、マドモワゼル」

ポアロの目には、話題が変わって彼女がほっとしているように見えた。

「この旅行で初めてお知り合いになっただけです」

「大佐には、あのラチェットという男を知っていたような様子はありませんでしたか」

彼女はきっぱりと首を横にふった。「そんなことはないと思います」

「どうしてそう言い切れるんです?」

「話しぶりからです」

「ところがですね、被害者の客室の床にはパイプクリーナーが落ちていたのですよ。この汽車でパイプを吸うのはアーバスノット大佐だけです」

そう言いながらじっと観察していたが、彼女には驚いた様子もなければ、感情を害した様子もなく、あっさりこう言っただけだった。「そんなばかな、ありえませんわ。アーバスノット大佐は、まちがっても犯罪に手を染めるようなかたじゃありませんもの。とくにこんな、これ見よがしの派手な犯罪になんて」

ポアロ自身まったく同じように考えていたので、あやうく相槌《あいづち》を打ちそうになったが、そこをこらえてこう言った。「ですがマドモワゼル、大佐とは知り合ったばかりなのでしょう」

彼女は肩をすくめた。「ああいうタイプのかたはよく知ってますから」

ポアロはことさらやさしい声で言った。「それでもやはり、『なにもかも終わったら』という言葉の意味を説明するおつもりはないわけですか」

冷やかな声で、「これ以上言うことはございません」

「けっこうです」とエルキュール・ポアロ。「かならず突き止めてみせますから」

一礼して客室を出ると、ドアを閉じた。

「あれはまずかったんじゃないかね」とブークが言う。「警戒させてしまったじゃないか。それに、彼女から話が行って大佐も警戒させることになるよ」

「まあまあ、ウサギをつかまえるにはイタチを穴に入れるだろう。なかにウサギがいれば飛び出してくる。わたしがやってるのはそういうことだよ」

一行はヒルデガルト・シュミットの客室に入っていった。

彼女は心得顔で立っていた。神妙な顔にはなんの感情も表われていない。

ポアロは、座席に置かれた小さなかばんの中身をざっと眺めた。それから、車掌をうながして棚から大きなスーツケースをおろさせた。

「鍵はありますか」

「かかっておりません」

ポアロは掛け金を外して、ふたを持ちあげた。

「やっぱり！」と言ってブークに顔を向ける。「ほら、わたしの言ったとおりだ。ちょっとこれを見てごらん」

スーツケースの荷物の上に、ぞんざいに丸めた〈ワゴンリ〉の茶色の制服がのっていた。

どっしり構えていたドイツ人のメイドの態度が急変した。「そんな！」と叫び声をあげる。「わたしのじゃありません。そこに入れたのわたしじゃありません。イスタンブールを出てから、そのスーツケースは一度もあけてなかったんです。ほんとです、嘘じゃありません、ほんとなんです」

助けを求めるように三人の顔を見くらべる。

ポアロはやさしく腕をとってなだめた。「わかってます、心配しないで。あなたを疑ったりしませんから、怖がらなくてもいいんですよ。ここに車掌の制服を隠したのがあなたじゃないことも、あなたが腕のいい料理人なのもよくわかってます。そうでしょう、あなたは腕のいい料理人ですよね」

面食らいながらも、メイドは思わず笑顔になった。「はい、お仕えした奥さまがたからは、いつも褒めていただきました。わたし――」彼女はそこで言葉を切った。口をぽかんとあけ、またおびえた表情を浮かべている。

「大丈夫、大丈夫」ポアロは言った。「心配要りませんからね。どうしてここにあったのか説明しましょう。犯人は、つまりあなたが目撃した〈ワゴンリ〉の制服を着た男は、被害者の客室から外へ出てきて、あなたとぶつかりそうになった。これは犯人にとっては不運です。だれにも見られたくないと思っていたでしょうからね。そこで、制服を処分しなくてはならないと考えた。隠《かく》れ蓑《みの》のつもりが、目印になってしまったわけですから」

目をやると、ブークもコンスタンティン医師も熱心に耳を傾けている。

「外には雪が積もってますね。この雪で、犯人の計画は狂ってしまったんです。制服をどこに隠せばいいのか。客室はすべてふさがっています。と思ったら、ドアがあいている客室の前を通りかかり、なかをのぞけばだれもいない。これはおそらく、さっき出くわした女性の客室にちがいない。忍び込み、制服を脱いで、棚にのっていたスーツケースに急いで突っ込む。これでしばらくは見つからないだろう、というわけです」

「それから？」ブークが言う。

「それはこれから話しあうことだよ」ポアロは言いながら、友人を目でたしなめた。

制服の上着を持ちあげてみると、上から三番めのボタンがなくなっている。ポアロはその上着のポケットに手を入れて、車掌の合い鍵を取り出した。客室用の鍵だ。

「なるほど、だから鍵のかかったドアを通り抜けられたわけか」ブークは言った。

「ミセス・ハバードにあんな質問をしたのは意味がなかったね。鍵がかかっていようがいまいが、客室と客室をつなぐ《コミュニケーティング》ドアを簡単に通れたわけだから。〈ワゴンリ〉の制服が手に入るなら、〈ワゴンリ〉の鍵も手に入る道理じゃないか」

「たしかに道理だね」とポアロ。「というより、わかっていてもよかったはずだ。ミセス・ハバードの呼出に応えて駆けつけたとき、通路に開くドアには鍵がかかっていたとミシェルが言っていたからね」

「おっしゃるとおりです」と車掌が言った。「それでわたしは、あのご婦人が夢でも見たにちがいないと思ったんです」

「しかし、これで話は簡単になったね」ブークが続けた。「まちがいなく、犯人はコミュニケーティングドアにもまた鍵をかけるつもりだったんだろう。ところが、ベッドで身動きするような気配があったもんだから、それで驚いて忘れてしまったわけだ」

「あとは緋色のキモノを見つけるだけだな」とポアロが言った。

「そうだね。残りの客室はふたつで、どっちも使ってるのは男性客だよ」

「それでも、ともかく調べてはみるよ」

「ああ、もちろんだ。それに、きみがさっき言ったことだって忘れてやしない」

ヘクター・マクイーンは、調査に進んで協力した。

「ぼくだって同じことをしますよ」彼は陰気な笑みを浮かべた。「この汽車のなかで、いちばんあやしいのはまちがいなくぼくだと思うんです。全財産をぼくに遺すって遺言書が見つかりさえすれば、それで一件落着でしょうからね」

ブークがまさかという視線を向けた。

「ただの冗談ですよ」マクイーンがあわてて言う。「実際には一セントだってくれやしません。あの人にとって、ぼくはたんに使い勝手がよかっただけなんですよ、言葉とかそういう面で。まともに話せるのがアメリカ英語だけだと、どうしても損をしがちですからね。ぼくだってそれほど言葉ができるほうじゃないけど、店やホテルでちょっとやりとりするぐらいなら、フランス語でもドイツ語でもイタリア語でもできますから」

ふだんより声がやや高い。進んで協力したわりに、内心では調べられていささか不安がっているようだった。

ポアロが出てきた。「なにも出ませんでしたよ」彼は言った。「疑惑の遺言書もね！」

マクイーンはため息をつき、「やれやれ、肩の荷がおりましたよ」と冗談めかして言った。

一行は最後の客室に移った。大柄なイタリア人と従僕の荷物からは、検査してもなにも出なかった。

三人は客車の端に突っ立って、たがいに顔を見くらべた。

「次はどうするね」とブークが尋ねる。

「食堂車に戻ろう」ポアロが言った。「調べてわかることはみんなわかってしまったからね。乗客から証言はとったし、荷物は検査したし、目で見てわかる範囲で調査はすませた。これ以上はなにも出てこないだろう。今度は頭を使う番だよ」

ポケットからシガレットケースを取り出したが、からになっている。

「すぐに行くから」彼は言った。「煙草をとってこないと。これは非常にむずかしい、非常におかしな事件だ。緋色のキモノを着ていたのはだれなのか。いまはどこにあるのか。突き止めなくちゃいけない。なにか――なんらかの要因を見落としているはずなんだ！　むずかしいのは、わざとむずかしくされているからだ。ま、このことはあとで話し合おうか。ちょっと失礼するよ」

通路を急ぎ、自分の客室に入った。旅行かばんに、煙草の買いおきが入っているのはわかっている。

かばんをおろしてぱちんとロックを外した。

はじかれたように上体を起こし、目を丸くした。

いちばん上にきちんと畳まれてのっていたのは、緋色の薄い絹のキモノだった。ドラゴンの刺繍《ししゅう》が入っている。

「なるほど」彼はつぶやいた。「そういうことか。挑戦というわけだな。けっこう、受けて立とうじゃないか」

第三部　エルキュール・ポアロ、じっくり考える

第1章　このうちのだれが……？

ポアロが食堂車に入っていくと、ブークとコンスタンティン医師はなにごとか話をしていた。ブークは意気阻喪《そそう》しているようだ。

「来た来た《ル・ヴォワラ》」彼はポアロを見ると言った。そして、友人が腰をおろすのを待ってこう付け加えた。「きみがこの事件を解決したら、わたしは本気で奇跡を信じるよ！」

「そんなに気がかりなのかね、この事件が」

「当たり前じゃないか。なにがなんだかわからないんだから」

「わたしもです」と医師も言って、興味深げにポアロを見やった。「正直言って、あなたがどうするおつもりなのかかいもく見当がつきません」

「そうですか」ポアロは考え込むように言った。シガレットケースを取り出し、細い煙草に火をつける。心ここにあらずという目つき。

「わたしに言わせれば、そこがこの事件の面白いところですよ。通常の捜査手法がいまはまったく使えない。乗客の証言は事実なのか嘘なのか。それを突き止める手段がない――自分で知恵をしぼるしかないんです。訓練ですよ、これは。頭の訓練です」

「それは大いにけっこうだが」ブークが言った。「しかし、なにを手がかりに考えていけばいいんだね」

「いま言ったじゃないか。乗客の証言があるし、目で見て調べた証拠もある」

「大した証言だよ――客の言葉だけじゃ、なんにもわかりゃしない」

ポアロは首をふった。

「そんなことはないさ。証言からいくつか興味深いことがわかるよ」

「ほんとうかね」ブークが疑わしげにいう。「それは気がつかなかったな」

「ちゃんと聞いてないからさ」

「ほう、それじゃ教えてもらいたいね。なにを聞き逃してるって？」

「とりあえずひとつ例をあげよう。最初に聞いた証言、つまりマクイーン青年の証言だ。わたしが思うに、ひとつきわめて重大なことを言っている」

「脅迫状のことかな」

「いや、そのことじゃない。わたしの憶えているかぎりでは、こう言っている――

『あちこち旅行していました。ミスター・ラチェットは世界を見てまわりたがってたんですが、言葉がぜんぜんできないんで困ってたんです。ぼくがやってたのは、秘書というより旅行ガイドでしたね』」

ポアロは医師の顔を見、ブークの顔を見た。「なに、まだわからない？　しょうがないな。だって二度めのチャンスもあったじゃないか。彼はさっき、『まともに話せるのがアメリカ英語だけだと、どうしても損をしがちだから』とも言ってるんだよ」

「それはつまり――？」ブークは相変わらず腑に落ちない様子だった。

「やれやれ、やさしい言葉でわかるように教えろと言うんだね。つまりね、ムッシュ・ラチェットはフランス語ができないんだよ。ところが昨夜は、車掌がベルの呼出に応えて行ってみたら、なかから『なんでもない。勘違いだった』ってフランス語で言う声がした。しかもだね、それはよく使われる、ごく自然な言いまわしだったんだ。フランス語をほとんど知らない人間の言えるせりふじゃないよ。『ス・ネ・リヤン。ジュ・ム・シュイ・トロンペ』」

「そのとおりだ」コンスタンティン医師が興奮した声をあげた。「なぜ気がつかなかったんだろう！　そう言えば、その言葉を復唱なさったとき、あなたはそこをずいぶん強調しておられましたな。なるほどそれで、へこんだ時計をあまり証拠として重視しておられなかったわけだ。つまり一時二十三分前には、ラチェットはもう死んでいて──」

「そして、返事をしたのは犯人だったんだ！」ブークが感心したように締めくくった。

ポアロがたしなめるように手をあげた。「あまり先走っちゃいけない。確実にわかっていること以外は、こうだと決めつけないほうがいい。いまのところは、一時二十三分前にはラチェットの客室にべつのだれかがいて、そのだれかはフランス人か、フランス語が流暢《りゅうちょう》に話せる人間だった、とだけ言っておくほうが無難だと思う」

「きみはまたえらく用心深いんだね」

「一度に一歩ずつ、だよ。その時刻にはもうラチェットは死んでいたという証拠は、実際にはなにひとつないんだから」

「でも、きみは叫び声で目を覚ましたんだろう」

「ああ、それはたしかだね」

「ある意味では」と、ブークが考え考え話しだした。「これで話が大きく変わるわけではないね。きみは隣室でだれかが動きまわる物音を聞いてる。そのだれかはラチェットではなく、べつの男だった。たぶんその男は、手についた血を洗い、犯行現場を片づけ、証拠になる脅迫状を燃やしていたんだろう。それからみんなが寝静まるまで待って、もう安全だと思ったところで、ラチェットの客室のドアに内側から鍵とチェーンをかけ、コミュニケーティングドアの鍵をあけてミセス・ハバードの客室に忍び込み、そこから外へ出た。つまり、わたしたちが考えていたとおりだったわけだ――ただ違うのは、ラチェットが殺されたのが三十分ほど早かったということと、時計が一時十五分過ぎになっていたのは、アリバイ作りのためだったということだね」

「大したアリバイだよ」とポアロ。「時計の針は一時十五分を指していた――これはまさに、侵入者が実際に犯行現場を立ち去った時刻じゃないか」

「そのとおりだが」ブークはやや面食らったように言った。「それじゃきみは、この時計からなにがわかるというんだね」

「もしも、針が動かされていたとしたら――あくまで『もしも』だよ。その場合、その針が指している時刻にはかならずなんらかの意味があるはずだ。とうぜんの話だが、それが指している時刻――つまりこの場合は一時十五分に、鉄壁のアリバイのある人間があやしいということになる」

「なるほど」と医師が言った。「それはもっともな推理ですな」

「また、侵入者が客室に入り込んだ時刻にも、いささか注目する必要がある。いつだったら入り込むチャンスがあっただろうか。本物の車掌が共犯だと考えればべつだが、侵入の可能なタイミングは一度しかない。汽車がヴィンコヴツィに停車していたあいだだよ。ヴィンコヴツィを出たあとには、車掌が通路に向かって座っていたんだからね。〈ワゴンリ〉の車掌がうろうろしていても、乗客はろくに気がつきもしないだろう。しかし、にせの車掌がいればまちがいなく気がつく人間がひとりいる。本物の車掌だよ。しかし、ヴィンコヴツィに停車しているあいだは、車掌はホームに出ているからね。障害はないというわけさ」

「さらに言えば、さっきの推理から言って、それは乗客のひとりにまちがいない」ブークは言った。「振り出しに戻ってしまったな。乗客のひとりって、どのひとりだ」

ポアロはにやりとして言った。「リストを作っておいた。よければお見せするよ。記憶を新たにするのに役に立つんじゃないかな」

医師とブークはそろって、そのリストをじっくり読んでいった。面接した順番どおりに、乗客の話がきちんと整理されている。

ヘクター・マクイーン――アメリカ国籍。二等、寝台番号六番

　　動機

　　被害者との関係から生じた可能性？

アリバイ　真夜中から午前二時まで（真夜中から一時半まではアーバスノット大佐、また一時十五分から二時までは車掌が証人）
不利な証拠　なし
疑わしい状況　なし

車掌——ピエール・ミシェル——フランス国籍
動機　なし
アリバイ　真夜中から午前二時まで（零時三十七分、ラチェットの客室から声がしたのと同時刻に、通路にいるところをポアロが目撃。午前一時から一時十六分まではほかふたりの車掌が証人）
不利な証拠　なし
疑わしい状況

〈ワゴンリ〉の制服が発見されたのは有利な点。彼に疑いを向けようとする意図があったと思われるため。

エドワード・マスターマン——英国籍。二等、寝台番号四番

動機

被害者の従僕を務めていたので、その関係から生じた可能性。

アリバイ

真夜中から午前二時まで（アントニオ・フォスカレッリが証人）

不利な証拠・疑わしい状況

なし。ただし〈ワゴンリ〉の制服を着た人物の身長や体格に合致する唯一の男性。しかしフランス語がうまいとは思えない。

ミセス・ハバード——アメリカ国籍。一等、寝台番号三番

動機　なし

アリバイ

　真夜中から午前二時まで——なし

不利な証拠・疑わしい状況

　客室に男がいたという話は、ハードマンおよびシュミットの証言によって裏づけられている。

グレタ・オルソン——スウェーデン国籍。二等、寝台番号十番[1]

動機　なし

アリバイ

　真夜中から午前二時まで（メアリ・デブナムが証人）

注記——ラチェットの生きている姿を最後に目撃。

ドラゴミロフ公爵夫人——フランス国籍に帰化。一等、寝台番号十四番

動機

　アームストロング一家と親しく、ソニア・アームストロ

ングの名づけ親。

アリバイ　真夜中から午前二時まで（車掌とメイドが証人）

不利な証拠・疑わしい状況　なし

アンドレニ伯爵――ハンガリー国籍。外交旅券。一等、寝台番号十三番

動機　なし

アリバイ　真夜中から午前二時まで（車掌が証人。ただし、午前一時から一時十五分までは空白）

アンドレニ伯爵夫人――同右。寝台番号十二番

動機　なし

アリバイ

1　原文はNo.7となっているが、客車の見取り図と事情聴取の場面では十番。

真夜中から午前二時まで。トリオナールを服《の》んで就寝
（夫が証人。棚にトリオナールの壜あり）

アーバスノット大佐――英国籍。一等、寝台番号十五番

動機　なし

アリバイ

真夜中から午前二時まで。一時半までマクイーンと話したのち、自分の客室に戻ってその後は出ていない（裏づけはマクイーンと車掌の証言）

不利な証拠・疑わしい状況　パイプクリーナー

サイラス・ハードマン――アメリカ国籍。一等、寝台番号十六番

動機　知るかぎりなし

アリバイ

真夜中から午前二時まで。客室から外へ出ていない（裏づけはマクイーンと車掌の証言）

不利な証拠・疑わしい状況　なし

アントニオ・フォスカレッリ――アメリカ国籍（イタリア生まれ）。二等、寝台番号五番

動機　知るかぎりなし

アリバイ　真夜中から午前二時まで（エドワード・マスターマンが証人）

不利な証拠・疑わしい状況　なし。ただし本件で使用された凶器は、彼の性格に矛盾しないと言えるかもしれない（ムッシュ・ブークによる）。

メアリ・デブナム――英国籍。二等、寝台番号十一番[2]

動機　なし

アリバイ

真夜中から午前二時まで（グレタ・オルソンが証人）

不利な証拠・疑わしい状況

ポアロが漏れ聞いた会話およびその説明を拒否したこと

ヒルデガルト・シュミット——ドイツ国籍。二等、寝台番号八番

動機　なし

アリバイ

真夜中から午前二時まで（車掌と女主人が証人）。就寝後、零時三十八分ごろ車掌に起こされ、女主人の客室に行く。

注記　乗客たちの証言は、車掌の証言によって裏づけられている。すなわち、ムッシュ・ラチェットの客室に出入りした者は、真夜中から午前一時（この時刻、車掌自身がとなりの客車に行った）まで、また一時十五分から二時までいなかったとのこと。

「それは、たんに乗客から聞いた証言を簡単にまとめて、わかりやすいように整理しただけだから」ポアロは言った。

眉をひそめて、ブークはそれを返してよこした。「これじゃなにもわからないよ」

「たぶん、こっちのほうがきみの好みじゃないかな」かすかに笑みを浮かべながら、ポアロは二枚めの紙を差し出した。

2　原文ではNo.6になっているが、客車の見取り図およびグレタ・オルソンの聴取の場面から十一番とわかる。

第2章　十の疑問

その紙にはこう書かれていた。

検討すべき問題

一、Hのイニシャルの入ったハンカチ。だれのものか。
二、パイプクリーナー。落としたのはアーバスノット大佐か、それとも別人か。
三、緋色のキモノを着ていたのはだれか。
四、〈ワゴンリ〉の制服を着て変装していた男または女はだれか。
五、なぜ時計の針は一時十五分を指していたのか。
六、殺人はその時刻におこなわれたのか。
七、もっと早い時刻だったのか。
八、もっと遅い時刻だったのか。

九、ラチェットは複数の人間に刺されたと断定してよいのか。
十、そうでないとすると、遺体の傷はほかに説明のしようがあるか。
「よし、ひとつ謎解きといこうじゃないか」ブークは言った。この知的挑戦を前に、少し表情が明るくなっている。「まずハンカチからだね。ぜひともきっちり段階を踏んで考えよう」

「ぜひとも」ポアロは満足げにうなずいた。

ブークはいささかもったいぶって続けた。「Hのイニシャルを持つ人物は三人いる。ミセス・ハバード、ミス・デブナム——ミドルネームはハーマイオニだからね。それからメイドのヒルデガルト・シュミットだ」

「なるほど！　それでそのうちのだれだね」

「それはむずかしい問題だな。しかし、わたしならミス・デブナムに一票入れると思う。思うだけだよ。もしかしたら、ファーストネームではなく、ミドルネームで呼ばれてるのかもしれないからね。それでなくても、彼女にはやや疑わしいところがある。きみが立ち聞きした会話は、どう考えてもいささか不可解だし、説明を拒んでいるのだっておかしい」

「わたしとしては、アメリカのご婦人に一票ですね」コンスタンティン医師が言った。「あれはひじょうに高価なハンカチですから。アメリカ人が金に糸目をつけないのはだれでも知ってることです」

「それじゃおふたりとも、メイドの可能性はないというんですね?」ポアロは尋ねた。

「ええ、本人も言っているとおり、あれは上流階級の女性の持つハンカチですから」

「それで第二の疑問だが――パイプクリーナーだ。落としたのはアーバスノット大佐か、それとも別人か」とブーク。

「この問題はさらにむずかしいね。英国人は刃物で刺したりしない。そこはきみの言うとおりだ。だれかべつの人間が、パイプクリーナーを落とした――そしてそれによって、あののっぽの英国人を陥《おとしい》れようとした、という説をとりたいね」

「ムッシュ・ポアロ、あなたの言われるとおり」と医師が口をはさむ。「手がかりがふたつというのは、不注意にもほどがあります。わたしもムッシュ・ブークに賛成ですね。あのハンカチはほんとうにうっかりだったのでしょう。だからだれも自分のものだと認めないわけです。パイプクリーナーのほうは、故意に仕組まれた手がかりです。それが証拠に、アーバスノット大佐はあわてもせずに平然と認めてますからね。パイプも吸うし、あの種類のクリーナーも使うと」

「筋が通っていますね」とポアロ。

「第三の疑問――緋色のキモノを着ていたのはだれか」ブークは続けた。「これについては、白状するがまったく見当もつかない。ドクトル・コンスタンティン、なにかお考えがありますか」

「いや、さっぱり」

「それでは、これについてはお手上げということで。その次の疑問については、少なくともいくつか可能性は考えられる。〈ワゴンリ〉の制服を着て変装していた男または女はだれか。ともかく、だれでないかについては確実なことが言えるね。ハードマン、アーバスノット大佐、フォスカレッリ、アンドレニ伯爵、ヘクター・マクイーンは、みんな背が高すぎる。ミセス・ハバード、ヒルデガルト・シュミット、グレタ・オルソンは太りすぎだ。すると残るのは従僕、ミス・デブナム、ドラゴミロフ公爵夫人、アンドレニ伯爵夫人だ――が、だれひとりそれらしいとは思えない。いっぽうはグレタ・オルソンが、もういっぽうはアントニオ・フォスカレッリが、ミス・デブナムも従僕も客室を出なかったと証言している。公爵夫人は客室にいたとヒルデガルト・シュミットが言っているし、アンドレニ伯爵によれば夫人は睡眠薬を服《の》んでいたという。ということは、このなかのだれにも不可能ということになる――ありえない！」

「ユークリッドの言うとおりだね」[1]ポアロがつぶやく。

「この四人のうちのだれかのはずです」コンスタンティン医師が言った。「さもなければ、外部のだれかがどこかに隠れているということになる。しかし、それは不可能だという結論でしたよね」

ブークは、リストの次の疑問に話を進めた。「五番めは――壊れた時計の針はなぜ一時十五分を指していたのか。これにはふたとおりの説明が可能だね。犯人がアリバイを作るためにやったはいいが、そのあと客室を出ていくはずの時間に出ていけなかった。人の身動きする気配を感じたか――あるいは――ちょっと待って、なにか思いつきそうだ――」

ブークが頭を絞っているあいだ、ほかのふたりは神妙な顔をして待っていた。

「思いついたぞ」彼はついに言った。「あの時計に細工をしたのは、〈ワゴンリ〉の制服を着た犯人じゃなかったんだよ！　さっき言ってた第二の犯人、左利きの人物――つまり緋色のキモノの女がやったんだ。この犯人はあとからやって来て、時計の針を戻したんだ。自分のアリバイを作るために」

「おみごと」コンスタンティン医師が言った。「よく考えつかれましたな」

「しかしだね」とポアロ。「その女は暗闇のなかで被害者を刺したんだよ。だから、もう死んでいることに気がつかなかったわけだ。それなのに、パジャマのポケットに時計が入っているとなぜか推測して、それを取り出し、目が見えないまま針を戻したうえに、必要不可欠なへこみまで作ったというのかね」

ブークはポアロを冷やかににらんだ。

「それじゃ、もっといい説明があるというのか」

「いまのところは――ないね」ポアロは認めた。「だがそれはそれとして、この時計については、おふたりとも最も重要な点を見落としていると思うな」

「それは、第六の疑問と関係がありますか」医師が尋ねた。「つまり、殺人はその時刻、というのは一時十五分のことですな、その時刻におこなわれたのかという疑問ですが――わたしの答えは『ノー』です」

「わたしもそう思いますね」とブーク。「もっと早い時刻だったのか、というのが次の疑問ですね。これはイエスだと思うな。ドクトルも？」

1　ユークリッドの『幾何学原論』において、背理法《はいりほう》による証明の結論として「これはありえない」が用いられたことによる。

医師はうなずいた。「そうですね、しかし『もっと遅い時刻だったのか』についても肯定できないことはないと思います。わたしはムッシュ・ブークの説に賛成ですね。ムッシュ・ポアロも賛成は賛成なのでは——積極的には支持できないと思っておられるようですが。第一の犯人は一時十五分より早くやって来たが、第二の犯人が来たのは一時十五分よりあとだった。それはそうと、左利きの問題に関しては、どの乗客が左利きなのか確認する手段をとるべきではないでしょうか」

「その点に関しては、まるで手を打っていなかったわけではないのです」ポアロが言った。「お気づきかもしれませんが、どの乗客にも名前や住所を書いてもらいました。決定的な方法とは言えませんがね、これをするときは右手で、あれをするときは左手でという人もいますから。文字を書くときは右利きだが、ゴルフをするときは左利きとか。とはいえ、まったく意味がないわけでもない。面接した人は全員、右手でペンを握っていました。ただドラゴミロフ公爵夫人だけは、ご自分では書きませんでしたが」

「ドラゴミロフ公爵夫人？　ばかな」ブークが言った。

「そんな腕力があるとは思えませんね。あの左利きの犯人がつけた傷は深い」コンスタンティン医師もまさかと言わんばかりだった。「あの傷をつけるには、かなりの腕力がなくては無理です」

「女性には無理ということですか」

「いや、そういうわけではありません。しかし、高齢の女性の腕力では無理ではないかと思います。ドラゴミロフ公爵夫人はとくに華奢《きゃしゃ》な体格でいらっしゃるし」

「あるいは、精神が肉体に及ぼす影響の問題かもしれませんよ」ポアロは言った。

「ドラゴミロフ公爵夫人は肝《きも》の据わった、強靭な意志力の持主です。しかし、この問題はまたあとで考えましょう」

「第九と第十の疑問に移りますか。ラチェットは複数の人間に刺されたと断定してよいのか。そうでないとすると、遺体の傷はほかに説明のしようがあるか。わたしの意見では、医学的に見て、あの傷にはそれ以外の説明はありえないと思います。ひとりの男が最初は弱く、次には力いっぱい刺し、最初は右手で次は左手で刺し、おそらくは三十分ほども間をあけて、遺体に新たな傷を負わせたなどというのは――ちょっと考えにくいですからね」

「そうですね」とポアロ。「たしかに考えにくい。ところで、殺人犯がふたりというのは考えにくいとは思われませんか」

「ご自分でも言っておられるじゃないですか。ほかに説明が考えられますか」

ひたと前を見すえて、ポアロは言った。「それを自分でも考えているのです。ずっと考えつづけているのですが」

椅子に背を預けて、「これからは、すべてここです」と自分のひたいを突ついてみせた。「議論は尽くしました。事実はすべて目の前にある――順序どおり、項目別にきちんと整理されている。乗客はひとりひとりここにやって来て、それぞれ証言を終えました。知りうることはすべて知ったわけです――外側から知りうることは……」

友情のこもった笑みをブークに向けた。

「きみと他愛ないジョークを言って笑っていただろう――この、腰をすえて真実を考え出すというやつだよ。いまわたしは、理論を実践に移そうとしているわけだ、こうしてきみの目の前で。おふたりにも同じことをしてもらわなくちゃならない。三人で目を閉じて、ひたすら考えよう……乗客のなかに、ラチェット殺しの犯人がひとり、または複数いる。それはいったいだれなのか」

第3章　注目すべき点

ゆうに十五分間、だれも口を開こうとしなかった。

ブークとコンスタンティン医師は、まずはポアロの指示に従おうとした。錯綜《さくそう》する事象の迷路を見通して、快刀乱麻《かいとうらんま》のあざやかな説明を考え出そうと試みたのだ。

ブークはこんなふうに考えていった。「ぜひとも考えなくちゃいかん。しかしそれを言うなら、これまでだって考えてはいたんだが……ポアロはどうやら、あの英国人の娘が関わっていると考えているようだ。だがそれはちょっとありえない気がするな あ……英国人はやたらに冷静だが、あれはたぶんなんの幻想も抱かないからだろう……いやいや、そんなことはどうでもいい。あのイタリア人はどうもやっていないなさそうだな――残念だ。同室の英国人の従僕は、イタリア人は客室を一度も出なかったと言ってたが、あれが嘘ということはないかな。だがその場合、なにか嘘をつく理由があるだろうか。英国人を買収するのは簡単じゃない。なにしろとっつきにくい国民だからな。なにもかもまったくついていない。いつになったらここから抜け出せるんだろう。絶対に救出作業が始まってるはずだ。しかし、ここらの国では対応が遅いから……だれかがなにかしようと考えつくまで何時間もかかるんだ。それにここらの国の警察ときたら、まったく度しがたい連中だからなあ――えらそうにふんぞりかえって、気短で、もったいぶっていて。さぞかし大騒ぎするだろうな。こんなチャンスはめったにあるもんじゃない。どの新聞にもでかでかと取りあげられて……」

そのあとのブークは、すでに何百回もたどってすり切れた思考の糸をたどりなおすばかりだった。

コンスタンティン医師はこんなことを考えていた。「この小男は変わっている。天才か、それともただの変人だろうか。この謎を解くことができるんだろうか。ありえない。解決の糸口なんぞまるで見えないし。なにもかもこんがらがってる……きっと全員が嘘をついているんだ……しかし、たとえそうだったとしてもやはりわからない。みんなが嘘をついているとしても、こんがらがっているという点では同じだ。みんながほんとうのことを言っていた場合となにも変わらない。あの傷跡はまったくおかしい。理解できない……射殺されたのならもっとわかりやすかっただろうに――そう言えば、アメリカ英語の『ガンマン』というのは銃《ガン》で撃つからガンマンなんだな。アメリカというのは変な国だ。一度は行ってみたいもんだな。進歩的だし。帰国したら、デメトリオス・ザゴネに連絡してみよう――アメリカに行ったことがあるし、新しもの好きだし……いまごろツィーアはなにをしてるかな。夫のわたしがいまどうしてるか知ったら――」

このあとは、完全に個人的な問題のほうへ逸《そ》れていった。

エルキュール・ポアロは身じろぎもしない。眠っているのかと思うほどだった。

ところが、十五分間もまったく動かなかったのが、いきなり両の眉が少しずつ上がりはじめた。小さく吐息がもれた。その息の下でかすかにつぶやいている。「しかしそうだ、そうであってなぜいけない？ もしそうだとすれば――そうか、これですっかり説明がつく」

目を開いた。猫のような緑色の目だ。低い声で言った。「けっこう《エ・ビャン》。わたしはずっと考えてましたが、おふたりは？」

自分の考えごとに没頭していたせいで、ふたりはどちらも飛び上がりそうに驚いた。

「わたしも考えていたよ」ブークはいささかばつが悪そうだった。「しかし、なんの結論も出せなかった。犯罪の解明はきみの仕事《メティエ》だからね、わたしの出る幕じゃないよ」

「わたしも真剣に考えていたのですが」医師はいけしゃあしゃあと言いながら、いささか卑猥《ひわい》な想像の世界から戻ってきた。「考えられる可能性をいくつも検討はしたものの、どれも納得できなくて」

ポアロは機嫌よくうなずいた。まるで「まことにけっこう。それこそ適切な言葉というもの。そう言ってくれるのを待っていた」と言わぬばかりだった。

背筋をのばして座りなおし、胸を張り、口ひげをひねりながら、大聴衆の前で演説をするような口調で話しだした。

「ドクトル、ムッシュ・ブーク、わたしはこの頭のなかでさまざまな事実を洗いなおしてみました。また乗客たちの証言もおさらいして、その結果このような結論に達しました。いまはまだ漠然としてはおりますが、いまわかっている事実をこれなら説明できるのではないかと思います。ひじょうに奇妙な説明であり、これこそ真実と言い切ることはまだできません。はっきり確信を得るには、いくつか実験をする必要があります。

まず、注目すべき点をいくつかあげてみましょう。その一は、この汽車に乗って初めて昼食をともにしたとき、まさにこの場所でムッシュ・ブークが発したひとことです。それは、ここにはあらゆる階級、あらゆる年齢、あらゆる国籍の人間が集まっているという言葉でした。この季節にはいささかめずらしいことであります。たとえばアテネ発パリ行き、ブカレスト発パリ行きの車両は現にがらがらです。また、現われなかった乗客がひとりいたことも忘れてはいけない。これには意味があると思うからです。次に、これは細かいことですが、やはり見過ごしにできない点がいくつかあります――たとえば、ミセス・ハバードの洗面道具入れがあった場所、ミセス・アームストロングの母親の名前、ムッシュ・ハードマンの探偵としての監視法。そしてまた、便箋《びんせん》の燃えかすをラチェットが自分で始末したとムッシュ・マクイーンがほのめかしたこと、ドラゴミロフ公爵夫人の名前、そしてハンガリーのパスポートにあった油のしみ」

ふたりは目を丸くしてポアロを見ている。

「以上の点から、なにか思い当たることはありませんか」ポアロは尋ねた。

「ぜんぜん」ブークがあっさり言った。

「ドクトルはいかがです」

「なにを言っておられるのか、まるでわかりませんが」

いっぽうブークは、友人の話に出てきた唯一意味のわかるものに飛びつき、さっそくパスポートをより分けていた。うんと言って、アンドレニ伯爵夫妻のパスポートを開く。

「きみが言うのはこれか。この汚いしみのことかね」

「そうだよ。この油じみはついたばかりだ。どこについている？」

「伯爵夫人に関する記載の先頭の部分だ。具体的にはファーストネームのところだね。しかし白状するがね、わたしにはやっぱりなにが問題なのかわからないよ」

「べつの角度から考えてみようか。犯行現場で見つかった、例のハンカチに話を戻そう。さっき言っていたとおり、Hというイニシャルをもつ人物は三人いる。ミセス・ハバード、ミス・デブナム、そしてメイドのヒルデガルト・シュミットだ。さてここで、べつの角度からこのハンカチについて考えてみよう。これはきわめて高価なハンカチだ——贅沢品《オブジェ・ド・リュクス》なんだよ。手縫いで刺繍《ししゅう》をほどこしたパリ製なんだ。イニシャルを考えに入れないとすれば、こんなハンカチを持ちそうな乗客はだれだろうか。ミセス・ハバードはちがう。ああいうご婦人は、大枚《たいまい》はたいておしゃれをするような見栄は張らないもんだ。またミス・デブナムもちがう。あの階級の英国人女性は、上品なリネンのハンカチは持つだろうが、高級な薄いキャンブリックのハンカチなんか持たないよ。たぶん二百フランは下らないだろうからね。その点はもちろんメイドも同じだ。しかし、そういうハンカチを持ちそうな女性が、この汽車にはたしかにふたり乗っている。そのふたりが、Hというイニシャルと結びつかないか考えてみよう。ここで言うふたりの女性とは、ドラゴミロフ公爵夫人と——」

「公爵夫人のファーストネームはナタリアだ」ブークが厭味《いやみ》っぽく言った。

「そのとおり。さっき言ったとおり、そのファーストネームには大いに意味がありそうなんだ。もうひとりの女性はアンドレニ伯爵夫人だ。すぐに気がつくように——」

「わたしは気がついてないよ」

「わかった、わたしがすぐに気がついたようにだね、伯爵夫人のパスポートでは、ファーストネームが油のしみで読めなくなっていた。ただの偶然だとだれしも思うだろう。しかし、夫人のファーストネームはなにかと言えば、これがエレナなんだよ。たとえば、それがほんとうはエレナでなく、ヘレナだったとしたらどうか。大文字のHを大文字のEに変えて、そのとなりの小さなeを消してしまうのはむずかしいことじゃない——そしてその改竄《かいざん》をごまかすために、油を落としてしみを作ると」

「ヘレナだって」ブークが声を高めた。「それはただの思いつきじゃないか」

「そうとも、思いつきさ。なにか裏づけがないか、どんなささいなことでもいいからと探した——そして見つけたよ。伯爵夫人のかばんについていた、荷物札の一枚が少し湿っていたんだ。あのかばんには夫人のイニシャルが入っていたが、その荷物札のせいでファーストネームのイニシャルは隠れていた。つまり、もともとべつの場所に貼ってあったのを、濡らして剝がして、あそこに貼りなおしたんだよ」

「きみの言うとおりかもしれないという気がしてきたよ」ブークが言った。「しかし、まさかアンドレニ伯爵夫人が――そんな――」

「いやいや、そろそろふりかえって、まったくべつの角度からこの事件を見なおしたほうがいい。犯人は、この事件をどう見せかけようとしているか。雪のせいで、犯人のもともとの計画が台無しになったのを忘れちゃいけない。いましばらく、雪が積もらず、汽車がふだんどおりに進んだと想像してみよう。その場合、なにが起こっていたと思う？

まずまちがいなく、事件はやはり今朝早くに発覚していただろうね。場所はイタリア国境だっただろうが。そして、ほぼ同じ証拠物件がイタリア警察に渡されていただろう。脅迫状をムッシュ・マクイーンが提出し、ムッシュ・ハードマンは先の話をし、ミセス・ハバードは客室を男が通っていったと声高に言い立てるだろうし、ボタンは見つかるだろう。想像するに、ちがっていたのは二点だけだっただろうね。ミセス・ハバードの客室を男が通ったのは一時少し前だっただろう――そして〈ワゴンリ〉の制服はトイレに捨てられていただろうな」

「それはつまり——?」

「つまり、外部の犯行と見せかける計画だったということだよ。犯人はブロドで汽車から逃げたと思わせるつもりだったんだろう。ブロドには零時五十八分着の予定だったからね。見慣れない〈ワゴンリ〉の車掌にすれ違ったとか、だれかが証言することになってたんだろう。そして車掌の制服は、どこか目につく場所に脱ぎ捨てられていて、この筋書きどおりの状況をはっきり示していたというわけだよ。乗客にはまったく疑いがかかることはなかっただろう。つまり、そんなふうに見えるように仕組まれていた、ということなんだよ。

ところが、思わぬ事態でなにもかも狂ってしまったわけだ。犯人があんなに長いあいだ被害者の客室にぐずぐずしていたのは、まちがいなくこのあたりが理由だね。要するに、汽車が動きだすのを待っていたんだよ。しかしついに、汽車はとうぶん動きそうにないと気がついた。べつの計画をこしらえなくちゃならない。犯人はいまもこの汽車に乗っている——そう知られてしまうだろうから」

「わかってるよ」ブークがしびれを切らして言った。「そのあたりはわかる。しかし、あのハンカチはどこにからんでくるんだね」

「それについては、ちょっとまわり道をして戻ってくるよ。まず気がつかなくちゃならないのは、脅迫状は目くらましとして書かれたということだ。あの手紙はまるで、やっつけで書かれたアメリカの犯罪小説からそのまま持ってきたみたいだった。あれは本物じゃない。要するに、警察に見せるために書かれたんだよ。ここで考えなくちゃならないのは、『ラチェットはあれにだまされたのか』だ。見たところ答えは『ノー』だね。ハードマンに対するラチェットの指示からして、とっくに身元を知っていた『個人的な敵』を想定していたのは明らかだからね。ただし、これはハードマンの話が正しいと仮定しての話だよ。しかしラチェットはまちがいなく、まったく性格の異なる手紙を一通だけ受け取っている――アームストロング家の赤ん坊に触れた手紙だよ。彼の客室で断片が見つかったあれだ。ラチェットがまだ気づいていないといけないから、生命が狙われている理由を確実に伝えようとしたわけさ。前にも言ったとおり、あの手紙はあとに残るはずではなかったんだ。犯人は真っ先にあれを消し去ろうとした。そしてこれが第二の手違いだった。第一は雪、第二はあの断片が解読されてしまったことさ。

あの手紙は、あとに残らないように周到に手が打たれていた。その意味するところはただひとつ、この汽車にはアームストロング家と密接につながる人間が乗っていて、あの手紙が見つかればただちに疑われたにちがいないということだよ。

さて、わたしたちが見つけたべつの手がかりに話を移そうか。パイプクリーナーは飛ばすよ。あれについてはもうさんざん話したからね。次はハンカチをとりあげよう。単純に考えれば、あれはイニシャルがHの人間が事件に関わっていたと示す手がかりであり、その人間がうっかり現場に落としていったものということになる」

「まさしく」コンスタンティン医師が言った。「自分がハンカチを落としたと気がついたら、すぐにファーストネームを隠そうと手を打っているわけですから」

「そう結論なさるのは尚早ではありませんか。わたしならもう少しあれこれ考えると思いますが」

「しかし、ほかに考えようがありますか」

「ありますとも。たとえば、犯罪を実行した人間が、罪をなすりつけようとしたのかもしれません。なにしろこの汽車には、アームストロング一家に密接につながる人が、つまり女性が、たしかに乗っている。そして犯人は、その女性のハンカチをその場に残していく……その女性は審問されて、アームストロング家とのつながりが明らかにされる——これこの《エ・ヴォワラ》とおり。動機はある——しかも、それらしい証拠まである」

「しかしその場合」医師が反論した。「その女性は無実ということになるわけで、身元を隠そうと手を打ったりしないのでは」

「そうでしょうか。ほんとうにそう思われますか。警察裁判所ならまさにそう言うでしょうな。しかし、人の性《さが》を知っていればまちがいなく言えますが、とつぜん殺人の疑いが降りかかってきそうになると、無実の人間はたいてい度を失って、突拍子もない行動に走るものなのですよ。ですから、あの油のしみも、貼り替えられた札も、有罪のしるしではありません。あれはたんに、アンドレニ伯爵夫人がなんらかの理由で、自分の身元を隠そうとしたということを意味しているにすぎないのです」

「しかし、アームストロング一家とどんなつながりがあるんでしょうね。伯爵夫人は、一度もアメリカには行ったことがないと言ってましたが」

「まさしく。話す英語もブロークンですし、まことに異国ふうの顔だちで、しかも自分でそれを強調しています。しかし、身元を推測するのはそうむずかしいことではない。さっき、ミセス・アームストロングの母親の名前のことを申したでしょう。母親の名はリンダ・アーデンと言って、ひじょうに名高い女優です。とくにシェイクスピア女優として有名でしてね。ほら、『お気に召すまま』の舞台はアーデンの森で、ロザリンドが出てくるでしょう。芸名はここからとったのですね。リンダ・アーデンの名で、彼女は世界じゅうで有名になりましたが、これは本名ではない。本名はゴールデンベルクだったかもしれません。おそらく祖先は中央ヨーロッパの出身で、あるいはユダヤ人の血も引いているかもしれない。さまざまな民族がアメリカには流れ込んでいますからね。わたしの推測では、ミセス・アームストロングの妹――あの悲劇があった当時はまだ子供だったヘレナ・ゴールデンベルクは、リンダ・アーデンの末娘で、アンドレニ伯爵がワシントンに駐在していたころに彼と結婚したのです」

「しかし、英国人と結婚したとドラゴミロフ公爵夫人は言ってますが」

「ところが、その英国人の名前は思い出せないというんですよ！　どう思われます、そんなことがありますかね。有力な貴婦人が大女優を応援するのはよくあることですが、ドラゴミロフ公爵夫人もリンダ・アーデンを心から応援していた。娘たちの名づけ親にまでなっている。それなのに、いっぽうの娘の結婚後の名前を、そんなにあっさり忘れてしまうものでしょうかね。まさか。これは言い切っても大丈夫だと思いますが、ドラゴミロフ公爵夫人は嘘をついているのです。ヘレナが汽車に乗っているのも知っていたし、見てもいたはずだ。ラチェットの正体を耳にしたとたん、すぐにヘレナが疑われるだろうと気がついた。それで妹について尋ねられたとき、とっさに嘘をついたんです。はっきり憶えていないが、『ヘレナは英国人と結婚した』と。できるだけ真実から遠くへ目を向けさせようとしたわけです」

食堂車の接客係が向こう端のドアから入ってきて、こちらへやって来た。ブークに向かって、「お夕食をお出ししてもよろしゅうございますか。しばらく前から用意はできておりますが」

ブークが目をやると、ポアロはうなずいた。「ぜひとも出してもらおう」

接客係は、入ってきたのとは反対のドアから出て行った。ベルを鳴らし、声を高める。

「一度めのお食事《プルミエ・セルヴィス》[1]、お夕食の支度ができました《ル・ディネ・エ・セルヴィ》。一度めのお夕食《プルミエ・ディネ》——一度めのお食事です」

1 「一度め」とあるのは入れ替え制で食事を出すため。

第4章　ハンガリーのパスポートについた油のしみ

ポアロは、ブークや医師とともにテーブルに着いた。

食堂車に集まった面々は静かそのものだった。話し声はほとんど聞こえない。おしゃべりのミセス・ハバードもいつになく口数が少なかった。席に着きながら「なにも食べられそうな気がしないわ」とつぶやく。しかし、彼女の世話を焼くのを義務と心得たらしいスウェーデン人女性に励まされて、出されたものはすべて平らげていた。

料理が出てくる前に、ポアロは接客係長の袖をとらえてなにごとかささやいた。なにを指示したのか、コンスタンティン医師にはお見通しだった。アンドレニ伯爵夫妻にはいつも最後に料理が持ってこられて、しかも食事が終わったときには勘定《かんじょう》がなかなか出てこなかったからだ。そんなわけで、伯爵夫妻は食堂車に最後まで居残ることになった。

夫妻がやっと立ちあがってドアのほうへ歩きだしたとき、ポアロは待ってましたと そのあとを追った。

「失礼ですが奥さま、ハンカチを落とされましたよ」

そう言って、例のイニシャル入りの小さなハンカチを差し出した。

伯爵夫人はそれを手にとり、ちらと見て、また返してよこした。

「お間違いですわ。これはわたしのハンカチじゃありません」

「ほんとうですか。奥さまのものではないのですか」

「ええ、ちがいます」

「ですが、奥さまのイニシャルが入っていますよ。ほら——Hです」

伯爵がさっと顔色を変えたが、ポアロは目もくれなかった。伯爵夫人の顔をひたと見つめていたのだ。

まっすぐポアロを見返したまま、彼女は答えた。「おかしなことをおっしゃるのね。わたしのイニシャルはE・Aです」

「そうでしょうか。奥さまのお名前はヘレナで、エレナではないでしょう。ヘレナ・ゴールデンベルク、リンダ・アーデンの末娘にして、ミセス・アームストロングの妹でいらっしゃる」

しばらく重苦しい沈黙が流れた。伯爵も伯爵夫人も真っ青になっている。ポアロはやや口調をやわらげた。「否定なさってもむだですよ。これは事実です。そうでしょう」

伯爵が激昂《げっこう》して叫んだ。「ちょっと訊くが、あなたはいったいなんの権利があって——」

伯爵夫人が割って入った。夫の口をふさぐかのように小さな手をあげて、「やめて、ルドルフ。わたしに話をさせて。このかたのおっしゃることを否定してもしかたがないわ。腰をおろしてちゃんと話しましょう」

口調が変化していた。いまでもまろやかな南部方言は残っていたが、以前より明瞭で歯切れがよくなっていた。ここに来て初めて、明らかなアメリカ英語を話しはじめたのだ。

伯爵は口をつぐんだ。妻の手ぶりに従って、ともにポアロの向かいの席に腰をおろす。

「ムッシュ、おっしゃるとおりです」伯爵夫人は言った。「わたしはヘレナ・ゴールデンベルク、ミセス・アームストロングの妹です」

「今朝は、それを教えてはくださいませんでしたね」

「ええ」

「というより、ご夫君もあなたも最初から最後まで嘘をついておられた」

「言葉を慎みたまえ」伯爵が気色《けしき》ばんで口をはさんだ。

「怒らないで、ルドルフ。ムッシュ・ポアロは遠慮のない言いかたをなさるけれど、ほんとうのことだからしかたがないわ」

「ありがとうございます、はっきり認めてくださって。では、なぜほんとうのことをおっしゃらなかったのか、そしてパスポートの名前を書き換えたりなさったのか、理由を教えていただけますか」

「あれはわたしがやったことだ」伯爵が口をはさむ。

ヘレナが静かに言った。「ムッシュ・ポアロ、理由はもうとっくに見当がついていらっしゃるでしょう。殺された男性は、わたしの幼い姪《めい》を殺し、姉を殺し、義兄の心を打ち砕いた男です。わたしの愛してやまない人たち、わたしの家族――わたしの世界そのものを奪ったんです！」

激情に駆られた声は高く響きわたった。まさにあの母の――感情豊かな演技の力で、大観衆の胸を揺さぶり、涙を流させた大女優の娘にふさわしい。

その声を少し抑えて、彼女は続けた。「この汽車に乗っている人のなかで、あの男を殺す動機を持っていたのはたぶんわたしだけでしょう」

「しかし、殺したのはあなたではない？」

「ムッシュ・ポアロ、これは誓って申しますけれど、そして夫も存じてますし、そのとおりだと言ってくれると思いますけれど——知っていたら殺してやりたいと思っていたでしょうけれど、わたしはあの男には指一本触れておりません」

「わたしも保証する」伯爵が言った。「名誉にかけて言うが、昨夜ヘレナは一度も客室の外には出ていない。前にも言ったとおり、睡眠薬を服《の》んで眠っていたんだ。妻はまったくの無実だ」

ポアロは夫妻の顔を見くらべた。

「名誉にかけて言う」伯爵がまた言った。

ポアロはわずかに首をふった。「それなのに、パスポートの名前をわざわざ改竄《かいざん》なさっていますね」

「ムッシュ・ポアロ」伯爵は真剣な激した口調で言った。「わたしの立場を考えてもらいたい。下賤《げせん》な警察裁判所に妻が引き出されるなど、考えるだに堪えがたい。無実なのはわかっているが、しかし妻の言うとおりだ——アームストロング家とつながりがあると知れたら、真っ先に疑われていただろう。尋問され、へたをすれば逮捕されるかもしれない。どんな悪因縁か、あのラチェットという男と同じ汽車に乗り合わせてしまったぐらいだから、その恐れがないとは言えないと思ったんだ。たしかにわたしは嘘をついた。しかし、なにもかも嘘だったわけではない。妻は昨夜、一度も客室の外には出ていない。これだけはほんとうだ」

伯爵に真摯にこう言われては、反論するのはむずかしかった。

「お言葉を疑うわけではありませんが」ポアロはゆっくりと言った。「伯爵は誇り高く由緒《ゆいしょ》あるご家系の出でいらっしゃる。奥さまが不快な警察の捜査に引きずり込まれれば、それはさぞかしご心痛でしょう。その点についてはご同情申し上げます。しかし、被害者の客室に奥さまのハンカチが現に落ちていたのですよ。これをどう説明なさいますか」

「それはわたしのハンカチではありません」伯爵夫人が言った。

「Hのイニシャルが入っていても、ですか」

「入っていてもです。それとよく似たものを持ってはいますけど、模様がちがいます。なかなか信じていただけないのはしかたがありませんけれど、でもこれはほんとうです。それはわたしのハンカチではありません」

「あなたを陥れるために、べつの人がわざと落としていったのかもしれませんね」

伯爵夫人は小さく微笑《ほほえ》んだ。「そんなことをおっしゃって、わたしのハンカチだと認めさせようとしてらっしゃるのね。でもほんとうに、それはわたしのではないんです」その口調はとても嘘とは思えなかった。

「ではなぜですか。このハンカチがあなたのものでないとしたら、なぜパスポートの名前を書き換えたりなさったんです？」

これには伯爵が答えた。「Hのイニシャルの入ったハンカチが見つかったと聞いたからだ。事情を聞かれる前に、ふたりで話し合った。妻のファーストネームがHで始まることがわかったら、すぐに厳しい尋問を受けるだろうとわたしは指摘した。となれば話は簡単だ――ヘレナをエレナに変えるのはむずかしいことじゃない」

「伯爵、あなたには正真正銘の犯罪者の素質がおありですな」ポアロがずばりと言った。「創意の才に恵まれていて、司法をだますのも厭《いと》わない意志の強さを備えておられる」

「それはちがいます」若き伯爵夫人は身を乗り出してきた。「ムッシュ・ポアロ、夫は事情をご説明しただけです」フランス語から英語に変わっていた。「わたしはこわかったんです――こわくてたまらなかった。あのときは――あのときはほんとうに地獄でした。それがまた暴きだされて、そのうえに疑われて、刑務所に入れられるかもしれないなんて。恐ろしさに震え上がってしまったんです。ムッシュ・ポアロ、どうかわかってくださいな」

その美しい――よく響く豊かな――訴えの声は、まさしく大女優リンダ・アーデンの娘の声だった。

ポアロは真剣な面持《おもも》ちで彼女を見つめた。「そのお言葉を信じるとすれば――けっして信じないと言うわけではありませんが――それなら、協力していただかなくてはなりません」

「協力？」

「そうです。この殺人事件の理由は過去にある。あなたの家族を破壊し、幼いあなたの日々を暗く染めた悲劇にあるのです。その過去にわたしを連れていってください。この事件をみごと解明する手がかりが見つかるかもしれない」

「なにをお話しすることがあるかしら。みんな死んでしまったのに」痛ましい声でくりかえす。「みんな死んでしまった――みんな――ジョン義兄さまも、ソニア姉さまも、愛しい愛しいデイジーも。ほんとうに可愛くて、天使みたいで――とてもきれいな巻き毛をしていて、みんなあの子に夢中だった」

「マダム、もうひとり亡くなったかたがいましたね。いわば間接的な被害者が」

「スザンヌのことね。そうでした、忘れていたわ。警察に尋問されたの。事件に関わってるって警察は思い込んでいたのよ。関わってたのかもしれない――でも、かりにそうだとしても、そうと知ってやったわけじゃないわ。たぶんなんの気なしにだれかとおしゃべりしていて、デイジーがお外へ行く時間を漏らしてしまったんだと思うの。かわいそうに、スザンヌはすっかり打ちのめされていたわ――自分の責任にされると思ったのね」身震いして、「窓から身を投げたのよ。ひどい、かわいそうに」

彼女は両手で顔をおおった。

「その人はどこの国の出身でした？」

「フランス人だったわ」

「ラストネームはなんでした？」

「ばかみたいですけど、憶えてないの――みんなスザンヌと呼んでたから。きれいな、よく笑うおねえさんだった。デイジーをとても可愛がってたわ」

「その人は子守をしていたのですね」

「ええ」

「乳母はどなたが？」

「資格をもった看護師さんだったわ。シュテンゲルベルクって名前の。あの人もデイジーをとても可愛がってた——姉にもよく尽くしてくれたわ」

「マダム、この質問には、答える前によく考えていただきたいのですが——この汽車に乗ってから、見憶えのある人を見かけませんでしたか」

彼女は目を丸くした。「わたしが？　いいえ、だれも」

「ドラゴミロフ公爵夫人はいかがです」

「ああ、ええ、もちろん公爵夫人のことは知っています。あなたがおっしゃるのはてっきり、あの——あの当時の——だれかのことかと思って」

「そうです、当時の人のことです。もう一度、よく考えてください。あれから何年か経っていますからね。見かけがずいぶん変わっているかもしれません」

ヘレナは考え込んでいたが、やがて言った。「いいえ——やっぱり、そんな人は見かけなかったと思います」

「あなたご自身も、当時はまだ少女でいらした。勉強を見てくれたり、身の回りの世話をする人がいたのではありませんか」

「ええ、付き添いの女性がいました。わたしの家庭教師と、姉の秘書を兼ねていたの。英国人か、スコットランド人だったかも——大柄で、赤毛の女性でした」

「その人の名前は？」

「ミス・フリーボディ」

「若い人ですか、それとも年配の？」

「あのころのわたしには、恐ろしく年寄りに見えたわ。でも、ほんとはせいぜい四十歳ぐらいだったんじゃないかしら。もちろん、着るものや身の回りの世話はスザンヌがやってくれてました」

「ほかにはだれもいませんでしたか」

「あとは召使だけじゃないかしら」

「もう一度うかがいますが、ほんとうに、この汽車には見憶えのある人はだれも乗っていませんか」

彼女は真剣な口調で答えた。「いませんわ。ひとりも」

第5章 ドラゴミロフ公爵夫人のファーストネーム

伯爵夫妻が出ていったとき、ポアロはほかのふたりに目をやった。

「ほら、進展があっただろう」彼は言った。

「いや、おみごと」ブークが心の底から言った。「わたしだったら、アンドレニ伯爵夫妻を疑うなんて夢にも思わなかっただろう。正直、まったく戦力外《オル・ド・コンバ》だと思っていたよ。伯爵夫人が有罪なのはまちがいなさそうだね。じつに悲しいことだ。しかし、まさか死刑にはならないだろう。情状酌量《じょうじょうしゃくりょう》があるからね。せいぜい、何年か刑務所で過ごせばすむだろうね」

「きみはそれじゃ、本気で伯爵夫人が有罪だと思ってるのか」

「だって、疑問の余地なんかないじゃないか。きみが力づけるようなことを言うのは、ただ波風を立てたくないからだと思ってたよ。この雪から汽車が掘り出されて、警察がやって来るまでしばらくかかるから」

「名誉にかけて妻は無実だと伯爵が断言してるんだよ。それを信じないのかね」

「いや、それは——当然じゃないか。ほかになんと言いようがある？　伯爵は夫人を熱愛してるんだ。助けたいに決まってるよ！　たしかに嘘とは思えない口調だったが——さすが大領主らしい堂々たる態度だったがね、しかし嘘でしかありえないだろう」

「ところがね、荒唐無稽なことに、あれは嘘ではないとわたしは思ってるんだよ」

「ばかな、あのハンカチのことを忘れたのかね。あのハンカチでもう決まりじゃないか」

「いや、あれがそれほど決定的だとは思わないね。ハンカチの持主については、ふた通りの可能性があると前にも言ったじゃないか」

「それはそうだが——」

ブークは言葉を切った。食堂車の端のドアが開いて、ドラゴミロフ公爵夫人が入ってきたのだ。三人があわてて立ちあがるところへ、彼女はまっすぐ近づいてきた。ほかのふたりは無視して、ポアロに向かって言った。「ムッシュ、わたくしのハンカチをお持ちだそうね」

ポアロは友人たちに勝ち誇った視線を送った。「これのことでしょうか、奥さま」

薄いキャンブリックの小さなハンカチを差し出す。

「そうです。すみにわたくしのイニシャルが入っているでしょう」

「ですが奥さま、そのイニシャルはＨです」ブークが言った。「奥さまのファーストネームは——失礼ながら——ナタリアでは」

冷やかな目をそちらに向けて、「そのとおりよ。わたくしのハンカチには、いつもロシア文字でイニシャルを入れておりますのでね。ロシア文字ではＨはＮです」

ブークはいささかどぎまぎしていた。この肝《きも》の据わった老貴婦人の前に出ると、なぜかうろたえて落ち着かない気分になるのだ。

「今朝お話をうかがったときには、これがご自分のハンカチだとはおっしゃいませんでしたね」

「訊かれなかったからですよ」公爵夫人はそっけなく言った。

「どうかおかけください」ポアロは言った。

ため息をついて、「そのほうがよさそうね」

彼女は腰をおろした。「手短にすませましょう。次にお訊きになりたいのは、どうしてわたくしのハンカチが殺された男のそばに落ちていたのかということでしょう。それに対する答えは、わからない、です」

「ほんとうにおわかりにならないのですか」

「ええ、まったく」

「失礼ですが、そのお答えをどれぐらい信じてよいものでしょうか」

ポアロはとくべつ抑えた声でそう尋ねた。ドラゴミロフ公爵夫人は吐き捨てるように言った。「それは、ヘレナ・アンドレニがミセス・アームストロングの妹だということをわたくしが最初に話さなかったから、ということですか」

「事実、その点については意図的に嘘をおっしゃったわけですから」

「そのとおりです。何度でも同じことをしますよ。あの子の母親とは親しくしていましたからね。わたくしは信義を重んじる人間です。友人や家族や一族を裏切ることはできません」

「正義をおこなうために、全力を尽くすことについてはいかがですか。それは重んじなくてもよいとおっしゃるのですか」

「今回の件については、その正義が――厳しい正義の裁きがおこなわれたと思っておりますのでね」

ポアロは身を乗り出した。

「これは困ったことになりましたね。このハンカチに関しても、奥さまが嘘をおっしゃっていないとどうして言えるでしょうか。ご友人のお嬢さまをかばっていらっしゃるのでは?」

「なるほど、あなたのおっしゃる意味はわかります」ぞっとするような笑みを浮かべて、「ですけれどね、これは簡単に証明できるのよ。ハンカチを作らせているパリの店の住所をお教えするわ。そこで見せれば、確かに一年以上前にわたくしが注文したものだと証言してくれますよ。これはわたくしのハンカチです」

彼女は立ちあがった。「ほかにも訊きたいことがありますか」

「奥さまのメイドのことですが、今朝このハンカチを見せたとき、奥さまのものだと気がついたでしょうか」

「気がついたはずですよ。なにも言いませんでしたか。そう、あれも人を裏切らない人間だと証明してみせたわけね」

かすかに会釈《えしゃく》をして、公爵夫人は食堂車を出ていった。

「やっぱりな」ポアロは低い声でつぶやいた。「あのメイドに、このハンカチがだれのものか知らないかと質問したとき、ほんの一瞬ためらったのに気がついたんだ。主人のハンカチだと認めてよいかどうかわからなかったんだな。しかしこれは、この奇妙な仮説の根幹にうまくはまるだろうか。そうか、こう考えればいけるかもしれない」

「やれやれ！」ブークがいつもの身ぶり手ぶりで言った――「まったく、あれは恐るべき老婦人だね！」

「公爵夫人にラチェットが殺せたと思いますか」ポアロは医師に尋ねた。

医師は首をふった。「あの一撃は――あの深い傷は、大変な力で筋肉を貫いていますからね、あのように華奢《きゃしゃ》な体格の女性にはとうてい無理ですよ」

「しかし、浅い傷ならどうです」

「浅い傷だったら、それは可能でしょう」

「今朝のことを考えてるんですが」とポアロ。「あなたの強さは手ではなく意志にあるとわたしは公爵夫人に言いましたが、あれは一種の罠《わな》だったんです。夫人が自分の右手と左手のどちらを見るか確かめたかったのですよ。しかし、どちらでもなかった。両手をいっしょに見たんです。しかし、その後の返答が変わっていた。『そのとおりね、この手にはなんの力もない。喜んでいいのか悲しんでいいのかわからないけれど』と言ったんです。奇妙な発言でしょう。あれで、この事件の自分の解釈にわたしは自信を深めたのですがね」

「しかし、左利きの問題は確認できなかったわけですな」

「ええ。ところで気がつかれましたか、アンドレニ伯爵はポケットチーフを右胸のポケットに差してましたね」

ブークは首をふった。この三十分間に明らかになった驚愕《きょうがく》の事実のことばかり考えてしまう。彼はぼそぼそと言った。「これも嘘、あれも嘘。あきれたもんだ。今朝の話はどれもこれも嘘ばかりだったのか」

「これからさらに嘘が暴かれるよ」ポアロがうれしそうに言う。

「ほんとに？」

「そうでなかったら、すごくがっかりするだろうな、わたしは」

「この二枚舌には気が滅入るよ」ブークが言った。「しかし、きみは楽しそうだな」と非難がましく付け加える。

「利用できるからね」とポアロ。「嘘をついている相手に真実を突きつけると、たいていそうと認めるんだ――たいがいびっくりした拍子にね。これをうまくやるには、正しく推測しさえすればいいんだよ。

この事件では、これ以外に捜査を進める方法がない。乗客をひとりひとり選んで、その乗客の証言について考え、自分で自分にこう問いかける。『もしこの人物が嘘をついているとすれば、どういう点について嘘をつくだろう。またそんな嘘をつく理由はなにか』。そのうえで、もし嘘をついているとすれば——いいかい、あくまでももしだよ——それはこういう点について、こういう理由でだろう、それしかありえないと答えを出す。アンドレニ伯爵夫人の場合はこれがとてもうまく行った。さてそれじゃ、あと何人か呼んで同じ手を使ってみようか」

「それで、もしきみの推測がまちがっていたらどうする?」

「そのときは、少なくともひとりは完全に容疑者からはずれるわけだよ」

「なるほど、消去法か」

「そういうことさ」

「それで、次はだれを呼ぶね」

「例のプッカ・サヒブだ。アーバスノット大佐を呼ぼう」

第6章　アーバスノット大佐の二度めの聴取

アーバスノット大佐は見るからに不機嫌だった。二度めの聴取のために食堂車に呼ばれて、彼はとびきり険悪な表情で腰をおろした。

「それで？」

「二度もお呼び立てして申し訳ありません」ポアロは言った。「ですが、大佐からはもう少し情報をお聞きできるのではないかと思いましてね」

「そうかね。わたしはそうは思わないが」

「第一に、このパイプクリーナーを見てください」

「それがなにか」

「これはあなたのものですか」

「さあ。いちいち自分のしるしをつけたりはしないので」

「アーバスノット大佐、お気づきでしょうか。このイスタンブール発カレー行きの客車では、パイプを吸う乗客はあなたおひとりなのですよ」

「それならたぶんわたしのだろう」

「これがどこで見つかったかご存じですか」

「いや、まったく」

「殺された男性のそばに落ちていたのですよ」

アーバスノット大佐は眉をあげた。

「どうしてあんなところにあったのか、よかったらご説明いただけませんか」

「わたしが自分でそこに落としたのかという意味なら、答えはノーだ。わたしが落としたわけではない」

「ミスター・ラチェットの客室に、一度でも入られたことがありますか」

「口をきいたこともない」

「口をきいたこともなく、殺したこともないと？」

大佐の眉が、今度は皮肉っぽくあがった。

「もしわたしがやったのなら、いまここでそう白状するわけがないと思うがね。ともあれ、わたしは殺していない」

「まあいいか」ポアロがつぶやいた。「大した問題じゃない」

「いまなんと？」

「大した問題ではないと言ったのです」

「えっ！」アーバスノット大佐は驚いた顔をした。落ち着かぬ目つきでポアロを見る。

「というのは」小男は続けた。「このパイプクリーナーですが、これはどうでもいいことなのです。これが落ちていた理由なら、立派な説明を十一通りぐらいは考えつきますからね」

アーバスノットは目を丸くしてポアロを見つめている。

「ほんとうにお訊きしたかったのは、まったくべつのことなのです」ポアロは続けた。「ミス・デブナムからお聞きかもしれませんが、コニヤの駅で彼女があなたに向かっておっしゃった言葉を、ぐうぜん小耳にはさみましてね」

アーバスノットは返事をしない。

「『いまはだめ。これがみんな終わったら。なにもかもすっかり終わったら』とおっしゃっていた。これはなんのことを言っているんでしょうね」

「申し訳ないが、その質問には答えられない」

「なぜです《プルクワ》？」

大佐は堅苦しい声で言った。「その言葉の意味については、ミス・デブナム本人にお尋ねになるべきだと思う」

「尋ねました」

「しかし、答えなかった？」

「そうです」

「それならば、これはまったく――きみにもわかるぐらい明らかだと思うが、わたしからはなおさら答えることはできない」

「ご婦人の秘密を漏らすつもりはないというわけですね」

「そう思いたければそう思ってくれていい」

「ミス・デブナムは、個人的な問題だとおっしゃっていました」

「ではなぜ、その言葉のとおりに受け取らないんだね」

「なぜならですね、アーバスノット大佐、ミス・デブナムはいわゆる重要参考人だからです」

「ばかばかしい」大佐は激した口調で言った。

「ばかばかしくはありませんよ」

「証拠があるのか」

「ありません。ただ、幼いデイジー・アームストロングが誘拐された当時、ミス・デブナムはアームストロング家で付き添い兼家庭教師をしていたというだけです」

しばし、押し殺したような沈黙が続いた。

ポアロが穏やかにうなずく。「このとおり、あなたがたが思っておられる以上のことを、わたしたちはつかんでおるのです。ミス・デブナムが無実なら、なぜこのことを隠していたのか。なぜアメリカには行ったことがないとおっしゃったのか」

大佐は咳払いをした。

「なにかのまちがいではないのかね」

「まちがいではありません。なぜミス・デブナムは嘘をついたんでしょうね」

アーバスノット大佐は肩をすくめた。「それは本人に訊くべきだろう。わたしはやはり、なにかのまちがいじゃないかと思うが」

ポアロが声を高めて呼びかけると、食堂車の接客係のひとりが向こう端からやって来た。

「十一番寝台の英国のご婦人に、ご足労だがお運びいただきたいと伝えてきてくれ」

「かしこまりました《ビャン・ムッシュ》」

接客係は出ていき、四人の男たちは黙りこくっていた。アーバスノット大佐の顔は木彫りの像のようにぴくりともせず、なんの感情も読みとれない。

接客係が戻ってきた。「まもなくおいでになります」

「ご苦労だった」

やがて、メアリ・デブナムが食堂車に入ってきた。

第7章　メアリ・デブナムの素性

帽子はかぶっていなかった。挑みかかるかのように昂然《こうぜん》と顔をあげている。後ろに流れる髪、鼻梁《びりょう》の描く曲線が、果敢に荒海に乗り出す船の船首像を思わせた。その瞬間、彼女は美しかった。

ちらとアーバスノットに目をやった——ほんの一瞬。

ポアロに向かって、「わたしにご用とうかがいましたけど」

「マドモワゼル、うかがいたいことがありましてね。今朝はなぜ、嘘をおっしゃったのですか」

「嘘ですって？　なんのことかしら」

「あの悲劇が起こったころ、あなたはほんとうはアームストロング家で寝起きしておられたのに、そのことを隠しておられた。アメリカには行ったこともないとおっしゃったでしょう」

一瞬たじろいだが、彼女はすぐに気をとりなおした。「まちがいありません」

「いいえ、マドモワゼル、まちがいです」

「誤解なさってますわ。わたしが言ったのは、たしかにあれは嘘だったという意味です」

「では、認めるのですか」

昼があがって笑みを作った。

「もちろんです。もうご存じなんですもの」

「少なくとも率直でいらっしゃいますね、マドモワゼル」

「率直に申し上げるしかしかたがなさそうですから」

「たしかに、それはそのとおりですな。ところでマドモワゼル、真実を伏せていらした理由をお聞かせいただけますか」

「ムッシュ・ポアロ、理由は目の前にぶら下がっていると思いますけれど」

「わたしの目の前にはぶら下がっておりませんね、マドモワゼル」

彼女の声は静かで抑制されていたが、その奥にわずかに激しさが感じられた。「食べていかなくてはなりませんから」

「それはどういう——？」

目をあげて、まともにポアロの顔を見すえた。「ムッシュ・ポアロ、どれぐらいご存じかわかりませんけれど、よい働き口を見つけるのは楽ではないんです。殺人事件の関連で尋問された女性を――英国の新聞に名前と、ひょっとしたら写真まで出たような女性を、ちゃんとした英国の中流家庭の奥さまが、お嬢さんの家庭教師に雇いたがるとお思いですか」

「雇っていけないわけはないでしょう――なんの責任もないとすれば」

「ああ、責任――責任の問題ではなくて、人聞きの問題なんです。ムッシュ・ポアロ、これまでのところ、わたしはうまくやってきました。よいご家庭に勤めてよいお給料をいただいてきました。これまで築いてきた立場を危うくするようなことは避けたかったんです、なんの益もないのに」

「失礼ながら、マドモワゼル、益がないかどうかを判断するのはわたしで、あなたではないと思いますが」

メアリ・デブナムは肩をすくめた。

「たとえばですね、身元確認の問題で、手を貸してくださることもできたはずです」

「どういう意味ですの」

「マドモワゼル、お気づきでなかったとは言わせませんよ。アンドレニ伯爵夫人はミセス・アームストロングの妹でしょう。ニューヨークであなたが教えていらした」

「アンドレニ伯爵夫人が？　まあ」と首をふった。「まさかとお思いでしょうけれど、ぜんぜん気がつきませんでした。わたしがお世話をしていたころはまだ子供でしたから。三年以上も前ですよ。たしかに、伯爵夫人を見かけたとき、だれかに似ていると は思いました。それで不思議に思っていたんです。でも、とても外国人ふうで——あのアメリカ人の女の子とはとても結びつきませんでした。それにちらとなにげなく見ただけでしたもの、食堂車に入っていらしたときに。顔よりも服のほうに目が行きましたし——」かすかに苦笑して、「女ってそんなものですわ。おまけに——ほかのことで頭がいっぱいでしたから」

「マドモワゼル、あなたの秘密を教えていただくわけにはいきませんか」

ポアロはことのほかやさしい、かき口説《くど》くような声で言った。

彼女は押し殺した声で答えた。「それは——無理です」

だしぬけに、なんの前触れもなく、彼女は泣き崩れた。顔を伏せ、両腕を前にさしのべて、胸が張り裂けんばかりに泣いている。

大佐がはじかれたように立ちあがり、おずおずと彼女のそばに立った。

「その——ほら——」

言葉を切り、こちらをふり向くと、ポアロをにらみつけた。「骨を一本残らずへし折ってやる、この思いあがった知ったかぶり野郎が」

「ちょっと待ってください」ブークが抗議の声をあげる。

しかし、アーバスノットはもうメアリ・デブナムに目を向けていた。

「メアリ――頼むから――」

彼女はやおら立ちあがった。「なんでもないわ。心配しないで。ムッシュ・ポアロ、お話はもう終わりですわね。もしまだご用がおありでしたら、呼びにいらしてください。ほんとに情けない――わたしったら、こんなに取り乱して！」

彼女は食堂車を飛び出していった。アーバスノットはそのあとを追おうとしたが、いったんふり返り、ポアロに向かって言った。「ミス・デブナムはまったくの無関係だ。無関係だと言ったら無関係なんだ。これ以上うるさくつきまとうなら、わたしが相手になるからな」

大佐は大股に出ていった。

「英国人を怒らせると面白いな」ポアロは言った。「じつに愉快だ。感情的になればなるほど、まともにしゃべれなくなる」

しかし、ブークは英国人の感情的な反応には興味がなかった。友人への称賛の念に圧倒されていたのだ。

「いや、きみはまったく大したもんだ《モン・シェル・ヴゼット・エパタン》」彼は声をあげた。「今度もみごとに言い当てたな。すごいよ《セ・フォルミダーブル》」

「信じられない、よく考えつかれますな」コンスタンティン医師も感嘆の声をあげた。

「いや、今回はわたしの手柄ではありませんよ。推測ではなく、アンドレニ伯爵夫人が教えてくれたようなものです」

「なんだって《コマン》。そんな話がいつ出たかね」

「家庭教師だか付き添いだかのことを、わたしが伯爵夫人に尋ねたのを憶えてるだろう。あのときはもう、もしメアリ・デブナムがこの一件に関係があるとすれば、たぶんそういう身分で関わっていたにちがいないと見当をつけていたんだよ」

「いやしかし、アンドレニ伯爵夫人の説明では、まったくちがう人物のようだったがね」

「そのとおり。大柄で赤毛の中年女性――実際、ミス・デブナムとはどこをとっても正反対だ。あまりにちがいすぎるからかえってあやしい。しかしそこで、伯爵夫人は急いで名前を考え出さなくてはならなくなって、無意識の連想で馬脚をあらわしてしまったんだ。名前はミス・フリーボディだと言ってただろう」

「それがどうして？」

「ああそうか《エ・ビャン》、きみは知らないかもしれないが、つい最近までロンドンにそういう店があったんだよ、デブナム＆フリーボディっていう。デブナムの名前を頭に浮かべながら、急いでべつの名前を思いつこうとした。で、最初に浮かんできたのがフリーボディだったというわけさ。とうぜん、わたしもすぐに気がついた」

「また嘘か。どうして伯爵夫人は嘘をついたんだろう」

「たぶん裏切りたくなかったからだろうね。そういう信義のせいで、いろいろややこしくなるんだよ」

「まったくだ《マ・フォワ》」ブークが激した口調でいう。「それにしても、この汽車の乗客はみんな嘘をついているのかね」

「そこだよ」ポアロは言った。「そこを突き止めようとしているんだ」

第8章　さらなる驚愕の真相

「もうなにを聞いても驚かないぞ」ブークは言った。「ぜったいに！　たとえ、乗客がみんなアームストロング家に関わってたとわかったたって、二度と驚いたなんて言わないからな」

「それはずいぶん意味深長なせりふだな」ポアロが言った。「きみのひいきの容疑者、例のイタリア人がなんと言うか知りたくないのかね」

「きみはまた、お得意の推理を披露《ひろう》しようというのかい」

「そのとおり」

「これはじつに、まったく異常な事件ですな」コンスタンティンが言った。

「いや、きわめて自然な事件です」

ブークがおどけて両手をあげ、絶望のしぐさをまねてみせた。「これを自然と呼ぶなら、なにが――」そのあとは続けられなかった。

アントニオ・フォスカレッリを呼んでくるよう、ポアロはとっくに食堂車の接客係に指示していたのだ。

大柄なイタリア人は、目に不安の色を浮かべて入ってきた。罠《わな》に落ちた動物のようにきょろきょろしている。

「なんの用ですか」彼は言った。「なんにも話すことなんかありませんよ——言っとくけど、なんにもですよ！　まったく《ペル・ディオ》——」片手でテーブルを叩いた。

「いいえ、あるはずですよ」ポアロがぴしゃりと言った。「真実を話してください」

「真実？」不安げなまなざしをポアロに向けた。その態度からは、自信も陽気さもすっかり消え失せている。

「そうです《メ・ウィ》。すでにわたしにはわかっていることかもしれませんが、自分から告白すればあなたにとって有利に働きますよ」

「アメリカの警察みたいなことを言うんだな。『吐け』ってアメリカじゃ言うんだよ。『吐け』って」

「ということは、あなたはニューヨーク警察のお世話になったことがあるのですか」

「いや、とんでもない。あいつらになにが証明できるもんか。もっとも、証明しようとしなかったわけじゃないけどな」

ポアロは静かに言った。「アームストロング事件のときですね。あなたは運転手をなさってたんでしょう」

イタリア人と目と目を合わせた。大男の虚勢はたちまち崩れて、穴のあいた風船のようだった。

「もう知ってるのなら――なんで訊くんだ」

「どうして今朝は嘘をついたんです？」

「仕事のためだよ。それに、ユーゴスラヴィアの警察なんか信用できない。イタリア人を嫌ってるからな。濡れ衣を着せられてただろう」

「ひょっとしたら、濡れ衣ではないかもしれませんね」

「いや、おれは昨夜の事件とはなんの関係もないんだ。おれは客室から一歩も外へ出ちゃいない。あの陰気な英国人が証言してくれるよ。あの下衆《げす》を――ラチェットを殺したのはおれじゃない。おれがやったなんて証拠はどこからも出てこないぜ」

ポアロは紙になにごとか書いていたが、顔をあげて静かに言った。

「わかりました。もう行っていいですよ」

フォスカレッリはすぐには立ちあがらず、不安げに言った。「わかってくれたんですか――おれじゃないって。おれはぜんぜん関係ないんだ」

「もう行ってよいと言ったでしょう」

「これは陰謀だ。おれをはめる気なんだな。あんなやつのために。あんなやつ、電気椅子送りにされて当然だったのに、とんでもない話だ、釈放しやがって。おれだったら——おれがつかまってたら——」

「しかし、あなたではなかった。あなたは、誘拐事件にはなんの関係もなかったんですから」

「なにを言い出すんだよ。まったく、あの子は——あの子はあの家の宝物だったよ。おれのことをトニオって呼んでたんだ。運転席に座って、ハンドルをまわすまねしてさ。みんながあの子に夢中だったよ！　警察だってしまいにはわかってくれた。ほんとに可愛い子だったんだ」

　ささやくような声になっていた。目には涙が浮かんでいる。と、だしぬけにまわれ右をして、足早に食堂車を出ていった。

「ピエトロ」ポアロが呼ぶと、食堂車の接客係が駆け寄ってきた。

「十番の——スウェーデンのご婦人を」

「承知しました《ビヤン、ムッシュ》」

「まだいるのか」ブークが声をあげた。「ばかな——そんなばかな。何度も言うが、ありえないよ」

「いやいや、突き止めなくちゃならないんだよ。たとえ、乗客全員にラチェットを殺す動機があったとしても、そうと突き止めなくちゃいけない。それがわかって初めて、だれが犯人なのか明らかになるんだ」

「頭がくらくらしてきた」ブークがうめいた。

接客係になだめられながら、グレタ・オルソンは入ってきた。激しく泣きじゃくっている。

くずおれるようにポアロの向かいの席に腰をおろしてからも、大きなハンカチを顔に当てて泣きつづけていた。

「さあ、そんなに悲しまないでください、マドモワゼル。もう泣かないで」ポアロは彼女の肩をやさしく叩いた。「ひとことふたこと、ほんとうのことを話してくれればいいんです。あなたは乳母として、デイジー・アームストロングの世話をしていたんでしょう」

「そうです――そのとおりです」打ちのめされて、彼女は泣きながら答えた。「天使みたいだった――人を疑うことを知らない、可愛い天使でした。やさしい人たちに囲まれて、みんなに可愛がられて、こわい思いなんかしたこともなくて――それがあの悪人にさらわれて、むごい目にあわされて——お母さんもかわいそうに——おなかの赤ちゃんは、とうとう生まれてくることもできなかった。あなたにはわかりません——わかるもんですか——あの場にいなかったらとうてい——あの恐ろしい悲劇の一部始終を見てなかったら——今朝はわたし、ほんとうのことをお話ししなくちゃいけなかったんです。でもわたし、怖くて——怖かったんです。あの悪人が死んで、ほんとにうれしかった——もう小さな子供を殺したりいじめたりできなくなったんですもの。わたし、もう声が——なにも言うことが……」

彼女はいっそう激しく泣きはじめた。

ポアロはその肩をやさしく叩きつづけた。「さあ、もう泣かないで——わかりますよ。みんなわかってます。みんなわかってますから。もうなにもお訊きすることはありません。もうじゅうぶんです、わたしが真実だとわかっていたことを裏書きしてくださったんだから。お気持ちはわかりますよ、ほんとうです」

すすり泣きのせいでもうなにを言っているかわからないまま、グレタ・オルソンは立ちあがり、手さぐりでドアに向かった。ドアにたどりついたとき、入ってこようとしている男とぶつかった。

それは従僕——マスターマンだった。

彼はまっすぐポアロに近づいてきて、いつもの静かな落ち着いた声で話しだした。

「おじゃまをして申し訳ございません。すぐに参上して、ほんとうのことを話すのが一番だと思ったものですから。わたしは戦争中、アームストロング大佐の従卒を務めまして、戦後はニューヨークで従僕としてお仕えいたしました。今朝は、そのことをお話ししなかったように思います。まことに申し訳ございません。それで、なにもかもお話ししなくてはならないと思ったのでございます。ですが、どうかトニオだけはお疑いにならないでください。ハエ一匹殺せない男なのです。これは誓って申しますが、昨夜トニオは客室から一歩も外へは出ておりません。ですから犯人のはずはないのです。外国人ではありますが、ほんとうにやさしい男で——新聞に出てくるような、けしからぬ人殺しのイタリア人とはまるで違うのです」

そこで口をつぐんだ。

ポアロは彼をじっと見つめている。

「ほかに言うことはありませんか」

「これで全部でございます」

彼はまた口をつぐんだ。ポアロがなにも言わないのを見て、申し訳なさそうに小さくお辞儀《じぎ》をした。ほんの少しためらう様子を見せたが、そのまま食堂車を出ていった。

入ってきたときと同じく、静かに、控えめな物腰で。

「これはまた」コンスタンティン医師が言った。「推理小説《ロマン・ポリシエ》にだって、こんなに奇想天外な話はありませんよ」

「まったくです」ブークが言った。「この客車の乗客十二人のうち、九人がアームストロング事件に関係があったとは。次はなんだね。それとも、次はだれかと言うべきかな」

「その問いにはすぐに答えられそうだな」ポアロが言った。「ほらごらん。アメリカ人の探偵、ムッシュ・ハードマンだ」

「あの男も真実を告白しにきたのか」

ポアロが返事をする前に、アメリカ人の探偵はテーブルにやって来た。警戒するような視線を三人に投げ、腰をおろすと話しはじめた。

「いったい、この汽車じゃなにが起きてるんです？　まともな人間がひとりも乗ってないみたいだ」

ポアロはいたずらっぽい目を向けて、「ミスター・ハードマン、あなたはもしや、アームストロング家で庭師をしていたとおっしゃるんじゃないでしょうね」

「あの家には庭園なんかなかった」ミスター・ハードマンは、額面どおりに受け取って答えた。

「では執事とか」

「しゃれた礼儀作法を心得てないんで、そんな仕事は無理だな。わたしはアームストロング家とはなんのつながりもありませんよ。ところが、あの一家とつながりがないのは、この汽車にはわたししかいないんじゃないかって気がしてきたんですよ！　わかりますか――いや、本気で訊いてるんです。おたくにはわかってるんですか」

「たしかに、いささか驚きではありますね」ポアロが穏やかに言った。

「ちゃんちゃらおかしい《セ・リゴロ》」ブークが思わず言った。

「ムッシュ・ハードマン、あなたご自身は、この事件についてなにかお考えがありますか」ポアロが尋ねた。

「いや、まったくお手上げです。なにがなんだかわかりませんよ。全員が関わってるなんてはずはないが、どいつが犯人かとなるとさっぱりです。いったいどうやって嗅《か》ぎつけたんですか。ぜひともうかがいたいもんだ」

「ただの当て推量ですよ」

「それがほんとなら、まるで千里眼だな。まちがいない、あなたはすごい千里眼の持主ですよ」

ハードマンは身を起こし、ポアロをつくづくと眺めた。

「こう言っちゃ失礼だけど、その姿を見たらだれも信じないだろうな。いや、脱帽しますよ。ほんとに」

「ムッシュ・ハードマン、それは褒めすぎというものですよ」

「とんでもない。脱いだ帽子を差し上げたいぐらいだ」

「そうは言っても」とポアロ。「問題はまだ解決しておりません。自信を持って名指しできますか――だれがムッシュ・ラチェットを殺したのか」

「無理です」ハードマンが言った。「わたしゃ名指しもなにもする気はありませんよ。ただもう、当然ながら驚きあきれるいっぽうなんだから。まだ当て推量を聞かせてもらっていない、あとふたりについてはどうです？　あのアメリカ人の老婦人と公爵夫人のメイドは、この汽車の数少ない無実の第三者と見なしていいんですか」

「そうですね」ポアロは笑顔で言った。「手もとのささやかなリストに当てはめることができなければですが――たとえば、アームストロング家の家政婦とか料理人とか」

「やれやれ、もうなにがあっても驚くこっちゃない」ハードマンは観念したように言った。「狂ってる――この事件はまさにそれですよ――みんな狂ってるんだ！」

「しかしね、それじゃあまりにも偶然が重なりすぎというものじゃないか」ブークが言った。「全員が関係者だなんて、そんなばかな」

ポアロはブークに目を向けた。「わかってないね。ぜんぜんわかってないんだね。訊くが、きみはだれがラチェットを殺したと思ってるんだね」

「きみにはわかるのか」ブークがやりかえした。

ポアロはうなずいた。「わかるとも。しばらく前からわかっていた。こんなに明らかなのに、どうしてきみたちにはわからないのか不思議だよ」そう言ってハードマンに向きなおった。「あなたはどうです」

探偵は首をふった。不思議そうにポアロを見つめている。「わかりません。わたしにはまったくわからない。だれなんです？」

ポアロはしばし黙っていたが、やがて言った。「お手数ですが、ムッシュ・ハードマン、ここにみなさんを集めていただけませんか。この事件にはふたとおりの解がある。それをふたつとも、全員にご披露したい」

第9章　ポアロの提示したふたつの解

乗客たちはぞろぞろと食堂車に入ってきて、テーブルを囲んで席に着いた。程度の差はあれ、全員が同じ表情——期待と恐怖の入り交じった——を浮かべている。スウェーデンの婦人はいまも泣いていて、今度はミセス・ハバードが慰《なぐさ》め役にまわっていた。

「ほら、しっかりしなくちゃだめよ。なにもかもみんなうまく行くわ。だから気を強くもって。もしこのなかに恐ろしい殺人犯がいるとしても、それがあなたじゃないのはみんなようくわかってるんだから。ほんとよ、頭がおかしいのでもないかぎり、そんなこと思いつきもしないわ。ほら、ここにおかけなさいな、わたしもとなりに座るから。もうなんにも心配しなくていいのよ」

ミセス・ハバードの声はしだいに小さくなってとぎれ、ポアロは立ちあがった。〈ワゴンリ〉の車掌が入口付近をうろうろしている。

「わたしはここにいてもよろしいのでしょうか」

「もちろんだよ、ミシェル」

ポアロは咳払いをした。

「紳士淑女《メシュー・エ・メダム》のみなさん、これからは英語でお話しいたします。どなたもこの言葉なら多少はおわかりのようですから。お集まりいただいたのは、サミュエル・エドワード・ラチェットことカセッティの死の真相を明らかにするためです。この事件にはふたとおりの解が考えられます。それをふたつともご紹介して、こちらのムッシュ・ブークとドクトル・コンスタンティンに、どちらが正しいか判断していただこうと思います。

みなさんはすでに、この事件の事実関係についてはご存じです。ミスター・ラチェットは今朝、刺殺体となって発見されました。最後に生存が確認されたのは昨夜の午前零時三十七分、〈ワゴンリ〉の車掌とドア越しに話をしたときです。パジャマのポケットに入っていた時計はひどくへこんでおり、一時十五分過ぎで止まっていました。発見後に遺体を調べたドクトル・コンスタンティンは、死亡時刻は午前零時から二時のあいだと判断しておられます。零時三十分ごろ、みなさんご存じのとおり、汽車は雪の吹き溜まりに突っ込んでしまいました。そのあとは、汽車を離れることは不可能だったわけです。

ニューヨークの探偵事務所に所属するミスター・ハードマンの証言（何人かがミスター・ハードマンのほうをふり向いた）によりまして、彼の客室（いちばん端の十六号室です）の前を、姿を見られずに通ることは不可能であったことがわかりました。したがって、犯人はこの客車――すなわちイスタンブール発カレー行きの乗客のなかにいると考えざるをえない。というのが、言ってみれば、わたしたちのかつての結論でした」

「なんだって《コマン》？」ブークが驚いて声をあげた。

「しかし、ここではもうひとつの説をご紹介したいと思います。非常に単純な話です。ミスター・ラチェットはある特定の敵を恐れていました。そこでミスター・ハードマンにその特徴を教えて、もし襲ってくるとすれば、まずまちがいなくイスタンブールを出てふた晩めのことだろうと言っています。

さてみなさん、ここで申し上げますが、ミスター・ラチェットはそれよりはるかに多くのことを知っていたのです。その敵は、ミスター・ラチェットが予想していたとおり、ベオグラードか、おそらくはヴィンコヴツィでこの汽車に乗り込んできました。アーバスノット大佐とミスター・マクイーンがホームに降りた直後に、おふたりのあけたドアから入り込んだのです。犯人は〈ワゴンリ〉の制服を入手し、それを自分の服のうえに着ていました。また合い鍵も持っていたので、鍵がかかっていたにもかかわらず、ミスター・ラチェットの客室に入ることができたのです。ミスター・ラチェットは睡眠薬を服《の》んで眠っていました。その彼をめった刺しにしたあと、犯人はコミュニケーティングドアを通ってミセス・ハバードの客室に逃げました――」

「そのとおりよ」ミセス・ハバードがうなずいた。

「犯人は去りぎわに、凶器の短剣をミセス・ハバードの洗面道具入れに突っ込んでいきました。そのさい、それと気づかずに制服のボタンを落としています。それから客室を抜け出して通路に出ました。開いていた客室に忍び込み、スーツケースに制服を突っ込み、数分後にはふつうの格好に戻って、汽車がまた走り出す直前に立ち去ったのです。入ってきたときと同じ入口――すなわち、食堂車近くのドアを通って」

全員がはっと息をのんだ。

「時計のことはどう説明するんです」ミスター・ハードマンが語気鋭く尋ねた。

「それは完全に説明がつきます。ツァリブロトで時計を一時間戻すべきだったのに、ミスター・ラチェットはそれを忘れていたのです。そのため、時計は東欧時間をさしたままで、中欧時間より一時間進んでいたわけです。したがって、ミスター・ラチェットが刺し殺されたのは、じつは零時十五分だったのです――一時十五分ではなく」

「しかし、それはばかげている。そんな説明は」ブークが声をあげた。「一時二十三分前に、客室のなかから声がしているんだよ。ラチェットの声か、そうでなければ犯人の声のはずだ」

「そうとはかぎりません。いわば――第三の人物がいたと考えれば説明がつく。話をしようと客室に入ってみたら、ラチェットは死んでいた。車掌を呼ぼうとベルを鳴らしたが、そこでよく言われるように胸が騒いだ――自分が殺人犯と疑われるのではないかとこわくなり、ラチェットになりすまして返事をしたわけです」

「それはありうる《セ・ポシブル》な」ブークがしぶしぶ認めた。

ポアロはミセス・ハバードに目を向けた。「マダム、なにかおっしゃいましたか」

「ええ、でもなにを言おうとしたのか自分でもわからないわ。どうお思いになる、わたしも時計を戻すのを忘れていたのかしら?」

「そうではないでしょう。あなたは犯人が通った物音をたしかにお聞きになった。し

1　ユーゴスラヴィア（現セルビア）の都市。ディミトロヴグラードともいう。

かし潜在意識で聞いておられたので、しばらくしてから客室に男がいるという悪夢を見て驚いて目を覚まし、ベルを鳴らして車掌をお呼びになったのでしょう」

「ああ、そういうこともあるかもしれないわね」ミセス・ハバードは言った。

ドラゴミロフ公爵夫人は、射るような目でポアロをまともに見すえていた。

「わたくしのメイドの証言についてはどう説明なさるの」

「単純なことです。メイドのかたは、わたしからハンカチを見せられたとき、奥さまのものだと気がつかれました。そこで、いささか不器用に奥さまをかばおうとなさったのです。たしかに犯人に遭遇はなさったのですが、それはもっと早い時刻、汽車がヴィンコヴツィ駅に停まっているときでした。奥さまに水も漏らさぬアリバイを作ってさしあげようとあせるあまり、一時間あとに目撃したふりをしたのでしょう」

公爵夫人は頭を下げた。「なにもかも考え抜いてらっしゃるのね。ほんとうに——おみごとだわ」

沈黙が落ちた。

ややあって、全員が飛び上がらんばかりに驚いた。コンスタンティン医師がいきなり、こぶしでテーブルをどんと叩いたのだ。

「そんなはずはない」彼は言った。「ありえない、絶対に！　その説明は水も漏らさぬというわけには行きませんよ。細かい点でいくつも矛盾がある。この事件はそんなふうにおこなわれたものではない。ムッシュ・ポアロはよくおわかりのはずだ」

ポアロは不思議なものを見るような目を医師に向けた。

「そうですね、そろそろ第二の解をご説明しなくてはならないようです。しかしあまりにも性急に、この説明を放り出すのはいかがなものでしょうか。もう少ししたら、ドクトルもなるほどとおっしゃることと思います」

ポアロはまたほかの乗客たちに顔を向けた。

「この事件には、もうひとつ考えられる解があります。その解にわたしがどのようにしてたどり着いたか、それをご説明しましょう。

みなさんの証言をすべて聞き終えたとき、わたしはゆったり椅子に腰かけ、目を閉じて、じっくりと考えました。いくつか、注目に値すると思われる点があります。ふたりの友人の前でその点を列挙してみました。なかにはすでに解明済みの点もありました。パスポートの油のしみなどがそれです。その他の点についてはこれからざっとご説明しましょう。第一の、最も重要な点は、ムッシュ・ブークがわたしに語った言葉でした。汽車がイスタンブールを出てから、初めてこの食堂車でランチをとっていたときのことです。ここに集まった人たちは興味深い、なぜなら多種多様だから——

このように階級も国籍もさまざまだと、そういう趣旨の言葉でした。

わたしもそのとおりだと思いましたが、あとでこのときのことを思い出して、こんなに多種多様な人々が一堂に会する状況が、ほかにあるだろうかと想像してみたのです。それで得た答えはこうです――アメリカ以外にはない。アメリカなら、さまざまな国籍の人間がひとつ屋根の下に暮らすこともありえます。イタリア人の運転手、英国人の家庭教師、スウェーデン人の乳母、フランス人の子守などなど。わたしのいわゆる『当て推量』の枠組みは、ここから生まれてきたのです。つまり、アームストロング家という舞台で、だれにどの役を与えればいいか考えていったわけです。劇の演出家がやるようにですね。そうするうちに、きわめて興味深い、そして満足できる結果が得られました。

わたしはまた、頭のなかでひとりひとりの証言を検証してみました。そしてその末に、まことに奇妙な結論にたどり着いたのです。たとえば、ミスター・マクイーンの最初の証言を見てみましょう。最初にお話をうかがったときには、なんの問題も見当たりませんでした。しかし二度めには、かなり奇妙なことをおっしゃった。アームストロング事件について言及した便箋《びんせん》を見つけたと話しましたところ、『でもたしかに――』と言いかけて、しばらく間があってから、『つまりその――あの男、ずいぶん不注意をやったもんですね』とおっしゃったんです。

　このときわたしが思ったのは、最初はもっとべつのことを言おうとしていたのではないか、ということでした。ひょっとして、『でもたしかに燃やしたのに！』と言いかけたのではないか。そうだとすれば、この便箋が燃やされたことを知っていたことになる――言い換えれば、ミスター・マクイーンは犯人か、あるいはその共犯だということです。なるほどなるほど。

　次に従僕のかたの証言です。汽車で旅行をするとき、ご主人は睡眠薬を服《の》む習慣があったとおっしゃった。それは事実かもしれませんが、昨夜のラチェットが服むでしょうか。枕の下の拳銃が、そんなことはありえないと言っています。ラチェットは昨夜は警戒を怠らないつもりでいました。どんな睡眠薬を服んだにしても、それは本人が知らないうちに盛られたものにちがいありません。そしてそれを盛ったのは、ミスター・マクイーンか従僕なのは明らかです。

　さてここで、ミスター・ハードマンの証言について考えてみましょう。ご自分の身元についておっしゃったことは、すべて事実であろうと思います。しかし、ミスター・ラチェットを護衛するために実際にとった手法については、彼の話はばかげていると言うしかありません。護衛するなら、有効な手段はひとつしかありません。ラチェットの客室内か、あるいはそのドアが見える場所にひと晩じゅうがんばっていればいいのです。彼の証言が唯一はっきり示しているのは、この汽車のべつの車両に乗っていた者には、ラチェットを殺すことはできなかった、ということのみです。明瞭な境界線を引いて、イスタンブール発カレー行きの客車を囲い込んでいるのです。どうもおかしい、説明がつかないと思いましたが、とりあえず棚上げにしてあとで考えることにしました。

おそらくもうお聞きになっていると思いますが、ミス・デブナムがアーバスノット大佐に言った言葉をわたしは小耳にはさんでしまいました。わたしにとって興味深かったのは、アーバスノット大佐が彼女を『メアリ』と呼んでおり、ごく親しい仲なのは明らかだということでした。しかし大佐は、ほんの数日前に彼女に会ったばかりだったはずです。わたしは大佐のようなタイプの英国人のことは知っています。若い女性にひと目惚《めぼ》れしたとしても、時間をかけて慎重にことを進めようとするでしょう――情熱にまかせて突き進んだりはしない。したがって、アーバスノット大佐とミス・デブナムは、じつは旧知の仲だったということになります。しかし、なにかわけがあって他人のふりをしているというわけです。もうひとつのささいな点は、ミス・デブナムが電話の『長距離《ロング・ディスタンス》』という言葉をさらりと口になさったことでした。アメリカには行ったことがないとおっしゃっていたにもかかわらずです。

ほかの証人の例をあげましょう。ミセス・ハバードのお話では、ベッドに横になっていて、コミュニケーティングドアの閂《かんぬき》がおりているかどうか見えなかったということでした。それで、ミス・オルソンにお願いして確認してもらったとおっしゃる。さて、この話がたしかに当てはまるのは、二番、四番、十二番など、偶数番号の客室に入っているときです。ここでは、閂はドアの把手《とって》のすぐ下についていますからね。ところが、奇数番号の客室、たとえば三番などでは、閂は把手のかなり上についておりまして、洗面道具入れに隠れて見えないなどということはありえないのです。そんなわけで、ミセス・ハバードは実際にはなかった話をでっちあげていると結論せざるをえませんでした。

ここで、時刻についてひとことふたこと申し上げます。思うに、あのへこんだ時計について真に興味深い点は、それが見つかった場所にあります。時計はラチェットのパジャマのポケットに入っていました。邪魔なことこのうえなく、ふつうはあんなところに入れたりはしないものです。ベッドの枕元に、時計をかける『フック』がついているのですからなおさらです。ということは、この時計はわざとあのポケットに入れられたにちがいない、つまり偽装だとわたしは考えました。要するに、この事件が起こったのは一時十五分ではなかったのです。

では、もっと早い時刻に――正確にいえば一時二十三分前に起こったのでしょうか。この説を支持する論拠としては、わが友ムッシュ・ブークが指摘してくれた大きな叫び声があります。あれでわたしは目を覚ましたのですが、しかしラチェットが多量の睡眠薬を服まされていたとしたら、叫び声をあげられたはずがないのです。悲鳴があげられるぐらいなら、わが身を守ろうと多少は抵抗することもできたはずです。しかし、争った形跡はまったくありませんでした。

そこで思い出したのが、ミスター・マクイーンが一度ならず二度までも（とくに二度めはかなりあからさまでした）、ラチェットはフランス語ができないという話を持ち出したことです。それで、わたしはこういう結論に達しました――あの一時二十三分前の出来事はなにもかも、わたしをだますために仕組まれた茶番だったのです！あの時計の偽装は見え見えです。探偵小説にはしょっちゅう出てくる小道具ですからね。おそらくわたしがその偽装を見抜き、自分の能力に自惚《うぬぼ》れて、ラチェットはフランス語が話せなかったのだから、一時二十三分前にわたしが聞いた声はラチェットではなく、したがってすでにもう死んでいたはずと思い込むだろうと、犯人たちは考えたのです。しかしわたしは、一時二十三分前にはラチェットはまだ薬でぐっすり眠っていたはずだと考えています。

とはいえ、この計画はうまくいっていたのです。わたしはドアをあけて外を見ました。そしてたしかに、フランス語が使われているのを耳にした。わたしが信じられないほど間抜けで、その言葉の持つ意味に気がつかなかったとしたら、だれかがその話を持ち出して気づかせたことでしょう。必要なら、ミスター・マクイーンが大っぴらに指摘することもできます。『失礼ですが、ムッシュ・ポアロ、あれはミスター・ラチェットのはずがありません。彼はフランス語ができないんですから』とかなんとか言えばいいわけです。

となると、実際に事件が起こったのはいつだったのでしょうか。そして殺したのはだれだったのか。

わたしの意見では――これはあくまでもただの意見ですが、ラチェットが殺されたのは二時に非常に近いころだと思います。ドクトルが死亡時刻としてあげた、最も遅い時刻ですね。

そして殺したのはだれか。これについては――」

いったん間を置き、聴衆に目をやった。だれもちゃんと聞いていないなどと不平を鳴らすことはとうていできない。全員の目がこちらに釘付《くぎづ》けになっている。しんと静まりかえって、針の落ちる音さえ聞こえそうだった。

ポアロはおもむろに先を続けた。

「わたしがとくに強く感じたのは、どの乗客についても、犯行の可能性を証明するのが極端にむずかしいということでした。またどの人物についても、そのアリバイを裏づける証言が、こう言ってよければ『およそありそうにない』人物から出てくるという奇妙な偶然にも首をひねりました。ミスター・マクイーンとアーバスノット大佐は互いにアリバイを証明しあっていますが、このおふたりは、それ以前に知り合いであったとはちょっと考えられない組み合わせです。同様に、英国人の従僕とイタリア人、スウェーデン人のご婦人と英国人の若い女性もそうです。『奇想天外だ――全員が関わっているなんてはずはない！』と心のうちでつぶやいたものです。

しかしそこで、わたしははたと気がついたのです。全員が関わっていたのです。これほど多くのアームストロング事件の関係者が、ただの偶然で同じ汽車に乗り合わせるなど、めったにないどころかまるでありえないことです。偶然のはずはない、策略だったのです。そう言えば、アーバスノット大佐が陪審《ばいしん》裁判の話をしたのをわたしは思い出しました。陪審員は十二人――乗客は十二人――ラチェットが刺されたのは十二回です。そしてずっとわたしの頭を悩ませていた問題――この閑散《かんさん》期に、イスタンブール発カレー行きの客車がこれほど混んでいるという問題も、これで説明がつくというものです。

ラチェットはアメリカで司法の手を逃れました。彼の有罪はまちがいなかった。みずから陪審に名乗り出た十二人の人々が、彼に死刑を宣告し、やむを得ない事情からみずからの手で刑を執行《しっこう》する。わたしはそのさまを思い描きました。するとたんに、そう仮定したことで、なにもかもがみごとに秩序だって見えてきたのです。

それは完璧なモザイク画でした。ひとりひとりが割り当てられた役柄を演じている。かりにだれかに疑いがかかったとしても、ほかの人たちの証言でその疑いは晴れて、どうにもわけがわからなくなる、そのように計画されている。ミスター・ハードマンの証言が必要だったのは、万が一部外者に容疑がかかって、その人物にアリバイがなかったときの用心でした。イスタンブール発の乗客に関してはその危険はなかった。かれらの証言は、細かい点まで前もって周到に用意されていたのです。なにもかもきわめて巧妙に計画されたジグソーパズルであり、新たな事実というピースが現われるたびに、真相はいよいよ見えにくくなるようにできていたのです。わが友ムッシュ・ブークが言ったように、この事件はどう見ても不可能としか思えませんでした。まさに、そのような印象を与えるべく仕組まれていたからです。

この解ですべて説明がつくでしょうか。答えはイエスです。奇妙な傷あと——あれは、それぞれべつべつの人間がつけたものだった。わざとらしい脅迫状——あれは本物でなく、たんに偽装の証拠物件として捏造《ねつぞう》されたものだった（まちがいなく本物の脅迫状もあって、ラチェットに生命の危険を感じさせたはずですが、それはミスター・マクイーンが破棄して偽物《にせもの》と差し替えていたのです）。ミスター・ハードマンがラチェットに雇われたという話——これはもちろん、最初から最後まで嘘です。なぞの男の『小柄で黒っぽい髪、女のような声』というのは、まことに都合のよい特徴でした。本物の〈ワゴンリ〉の車掌には、それに当てはまる者がひとりもいないという利点がありましたし、おまけに男にも女にも当てはめようと思えば当てはまるからです。

刺殺という方法は、ちょっと考えると奇妙に思えます。しかしよくよく考えれば、これ以上にこの状況にぴったりの方法はありません。短剣はだれにでも——力があってもなくても使える武器ですし、音を立てずに殺せます。これはわたしの想像ですから、まちがっているかもしれませんが、ミセス・ハバードの客室から、暗いラチェットの客室に順番にひとりずつ入っていき——そこでぐさりとやったのではないでしょうか。だれが致命傷を与えたのか、自分たちにもわからないというわけです。

最後の手紙は、おそらく枕のうえに置かれているのをラチェットが見つけたのでしょうが、これは周到に燃やされていました。アームストロング事件とのつながりを示す手がかりがなかったら、この汽車の乗客には疑われる理由がただのひとつもなかったでしょう。外部の犯行で片づけられて、『女のような声をした、黒っぽい髪の小男』がブロドで汽車を降りていくのを、複数の乗客が目撃したという話になっていたでしょう。

汽車を見舞った事故のために、計画のその部分は不可能になりました。それに犯人たちが気づいたときなにがあったのか、正確なところはわかりません。想像するに、大急ぎで打ち合わせをして、ともかくやり通すことに決めたのでしょう。たしかに、こうなったら乗客の全員が疑われることになるでしょうが、その可能性はすでに予想され、手は打ってありました。ただ、話をいよいよわかりづらくするために、さらに目くらましが追加されました。いわゆる『手がかり』がふたつ、死者の客室に落とされたのです。ひとつはアーバスノット大佐を疑わせるもの（大佐には鉄壁のアリバイがありますし、アームストロング家とのつながりはおそらく最も証明しにくいでしょう）、もうひとつの手がかり、すなわちハンカチはドラゴミロフ公爵夫人の関与を示すものですが、その身分の高さ、とくべつ華奢《きゃしゃ》な体格、そしてメイドと車掌によるアリバイの証明によって、公爵夫人は実質的に難攻不落でした。混乱に拍車をかけるために、臭跡をかき消す『燻製ニシン《レッド・ヘリング》』[2]も使われました。緋色のキモノを着たなぞの女性です。このときも、わたし自身がこの女性の存在を目撃することになりました。ドアになにかがぶつかったような、どすんという大きな音がしたからです。わたしは起きて外を見に行った——そして、遠くに緋色のキモノが消えるのを目にしたわけです。よく考えて選ばれた証人、すなわち車掌とミス・デブナムとミスター・マクイーンも、彼女を目撃したことになっています。わたしが食堂車で事情聴取をしているあいだに、周到にもわたしのスーツケースに緋色のキモノを入れていった人物は、おそらくユーモア感覚の鋭い人なのでしょう。そもそもあのキモノがだれのものだったのかはわかりませんが、アンドレニ伯爵夫人のものではないかと思います。伯爵夫人のお荷物にはシフォンの部屋着しか入っていませんでしたが、あれはとても凝《こ》っていて、ガウンというより茶会服に近いものでしたし。

念には念を入れて燃やした手紙が一部燃え残ってしまい、しかもよりによってアームストロングの語が残っていたことを知ったとき、ミスター・マクイーンはすぐにこれを仲間たちに知らせたにちがいありません。アンドレニ伯爵夫人の立場がにわかに問題になったのはこのときです。それで、ご夫君はただちにパスポートを改竄《かいざん》するという手を打たれた。これが第二の不運でした。

犯人たちは全員一致で、アームストロング家とのつながりを完全に否定することにしました。それを探り当てる直接的な手段がわたしにないのはわかっていましたし、ある特定の人物が疑われることにならないかぎり、わたしがそこを突いてくることはないだろうと考えたのです。

さて、ここでさらに考慮すべき点があります。この事件に関するわたしの推理が正しいとして――わたしは正しいはずだと思っていますが――その場合、〈ワゴンリ〉の車掌もこの陰謀に加わっているのは明らかです。しかしそうだとすると、参加者は十二人でなく十三人になる。『多くのうちひとりが有罪』という通常の図式とはちがって、十三人のうちただひとりが無罪という問題に直面したわけです。はたしてそれはだれでしょうか。

たどり着いたのはきわめて奇妙な結論でした。この事件に関わっていなかったのは、最も関わっていそうに見える人物だという結論に達したのです。つまりアンドレニ伯

2　猟犬の嗅覚を鍛えるために、わざと獲物の通り道ににおいの強い燻製ニシンを置いて訓練することからこう言われる。

爵夫人です。ご夫君が名誉にかけて、妻はあの夜客室を出なかったと断言されたとき、そのお言葉はとても嘘とは思われませんでした。それで、いわば奥さまの代理を、アンドレニ伯爵が務めたにちがいないと判断したわけです。

とすれば、ピエール・ミシェルはまちがいなく十二人のひとりになります。しかし、その関与をどう説明すればよいのでしょうか。彼はきちんとした人物で、〈ワゴンリ〉社に長く勤めている。買収されて犯罪に加担するような男ではありません。とすれば、ピエール・ミシェルはアームストロング事件に関わっていたにちがいない。しかし、それはかなり考えにくいことです。そこで思い出したのが、亡くなった若い子守女がフランス人だったということです。あの不運な女の子が、ピエール・ミシェルの娘だったとしたらどうだろう。それならなにもかも説明がつく――決行の舞台にここが選ばれたのもそれでわかります。ほかに、この舞台での役割が明瞭でない人物がいるでしょうか。アーバスノット大佐は、アームストロング夫妻の友人ということで説明がつきます。おそらく戦争中ずっとともに戦ったのでしょう。メイドのヒルデガルト・シュミットについても、アームストロング家での立場は想像がつきます。わたしはたぶん食いしん坊なのだと思いますが、腕のいい料理人は勘でわかるのです。かまをかけてみたら、彼女はみごとに引っかかりました。あなたが腕のいい料理人なのはわかっているとわたしが言いますと、『はい、お仕えした奥さまがたからは、いつも褒めていただきました』とお答えになった。しかし、メイドとして雇われたのなら、腕のいい料理人かどうか主人に知る機会はないはずです。

次にミスター・ハードマンです。どう考えてもアームストロング家に属していたようには思えません。ありうるとすれば、亡くなったフランス人の女の子と恋仲だったのではないか。そこで、外国人の女性の魅力を話題にしてみましたところ——やはり、思っていたとおりの反応を引き出すことができた。彼はふいに目に涙を浮かべて、それを雪がまぶしいせいにしていました。

残るはミセス・ハバードひとりです。さてミセス・ハバードは、言ってみれば、この舞台で最も重要な役割を演じたかたです。ラチェットの客室に通じる客室に泊まっていたわけですから、ほかのだれより疑いをかけられやすい。またこの筋書きからして、確実なアリバイを作ることもできません。彼女の演じた役割——どこからどう見てもそのまんまの、少し滑稽なアメリカの愛情深い母親という……これを演じるためには、芸術家の才能が必要です。ところが、アームストロング家につながる人のなかには、たしかに芸術家がいるのです。ミセス・アームストロングの母親、女優のリンダ・アーデンです……」

ポアロは口をつぐんだ。

すると、やわらかく豊かな夢見るような声で、この旅のあいだずっと使っていたのとはまったく異なるその声で、ミセス・ハバードが言った。「わたしはずっと、喜劇を演じてみたかったのよ」

あいかわらず夢見るような口調で、彼女は続けた。「あの洗面道具入れの失敗は浅はかだったわ。やっぱり、リハーサルはきちんとやらなくちゃいけないってことね。でも、途中でいちどやってはみたのよ――たぶんあのときは偶数番号の客室に泊まっていたのね。まさか閂の位置がちがうとは思いもしなかったわ」

少し体勢を変えて、まっすぐにポアロを見た。「ムッシュ・ポアロ、なにかもお見通しね。ほんとうに大した人だわ。でも、あなたにだって想像がつかないでしょう、ニューヨークのあの恐ろしい一日がどんなふうだったか。わたしは悲しみでおかしくなりそうだった――使用人たちもみんなそうだった。アーバスノット大佐もその場にいらしたのよ。ジョン・アームストロングの親友だったから」

「戦時中、彼には生命を救われたので」アーバスノットが言った。

「あのとき、あの場でわたしたち決心したの。たぶんみんな変になっていたのね――よくわからないけど。カセッティがまんまと逃れた死刑宣告を、代わりに執行するんだって決めたのよ。ちょうど十二人いたし――いえ、十一人ね、だってもちろん、スザンヌのお父さんはフランスにいたから。最初は、くじを引いてだれがやるか決めようと思ったんだけど、しまいにこんなふうにやると決めたの。最初にこの方法を提案したのは運転手のアントニオだったわ。メアリがあとで、ヘクター・マクイーンと細かいところを詰めてくれた。ヘクターは昔から、ソニアに――わたしの娘にあこがれていたの。カセッティがどうやってお金で刑をまぬがれたか、説明してくれたのは彼だったわ。

計画が完成するまでずいぶんかかりました。まずラチェットの足どりをつかまなくちゃならなかった。それは、ついにハードマンが突き止めてくれたわ。それから、マスターマンとヘクターが――少なくともどちらかいっぽうが、ラチェットに雇われるように画策したの。これもなんとかうまく行きました。それからスザンヌのお父さんに相談を持ちかけた。アーバスノット大佐が、どうしても十二人にしたいと言うものだから。そのほうがちゃんとしてると思ってらしたみたいね。刃物を使うというのはお気に召さなかったみたいだけど、そのほうが問題が少なくなるって納得してくれたわ。ともあれ、スザンヌのお父さんは乗り気だった。スザンヌはひとりっ子だったのね。そこへ、ヘクターから知らせが来たの。ラチェットが遅かれ早かれ、〈オリエント急行〉で東洋から戻ってくるだろうっていうのよ。ピエール・ミシェルは現にその汽車で働いているんだから、このまたとない機会を逃す手はないってことになった。それに、ここだったら関係ない人に嫌疑がかかる心配もないでしょう。

とうぜん、娘の旦那さまには言わないわけにいかなかったんだけど、そうしたらどうしてもいっしょに汽車に乗るっておっしゃるの。ヘクターが細工して、ラチェットが適当な日時に旅行するようにしてくれたわ。ミシェルが当番のときにうまく当たるようにしたわけ。イスタンブール発カレー行きの客車は全室押さえるつもりだったんだけど、あいにくひとつだけとれなかった。もうずっと前に、〈ワゴンリ〉社の重役のために予約してあったから。ミスター・ハリスなんてもちろん存在しないわ。だけど、ヘクターの客室に関係ない人が同室でいたら、ちょっと困ったことになるでしょう。ところが最後の最後になって、よりにもよってあなたが乗ってくるなんて……」

そこで言葉を切った。ややあって、「ムッシュ・ポアロ、これでなにもかもおわかりでしょう。それでどうなさるおつもり？　すべて伏せておくことができないのなら、せめてわたしだけに罪をかぶせていただけないかしら。あの男に十二回刃物をお見舞いするぐらい、わたしなら喜んでやるわ。娘が死んだのも、娘の子が死んだのも、いまごろ元気で育っていたかもしれないもうひとりの子が死んだのも、みんなあの男のせい。でもそれだけじゃないわ。デイジー以前にも、ほかの子供たちが殺されているのよ。これからだって殺されてたかもしれない。あの男に有罪を宣告したのは社会よ。わたしたちはただそれを執行していただけ。でも、全員を巻き込む必要はないでしょう。みんな信用できるいい人ばかり――かわいそうなミシェル――それに、メアリとアーバスノット大佐は愛し合ってるのよ……」

彼女の声は、美しく反響しながら人でいっぱいの空間にしみ通っていく。豊かな情感に満ちた胸をゆさぶるその声は、ニューヨークの大観衆を感激させたときのままだ。

ポアロは友人に目を向けた。

「ムッシュ・ブーク、あなたは〈ワゴンリ〉の重役だ」彼は言った。「どう思われます？」

ブークは咳払いをした。「ムッシュ・ポアロ、わたしの考えでは、あなたが最初に提示なさった説明のほうが正しいと思う――いや、まちがいなく正しい。ユーゴスラヴィアの警察が来たら、そのように説明するのがいいと思いますね。ドクトル、どう思われます？」

「いや、まったく同感です」コンスタンティン医師は言った。「医学的な所見に関しては、ええ――その――ひとつふたつ、わたしは突飛な推測をしてしまったようですな」

「それでは」とポアロ。「つたない推理をご披露したところで、わたしはこれにて退場とさせていただきます……」

解説――人間ドラマとしての『オリエント急行殺人事件』

斎藤兆史
（英文学者・東京大学教授）

本稿では、『オリエント急行殺人事件』をより深く理解し、そして味わうために重要と思われる情報をいくつか提供しておきたい。まずは、作者アガサ・クリスティーの略伝を記しておく。

アガサ・クリスティー略伝

アガサ・クリスティーは、一八九〇年、裕福な家庭の末っ子としてイングランド南西部にある海岸保養地トーキーのアッシュフィールドの邸宅で生まれた。父親フレデリック・ミラーはアメリカ人、母親のクラリッサはイギリス人である。やがて家の経済状態が悪化し、父親も健康を害したため（一九〇一年に死去）、一家は少しでも収入を得るために屋敷を人に貸して離散、六歳のアガサは母親とともにつましい海外生活を営むことになる。一九〇六年、彼女はパリの教養学校での勉強を終え、歌とピアノの才能を活かすべく一度は音楽の道を志すが、人前に出ることが苦手である以上、音楽家になるのは難しいだろうとの判断から、その道を断念する。一二年、陸軍将校アーチボルド・クリスティーと出会い、翌々年結婚。第一次世界大戦中二人は離ればなれの生活を余儀なくされたが、アッシュフィールドの屋敷に戻っていた彼女も、地元で志願看護婦や薬剤師の仕事をする。戦後、夫はロンドンで事業を始めるが、彼女は生家に留まり、推理小説の執筆を始める。二六年、母親の死や夫との不仲が原因で神経衰弱となり、同年一二月、一〇日間の「失踪事件」を起こす。二八年に離婚が成立、三〇年、彼女は中近東への旅行中に十四歳年下の考古学者マックス・マロウアンと知り合い、同年のうちに結婚する。

二〇年に最初の推理小説『スタイルズ荘の怪事件』(*The Mysterious Affair at Styles*)を出版して以来、五十五年の長きにわたって彼女は毎年一冊以上の小説を発表しつづけた。とくに名作として名高いのは、『ロジャー・アクロイド殺人事件』(*The Murder of Roger Ackroyd*, 1926)、本作『オリエント急行殺人事件』(*Murder on the Orient Express*/ *Murder in the Calais Coach*, 1934)、『ABC殺人事件』(*The ABC Murders*, 1936)、『ナイルに死す』(*Death on the Nile*, 1937)、『そして誰もいなくなった』(*Ten Little Niggers*/ *Ten Little Indians*/ *And Then There Were None*, 1939)などである。さらに、衝撃作という意味

で、『カーテン』（*Curtain: Poirot's Last Case*, 1975）をここに加えてもいいだろう。彼女はまた劇作品も手掛け、とくに『ねずみ取り』（*The Mousetrap*, 1952）はロンドンで長期上演されて好評を博している。クリスティーが七六年に死去するまでに発表した推理小説は八十冊以上、その時点での総売り上げ部数は四億部と言われている。

クリスティーの推理小説と聞くと、かつてＮＨＫなどで放送された、デイヴィッド・スーシェ主演のテレビ・ドラマの印象もあってか、ベルギー人探偵エルキュール・ポアロ（Hercule Poirot）が難事件を解決する物語を思い起こす読者も多いのではないか。あるいは、クリスティー原作のテレビ・ドラマを見慣れていれば、ミス・マープル（Miss Marple）というお婆ちゃん探偵の名前も馴染み深いものであろう。さらに、短編集『パーカー・パイン登場』（*Parker Pyne Investigates*, 1934）で活躍する同名の探偵をご存知なら、相当なクリスティー通だ。だが、彼らが登場するのは、クリスティー作品の半分ほどであることも、ここで指摘しておきたい。もちろん、もっとも登場回数の多いポアロが活躍する小説の中に名作が多いことは、衆目の一致するところであろう。

映画版との相乗効果

クリスティーの代表作のなかでも、まず真っ先に名前が挙がるのが『オリエント急行殺人事件』である。ただし、本作の人気の裏には、おそらく原作とシドニー・ルメット監督の手になる一九七四年の映画版との相乗効果があるのではないかと思われる。すなわち、原作自体が名作であることに加え、スクリーン映えのする構成を有しているためにいい映画に仕上がり、それがまた原作の評価を高めるといった具合である。さらに、映画の成功はそのあまりに豪華な配役に支えられたものでもある。まずポアロ役がアルバート・フィニー。英文学作品だけに限っても、チャールズ・ディケンズの『クリスマス・キャロル』を原作とするミュージカル映画『スクルージ』、マルコム・ラウリーの『火山の下』の映画版で主役（それぞれスクルージと領事のジェフリー）を演じている。エレナ・アンドレニ伯爵夫人役はジャックリーン・ビセット。前述の『火山の下』の映画版でフィニーの相手役を務めた女優である。また、アーバスノット大佐役は初代ジェイムズ・ボンドのショーン・コネリー、グレタ・オルソン役は、『カサブランカ』、『ガス燈』でヒロインを務めた名女優イングリッド・バーグマン。ビアンキ（原作中のブーク）役とヘクター・マクイーン役は、ヒッチコックのサスペンス映画『サイコ』でそれぞれ追う側と追われる側を演じたマーティン・バルサムとアンソニー・パーキンズだ。ピエール・ミシェル車掌役はフランスの名優ジャン＝ピエール・カッセル。さらに、エドワード・ベドウズ（原作中のマスターマン）役を演じたのが、シェイクスピア俳優として名高いジョン・ギールグッドとくれば、注目を集めないわけがない。名優を揃えれば名画になるというものではないが、そもそも原作が優れていることもあって、映画は大ヒットした。現在、俳優・演出家として名高いケネス・ブラナーが監督として本作を元にした新たな映画を製作しており、二〇一七年中には公開の予定らしい。これもまた楽しみである。

二〇世紀初頭の世界情勢を背景に

さて、原作に話を戻し、これを読み解くために重要な情報をいくつか確認しておく。まず、「オリエント急行」の件。この名を聞けば、多くの人は、十年近く前まで運行されていた豪華観光列車を思い起こす人が多いはずである。それはそれで間違いではないのだが、一九世紀末から第二次世界大戦までのオリエント急行は、乗り換え路線を含めヨーロッパを横断するいくつかの経路を持つ、実質的には人員輸送のための豪華長距離列車であった。リンドバーグ（この名前はあとで重要な意味を持つので、覚えておいてほしい）が大西洋単独無着陸飛行を成功させたのが一九二七年、『オリエント急行殺人事件』の出版が三四年であることを考えると、小説の状況設定において移動手段としての飛行機がまだ選択肢の中に存在しなかった時代であることは確認しておく必要がある。

また、この文脈で指摘しておくべきは、本書中のいくつかの訳注からも窺えるとおり、二〇世紀初頭のイギリスがインドをはじめアジアにも広大な植民地を有していたことである。ラドヤード・キプリングの『少年キム』（Rudyard Kipling, *Kim*, 1901）やE・M・フォースターの『インドへの道』（E.M. Forster, *A Passage to India*, 1924）などインドを舞台とする小説はもちろんのこと、イギリス小説のなかには「インド帰り」の人物、あるいはインドや中東と縁の深い人物が登場するものが少なくないが、そのような登場人物の設定が現実を反映したものであると考えれば、当時、単なる観光ではなく、仕事の一環としてアジアと自国を行き来する際にオリエント急行を利用するイギリス人も少なからずいたはずである。そして、クリスティー本人がオリエント急行に乗るきっかけを作ったのも、ペルシャ湾で軍務に服する若い軍人とその妻であった。

その経緯がクリスティーの自伝（*Agatha Christie, An Autobiography*, 1977）の第七章第七節に記されているので、拙訳で紹介しておく。ロンドンでの会食の席上、その軍人がバグダッドの話をし、食後、その夫人がクリスティーのところに寄ってきた。


夫人は、みんなバグダッドがひどい町だと言うけれど、自分と夫にとってはとても魅力的な町だと言った。二人はその町について語り、私はますます興味を持った。そして、船で行くしかないのでしょうね、と言った。

「汽車で行けますよ――オリエント急行で」

「オリエント急行？」

私は一度でいいからオリエント急行に乗ってみたいものだとずっと思っていた。用事でフランスやスペインやイタリアに行く際、よくオリエント急行がカレー駅に停まっていて、乗り込みたい気持ちになったものだ。シンプロン・オリエント急行――ミラノ、ベルグラード、イスタンブール……

（中略）翌朝、私はさっそくクック社［イギリスの旅行代理店のトマス・クック社］に飛んでいって西インド諸島行きの切符をキャンセルし、シンプロン・オリエント急行でイスタンブールに行き、イスタンブールからダマスカスへ、さらに砂漠を通ってバグダッドに行く旅行の手配をしてもらった。心が沸き立った。ビザの取得やら何やらで四、五日かかるだろうが、それが済んだらすぐに出発だ。

そして、クリスティーは実際にシンプロン・オリエント急行に乗って中東への旅に出かけていく。イスタンブールからはクック社の社員の案内でボスポラス海峡を渡り、ハイダル・パシャ駅から「オリエント急行の旅を再開した」と書いているが、厳密には「タウルス急行」に乗ったものと考えられる。クリスティーの勘違いか、あるいは同じワゴンリ社が運営するオリエント急行とタウルス急行をあわせて俗に前者の名で呼ぶ慣例が当時あったのかどうか、そのあたりはよく分からない。いずれにせよ、彼女は念願のオリエント急行乗車、そしてバグダッド観光を果たした。『アガサ・クリスティー・コンパニオン』（Dennis Sanders and Len Lovallo, *The Agatha Christie Companion: The Complete Guide to Agatha Christie's Life & Work*, London: Delacorte Press, 1984。以下『コンパニオン』と略す）によれば、これは一九二八年の秋のことであったらしい。シンプロン・オリエント急行を舞台とする『オリエント急行殺人事件』の出版年（一九三四年）を考えれば、このときの体験が作品の状況設定に大いに生きていると考えてまず間違いないであろう。また、一九二九年には同急行が大雪のために立ち往生するという出来事があり、これが本作のモチーフの一つになっていると『コンパニオン』では推測している。

全米を震撼させた「リンドバーグ愛児誘拐事件」

また、『コンパニオン』の著者をはじめ、研究者たちが指摘するもう一つの重要なモチーフがある。それこそ、先に予告しておいたとおり、リンドバーグと関係がある。チャールズ・オーガスタス・リンドバーグ（一九〇二―七四）と言えば、言わずと知れたアメリカの有名な飛行家である。州の下院議員の子供として生まれ、リンカーンの航空学校、テキサスの陸軍飛行学校で訓練を受けたのち、郵便航空操縦士となった。そして、先述のとおり、一九二七年にニューヨーク～パリ間の大西洋単独無着陸飛行に成功し、一夜にしてその名を世界に知らしめることになった。その妻アン・モロウ・リンドバーグ（一九〇六―二〇〇一）は作家としても名高く、叙情的な随筆『海からの贈り物』（Anne Morrow Lindbergh, *Gift from the Sea*, 1955）は世界的なベストセラーとして、いまも読み継がれている。輝かしい経歴を持つ二人だが、これほど有名人たることの悲喜劇を鮮烈に体験した夫婦も少ない。なんと大西洋単独無着陸飛行から五年後の一九三二年、一歳八カ月になる愛児を誘拐、殺害されたのである。身代金がらみの事件であった。「リンドバーグ愛児誘拐事件」として知られるこの事件は全米を震撼させ、世の親たちに大きな衝撃を与えた。クリスティー研究者たちの指摘が正しいとすれば、この事件が本作中の何に対応しているのかは、すでに物語を読み終えた読者には明らかであろう。また、本作の最後のほう（三三二～三三三、三三七頁あたり）で明らかにされる名前の元のつづりを部分的に組み合わせて英語で発音すると「リンドバーグ」になる。私の読み過ぎかもしれないが、作者本人が先のモチーフを暗号化して物語に仕込んだ可能性もある。もしかしたらクリスティーは、実際の事件に対する憤懣《ふんまん》やるかたない思いをフィクションの形で昇華させようとしたのかもしれない。

クリスティー作品の本質

『オリエント急行殺人事件』がクリスティーの代表作としてまず真っ先に名が挙がる

作品であることは、先に述べたとおりである。しかしながら、じつを言えば、本作はクリスティーの推理小説のなかでもやや特異な物語構成になっている。すなわち、その多くが、事件や出来事の連鎖を経て解決に至る線状的な構成を有しているのに対して、本作では、言わば円を成すように点在する出来事や人間関係が中心の点に収斂《しゅうれん》するような形で解決を見る。たしかに、クリスティー作品に典型的に見られる登場人物のアイデンティティーの操作は本作でも見られるが、それ以外の多くの点において例外的であることは間違いない。もっとも、そんなことを言い出せば、『ロジャー・アクロイド殺人事件』などは、クリスティー作品はおろか推理小説の慣例すら打ち破った実験的かつ大胆な小説であり、『そして誰もいなくなった』も、事件の展開がきわめて特異である。ということは、クリスティー作品のなかでも特異なものがその代表作とされているというパラドクスがあるのだが、見方を変えれば、本質こそ一貫しているものの、物語の意外性の大きなものが名作として評価されているとも考えられる。

では、クリスティー作品の本質とは何だろうか。それは、ありきたりな言い方になってしまうのだが、愛憎と情欲が渦巻く普遍的な人間ドラマの描写にあると私は考える。トリックの面白さだけで読ませる推理小説であれば、おそらくは時代とともに読まれなくなってしまうであろう。だが、クリスティーの小説においては、特定の時代・状況設定を与えられた魅力的な登場人物たちの心情と行動が、現代人にも理解可能な形で活写されているのである。たとえば、なぜこの人物がこの人物を殺害するに至ったか、その動機が現代人の胸にも鋭く突き刺さるのだ。シェイクスピアの戯曲の現代性が論じられる際によく言われることが、クリスティー作品についてもまた当てはまる。そして、その最たるものが『オリエント急行殺人事件』だと言えるであろう。極端な話、本作は結末を知っていても面白い。それどころか、何度読んでも面白い。まさに古典の古典たるゆえんであり、推理小説の古典というに留まらず、英文学の古典の一つに数えられる価値のある名作である。これが、安原和見氏のこなれた訳によって多くの日本人の目に触れるのは、じつに喜ばしいことである。

質の高い英文と語りの技法

クリスティー作品の文学作品としての価値をもう一つ指摘しておきたい。それは、文章がいいということである。訳本の解説で指摘するのが適当かどうかは分からないが、クリスティーは質の高い英文を書く。語りの技法や「声」の使い分けが絶妙であり、彼女がどこかで相当な文章・文体修業をしたことは作品の端々から窺える。またその小説のテクストは、文章として読みやすいばかりでなく、豊富な語彙《ごい》を含んでいるのも大きな特徴であり、英語教材としてもきわめて優れている。個人的な体験を書き記すことをお許しいただければ、私は英語学習の一貫として高校時代に『メソポタミア殺人事件』（*Murder in Mesopotamia*, 1936）を皮切りにクリスティーの小説を読みはじめ、いつの間にか作品の魅力に惹かれながら英語学習を続けてきた。私の英語の六割程度は、もっとも愛読したバートランド・ラッセルから学んだものだが、二割くらいはクリスティーの英語が入っている。

二〇一〇年、私は研究休暇を取ってロンドンに行き、あるアパートの一室を借りて住んだのだが、一九四〇年から四六年まで同じ建物にクリスティーが住んでいたことを知って驚きと歓喜に打ち震えた。この不思議な縁も、彼女の小説を愛読してきたことのご褒美だろうか。また、今回はこのような形で彼女の名作の解説を依頼されることになった。ファン冥利《みょうり》に尽きるとはこのことである。お声を掛けてくださった光文社翻訳編集部の佐藤美奈子さんにお礼を申し上げる。

アガサ・クリスティー年譜

一八九〇年
九月一五日、イングランド南西部デヴォンシャー州トーキーのアッシュフィールドの邸宅で、アガサ・メアリ・クラリッサ・ミラー生まれる。父フレデリック・ミラーはアメリカ人で実業家、母クラリッサはイギリス人。アガサは姉マージョリー、兄ルイ・モンタントとの三人きょうだいの末っ子で、家庭は裕福だった。私立学校に進学した姉兄と異なり、アガサはいわゆる正規の教育は受けず、内気で本好きの少女として育つ。

一八九六年　六歳
家の財政状態が悪化の道をたどっていたさなか、父が健康を害する。アッシュフィールドの邸宅を人に貸し、家族で南フランスの町、ポーに半年間滞在。その後アルジェレ、コーテレ、パリでつましい生活を送る。アガサは家庭教師につきフランス語を習得し、帰国後はドイツ人音楽教師フロイライン・ウーデルのもとでピアノレッスンを始める。

一八九八年　八歳
姉からシャーロック・ホームズシリーズの話を聞いたことなどを機に、探偵小説が好きになる。

一九〇一年　一一歳
一一月、父が肺炎で他界（五五歳）。

一九〇二年　一二歳
姉が裕福な工場主と結婚し、マンチェスターのチードル・ホールに住む。アガサは音楽と読書の日々を送るが、母の勧めもあり、この頃から詩や短編小説をさまざまな雑誌に投稿するようになる。

一九〇五年　一五歳
トーキーのミス・ガイヤーの学校で初めての学校生活を経験。冬にはパリの教養学校に留学し、声楽とピアノに本格的に取り組む。

一九〇六年　一六歳
約一八カ月の留学生活を終え、声楽とピアノの才能を活かせる道を探るが、人前で緊張する性質や声量の小ささを考慮し断念。
冬、母の病気療養のため、母とカイロへ旅行。この旅行に材を得た習作『砂漠の雪』について、アッシュフィールドの邸宅の近くに住んでいた人物で交遊のあった作家イーデン・フィルポッツにアドバイスを求める。

一九〇七年　一七歳
ガストン・ルルー『黄色い部屋の秘密』に感化される。このとき、探偵小説を書けるかをめぐって姉と論争したことが、のちに作家となる動機に。

一九一二年　二二歳
一〇月、クリフォード卿のダンス・パーティで英国陸軍航空隊所属の将校アーチボルド・クリスティー少尉と出会う。当時アガサは、レジー・ルーシーと婚約していたが、これを解消。

一九一四年　二四歳
七月、第一次世界大戦が勃発（〜一九一八年一一月）。アーチボルドはフランスの前線へ召集される。
一二月、アーチボルドと二人だけの慌しい結婚式を挙げる。夫が戦地に赴いているあいだ、アガサはトーキーの陸軍病院でボランティアの看護婦を志願し、のちに薬剤師として働き（〜一九一八年）、毒薬の知識を得る。この環境に触発されて詩「薬局にて」を作る。

一九一六年　二六歳
処女作『スタイルズ荘の怪事件』を執筆し始め、後半はホテルにこもって一気に脱稿。名探偵エルキュール・ポアロはここで誕生。複数の出版社に送るものの、いずれも採用されなかった。

一九一八年　二八歳
アーチボルドが空軍省に異動。
九月、ロンドンのノースウィック・テラスの新居に引っ越す。

一九一九年　二九歳
八月、アッシュフィールドで娘を出産。シェイクスピア『お気に召すまま』のヒロインにちなみ、ロザリンドと名付ける。

一九二〇年　三〇歳
ボドリー・ヘッド社の編集者ジョン・レーンに才能を認められ、最初の推理小説『スタイルズ荘の怪事件』を刊行。母に捧げられた。初版の約二〇〇〇部を完売するが、収入は僅か二五ポンドだった。
第二作『秘密機関』（一九二二年）についで『ゴルフ場殺人事件』（一九二三年）も好評を博し、新進小説家として存在感を示す。

一九二三年　三三歳
大英帝国博覧会の宣伝使節を任じられた夫と、世界一周旅行をともにする（前年から）。南アフリカ、オーストラリア、ニュージーランド、ハワイ、カナダ、アメリカを訪ね、アガサはサーフィンに夢中になった。帰国後、夫に職がなく、一家の経済状態は悪化。

一九二四年　三四歳
詩集『夢の道』をジョフリー・ブレス社から自費出版。『茶色の服の男』で初めてまとまった収入を得、夫も金融業に転職したことで家計の状態は落ち着く。ロンドンから南西郊外のサニングデールに転居し、「スタイルズ荘」と名付ける。

一九二六年　三六歳
姉に捧げた推理小説『ロジャー・アクロイド殺人事件』を刊行（版元コリン

ズ社では初）。このトリックが公平か否かをめぐる論議を呼んだことで、一躍有名に。

早春　母が他界。神経衰弱に陥る。

夏、夫が別の女性と結婚したいといってアガサに離婚を迫る。

一二月三日、謎のいわゆる「失踪事件」を起こす。一二月一三日、ヨークシャーのハロゲイトにある鉱泉療養のためのハイドロパシック・ホテルで発見される。マスコミ各紙が報道し、一部では売名行為ではないか、夫が殺したのではないかなどの憶測が飛んだ。のちに、失踪の原因は記憶喪失症にあったと診断される。

一九二七年　三七歳

『ビッグ４』を上梓し、作家としての自覚を新たにする。「スタイルズ荘」を売却。

一九二八年　三八歳

二月、ロザリンド、シャーロット・フィッシャーとともにカナリア諸島で休養。

四月、アーチボルドとの離婚が成立。

五月、『ロジャー・アクロイド殺人事件』がマイクル・モートンにより『アリバイ』という題名で劇化・上演される。また、クリスティー作品が初めて映画化される（『秘密機関』を原作にした映画『Die Abenteuer GmbH』、ドイツ）。

秋、アガサは旅行でオリエント急行に

乗車。

一九二九年　三九歳

オリエント急行で、走行途中に大雪が原因で立ち往生する出来事がある。

一九三〇年　四〇歳

中近東を旅行中、考古学の権威レオナード・ウーリー博士夫妻の紹介で、ウルの古代都市発掘に参加していた考古学者マックス・マロウアン（当時二六歳）に出会う。

九月、大英博物館に勤務するマックスと、エディンバラのセント・コロンバ教会で再婚し、キャムデン街に住む。以後、マックスのイラクやシリアにおける発掘に、アガサは調査隊員として同行するようになる。

メアリ・ウェストマコット名義で『愛の旋律』（普通小説）を刊行。また三〇年代はアガサにとって最も脂ののった時期で、数々の長編や名作の多くが生まれた。

一九三四年　四四歳

『オリエント急行殺人事件』を出版。

メアリ・ウェストマコット名義で、自伝的性格の大きい小説『未完の肖像』を刊行。

一九三六年　四六歳

『ABC殺人事件』を出版。

一九三七年　四七歳

『ナイルに死す』を出版。

一九三九年　四九歳

『そして誰もいなくなった』を出版。

グリーンウェイ・ハウスを購入。ロンドン近郊のウォーリングフォードの家とともに、後半生の多くの時間をこの家で過ごすことになる。
九月、第二次世界大戦が勃発（〜一九四五年九月）。アガサは再び薬剤師を志願し、グリーンウェイ・ハウスは疎開した人のための託児所として提供。自身はドイツ空襲下、ロンドン市内のシェフィールド・テラスで生活する。

一九四一年　　五一歳

アガサは、大学病院の薬局で薬剤師として働く（〜一九四四年末）。

一九四二年か四三年頃　　五二、五三歳

ポアロ最後の事件である『カーテン』、ミス・マープル最後の事件『スリーピング・マーダー』を執筆し、高額の保険をかけ銀行の金庫に保管。前者の印税は娘に、後者の印税は夫に贈られた。

一九四三年　　五三歳

九月、娘ロザリンドの息子（アガサにとって初孫）マシューが誕生。ロザリンドの夫は後に戦死。
一一月、『そして誰もいなくなった』を脚本化し、ロンドンのセント・ジェームズ劇場で上演され好評を得る。これ以後、演劇活動を始める。

一九四五年　　五五歳

『そして誰もいなくなった』がルネ・クレール監督によりアメリカで映画化される。
一二月、グリーンウェイ・ハウスの提

供を終える。

一九四六年　五六歳
アガサ・クリスティー・マロウアン名義で、中近東での発掘の日々を回想した『さあ、あなたの暮らしぶりを話して』を出版。

一九四九年　五九歳
「サンデー・タイムズ」紙が、メアリ・ウェストマコットがアガサ・クリスティーであると暴露する。

一九五〇年　六〇歳
王立文学協会のフェローとなる。イラクで『アガサ・クリスティー自伝』の執筆を開始。ミス・マープルもの『予告殺人』を刊行。

一九五二年　六二歳

メアリ王太后八〇歳の誕生日のために書き上げたBBC放送のラジオ劇『三匹の盲目のねずみ』が、一一月、ロンドンのアンバサダー劇場で『ねずみ取り』と改題され上演される。この作品は、世界で最も長いロングラン興行となる。

一九五三年　六三歳
一〇月、ロンドンで戯曲『検察側の証人』が初演され好評を博す。

一九五四年　六四歳
『検察側の証人』がニューヨーク、ブロードウェイに進出。

一九五五年　六五歳
五月、『検察側の証人』がニューヨーク劇評家協会から最優秀海外演劇賞を受賞する。
九月、アガサとマックスが銀婚式を迎える。
一九五六年　六六歳
CBE (Commander of the British Empire) を叙勲。エクセター大学名誉博士号を受ける。
一九五七年　六七歳
『パディントン発四時五〇分』を出版。ビリー・ワイルダー監督により、『検察側の証人』を原作とした映画『情婦』が製作される。
一九六二年　七二歳
一二月、最初の夫、アーチボルド・クリスティーが他界。
一九六五年　七五歳
『アガサ・クリスティー自伝』を脱稿。
一九六八年　七八歳
夫マロウアンがナイト爵位を授与される。
一九七〇年　八〇歳
八〇冊目のミステリ『フランクフルトへの乗客』を出版。現実のハイジャック事件をテーマとして先取りしていたことで、世界中で話題になる。
一九七一年　八一歳
DBE (Dame Commander of the British Empire、ナイトに相当する女性の階級) を受け、「デーム・アガサ」となる。
一九七三年　八三歳
最後となった小説『運命の裏木戸』を出版。

一〇月、心臓発作に見舞われ、事実上、創作活動を終える。

一九七四年　　八四歳

イギリスで映画『オリエント急行殺人事件』が製作され、世界各国でヒット。

一九七五年　　八五歳

戦争中に書いたポアロ最後の事件『カーテン』の発行許可を出す。

一九七六年

一月一二日昼過ぎ、ウォーリングフォードの自宅で逝去。享年八五。

一〇月、戦争中に書かれた『スリーピング・マーダー』が刊行。

一九七七年

『アガサ・クリスティー自伝』出版。

一九八四年

BBCで、ジョーン・ヒクソンがマープルを演じるテレビシリーズが開始。

一九八九年

ITVで、デイヴィッド・スーシェがポアロを演じるテレビシリーズが開始。

一九九〇年

クリスティー生誕百年記念で、ロンドンや生まれ故郷のトーキーなどで、さまざまな祭典が催される。

一九九七年

それまで単行本未収録だった作品を集めた『マン島の黄金』が刊行。

二〇〇〇年

一二月、『ねずみ取り』が上演回数二万回に到達。

訳者あとがき

泣く子も黙るアガサ・クリスティーの『オリエント急行殺人事件』を翻訳させてもらえることになって、一翻訳者として飛び上がるほどうれしかったのはもちろんだが、それと同時にいささか面食らったのもまた事実だった。本作品が名作であり古典であることには、なんら疑問の余地はない。しかし、それだけに一流の翻訳家の手になる邦訳がもう何冊も出ているし、エンタテイメント性の高い作品だから、古典とはいえばりばりの現役で広く読まれているし、古典新訳文庫で取りあげる必要というか意義があるのだろうか（それも私なんぞの訳で）と思ったわけである。そこで編集部と相談のうえ、当時の社会状況や背景を現代の読者にもわかるように簡単に説明して、作品の理解を深めるのに役立ててはどうかということになった。本文中に内容とはあまり関係のない注があちこちに入っているのはそのためである。ご存じの読者にはわずらわしいだけだとは思うが、そこはご容赦願いたい。

本作の内容、当時の社会背景、また作者アガサ・クリスティーについては、斎藤先生が行き届いた解説をお書きくださっているので、ここでは細かい（どうでもいいとも言う）部分についていささか豆知識など付け加えておこう。まずは作品の舞台となった〈オリエント急行〉についてだが、これは十九世紀なかばにナーゲルマーケルスというベルギー人が設立した〈国際寝台車会社〉（通称ワゴンリ）が走らせていた鉄道路線である。当時はまだ国ごとに列車関連の規則はばらばらだったし、国境をまたぐとなれば税関の問題もあるしで、国際線を走らせるのには幾多の障害があったが、それが克服できたのはこのナーゲルマーケルスの力が大きいと言われている。

そんなわけで一八八三年から〈オリエント急行〉は東西ヨーロッパと中東を結んで走っていたのだが、本書に出てくる〈シンプロン・オリエント急行〉はそのうち最も南寄りの路線で、イスタンブールからほぼ真西に向かい、アルプス山脈の南を通ってイタリアへ入り、そこからアルプスを越えてフランスに抜けるルートをとっていた。これが可能になったのは、一九〇六年にシンプロン・トンネルが開通したおかげである。アルプス越えはハンニバルの昔から難行だったが、このころには技術の進歩でついにトンネルが掘られるようになったわけで、なかでもこのシンプロン・トンネルは全長十二マイル、当時は世界最長を誇る名高いトンネルだった。一九二〇年代から三〇年代にかけては、このシンプロン線こそが東西を結ぶ最も豪華な旅行手段になり、裕福な貴族や外交官に大いに愛用されたわけであるが、残念ながら（？）この列車内で殺人事件が起こったことは一度もなかったそうだ。

〈オリエント急行〉の隆盛からもわかるとおり、当時は汽車や汽船という交通手段の発達によって、外国への観光旅行が爆発的に流行した時代だったらしい（〈ワゴンリ〉社は、エジプトの王家の谷観光用の路線を走らせたりもしている）。本文中の注でも触れたが、〈アメリカン・エキスプレス〉社が観光業に進出したのもそのためだったと思われる。もともとこの会社は運送・郵便業から興った会社で（「エキスプレス」というのは「急行便」という意味だ）、運送会社や船会社を次々に買収して大きくなってきたというから、観光業というか旅行代理業に手を広げるのは自然な流れだったのかもしれない。一九二二年には、豪華客船〈ラコニア〉号を貸し切りにして四カ月の世界一周旅行を実施し、そのおかげで〈アメリカン・エキスプレス〉の名は贅沢な観光旅行の代名詞と言われるほどになったのだという。そうやって贅沢なツアーを販売し、そのうえにトラベラーズチェックを売りさばいてぼろ儲けをしていたわけである。

まあ作品の内容にはまったく関係のないどうでもいい話だが、どうでもいいついでにちょっとは作品に関係のある豆知識をもうひとつ。作中、「デブナム＆フリーボディという店が最近までロンドンにあった」という趣旨のことをポアロが言っているが、これはクリスティーの創作ではなく実在の店の名前である。歴史は〈アメリカン・エキスプレス〉より古くて設立は一七七八年、最初はロンドンの一店舗のみで婦人用品を売っていたが、しだいに規模を拡大し、一九〇五年には〈デブナムズ〉株式会社になり、その後は国際的な百貨店グループに成長して、いまでは英国有数の大企業になっている。いつごろまで「フリーボディ」の名を掲げていたのかよくわからないが、本作発表当時の英国の読者なら、伯爵夫人がその名を口にする場面でぴんと来る人も多かったのかもしれない。

さて名作のほまれ高い本作だが、いささか首をひねる部分がないわけではない。ミステリのあら探しは野暮だとは思うものの、訳していて気づいた疑問点をいちおうここで指摘しておく。具体的な内容に触れるので、まだ『オリエント急行殺人事件』を読んだことがないという珍しくも羨ましい（この面白さを初めて味わうチャンスがあるわけだから）かたは、ここから先は読んではいけません。

まず最大の疑問は、ミス・デブナムはいつ「アメリカに行ったことがない」と言ったのか、という点だろう。ポアロは「長距離電話《ロング・ディスタンス・コール》」というアメリカふうの言いまわしをわざとミス・デブナムに言わせ、アメリカに行ったことがあるはずだと見抜き、それなのになぜ行ったことがないと嘘をついたのかと推理していくわけだが、なんと信じられないことに、そもそもミス・デブナムは「アメリカに行ったことがありません」とは一度も言っていない。ほかの人々には、行ったことがあるかどうかかならず質問しているのに、彼女に対してはポアロがそれを尋ねる場面はどこにもないのだ。たぶんクリスティーが書き忘れただけだろうし、英米の文学作品ではこの手の「うっかり」はままあることだが、こういう大事なところが抜けているのはやはり気になる。

またもうひとつ、ミセス・ハバードの洗面道具入れの件もちょっと引っかかる。「ドアの把手《とって》に洗面道具入れをかけておいたので、閂がかかっているかどうか見えなかった」とミセス・ハバードが主張し、それが嘘だとポアロが見抜くのは本書の読みどころのひとつだ。しかしよく考えてみると、ミセス・ハバードはなぜそれに気がつかなかったのかと疑問を感じざるをえない。洗面道具入れを把手にかけたときに、閂が高い位置にあればふつう気がつくのではないだろうか。なにも考えずにのんびり旅行しているときならいざ知らず、これから人を殺すために一大トリックをしかけようというときなのだ。「閂が見えない」というのはそのトリックを支える重要部分なのだから、ぼんやりしていて見落とすなどということはちょっと考えにくい。最後に「リハーサルはきちんとやらなくちゃいけない」とミセス・ハバードが反省する場面があるが、いやその前に気づきなさいよという話である。

さらに言うと、ミス・デブナムとアーバスノット大佐の行動も考えてみると変である。タウルス急行に乗っているあいだ、なぜ他人のふりをしなくてはならないのだろうか。ポアロがその後、ふたりと同じオリエント急行に乗り合わせたのはあくまでも「たまたま」である。つまりタウルス急行に乗っているときには、ふたりが旧知の仲なのをこの小男に知られては困るということはわからなかったはずだ。念には念をということで、他人の前ではあくまでも知らないふりをしようと示し合わせていたとしても、それならほんとうに知らんふりをしていればいいのに、つい最近知り合ったところですという芝居を打つ必要がどこにあるのか。また、十六号室の探偵ハードマンが夜じゅうずっとドアを少しあけて通路を見張っていたという話が出てくるが、車掌がそれにまったく言及しないのは不自然ではないだろうか（なにしろ、車掌の席は十六号室のすぐそばなのだ）。ひと晩じゅうドアがあいていればふつう「なんだこの客は」と思いそうなもので、ポアロがそこを指摘しないのはなんとなく腑に落ちない気がする。

またこれは内容に関わるような問題ではないが、いささか首をかしげるのがアームストロング大佐（誘拐されて殺されたデイジーの父親）の名前である。この人にはじつは名前が三つあるのだ。最初に出てくるのはアーバスノット大佐のせりふのなかで、そこでは「トビー」と呼ばれているが、次に伯爵夫人のせりふに出てくるときは「ロバート」になり、最後にミセス・ハバードのせりふでは「ジョン」になっている。欧米人には名前が三つある人もいるし、愛称ならそれこそいくつあってもおかしくないが、その三つをばらばらに出してくる理由や必然性があるとも思えないから、やはりクリスティーのうっかりミスだろうと思われる。そのままにしておこうかとも思ったのだが、無用の混乱を招く必要もないということで、編集部とも相談のうえ、本書では「ジョン」で統一しておいた（「ジョン」を選んだのにとくに理由はない）。

そのほか、古い作品だけにつつけばあらはいろいろ見つかるもので、アテネ発の客車に検死の知識のある医師がたまたま乗っていたり（閑散期なのに）、手紙の断片にちょうど肝心の二語が残っていたり、いささか都合がよすぎはしないかと思う点もあるし、またハットボックスを勝手にとってきて金属ネットを黙って使ってしまったり、発車までまだ四分あるのにミスター・ハリスの席を勝手にとってしまったり、そんなことをしていいのかと言いたくなる場面もないではない。しかし、こうしてどれだけあらや欠点を並べたところで、本作の価値や面白さがいささかでも減じるわけでないのは言うまでもないことである。それならわざわざ欠点をあげつらうようなことをしなくてもいいではないかと思うところだが、しかしとくにミス・デブナムの件に関しては、しつこいようだが編集部とも相談のうえ、やはり指摘しておいたほうがいいだろうということになり、そうなるとほかにも疑問点はあるのにこれだけというわけにもいかないのではないだろうかと思ってしまい、というわけで、おまえみたいな木っ端翻訳者がクリスティーにけちをつけるなんざ十年いや百年早いとお思いでしょうが、そこは広いお心でお見逃しいただければ幸いです。

それはともかく、このような名作を翻訳する機会を与えていただき、光文社古典新訳文庫編集部の小都一郎氏、佐藤美奈子氏には感謝の言葉もない。また校閲のかたがたにもたいへんお世話になった。そのおかげで、まがりなりにもこの大任をなんとか果たし、あとがきを書くところまでこぎ着けることができた。最後になったが、この場をお借りして心よりお礼を申し上げます。

二〇一七年三月

kobunsha classics
光文社古典新訳文庫

オリエント急行殺人事件《きゅうこうさつじんじけん》

著者 アガサ・クリスティー
訳者 安原和見《やすはらかずみ》

2017年4月20日 初版第1刷発行
2018年9月5日 第2刷発行

発行者 田邉浩司
印刷 萩原印刷
製本 ナショナル製本

発行所 株式会社光文社
〒112-8011東京都文京区音羽1-16-6
電話 03(5395)8162(編集部)
03(5395)8116(書籍販売部)
03(5395)8125(業務部)
www.kobunsha.com

ISBN978-4-334-75352-8 Printed in Japan

いま、息をしている言葉で、もういちど古典を

長い年月をかけて世界中で読み継がれてきたのが古典です。奥の深い味わいある作品ばかりがそろっており、この「古典の森」に分け入ることは人生のもっとも大きな喜びであることに異論のある人はいないはずです。しかしながら、こんなに豊饒で魅力に満ちた古典を、なぜわたしたちはこれほどまで疎んじてきたのでしょうか。

ひとつには古臭い教養主義からの逃走だったのかもしれません。真面目に文学や思想を論じることは、ある種の権威化であるという思いから、その呪縛から逃れるために、教養そのものを否定しすぎてしまったのではないでしょうか。

いま、時代は大きな転換期を迎えています。まれに見るスピードで歴史が動いていくのを多くの人々が実感していると思います。

こんな時わたしたちを支え、導いてくれるものが古典なのです。「いま、息をしている言葉で」——光文社の古典新訳文庫は、さまよえる現代人の心の奥底まで届くような言葉で、古典を現代に蘇らせることを意図して創刊されました。気取らず、自由に、心の赴くままに、気軽に手に取って楽しめる古典作品を、新訳という光のもとに読者に届けていくこと。それがこの文庫の使命だとわたしたちは考えています。

このシリーズについてのご意見、ご感想、ご要望をハガキ、手紙、メール等で翻訳編集部までお寄せください。今後の企画の参考にさせていただきます。
メール　info@kotensinyaku.jp

光文社古典新訳文庫　好評既刊

すばらしい新世界
オルダス・ハクスリー
黒原　敏行　訳
西暦2540年。人間の工場生産と条件付け教育、フリーセックスの奨励、快楽薬の配給で、人類は不満と無縁の安定社会を築いていたが、未開社会から来たジョンは、世界に疑問を抱く。

オペラ座の怪人
ガストン・ルルー
平岡　敦　訳
パリのオペラ座の舞台裏で道具係が謎の縊死体で発見された。次々と起こる奇怪な事件に、迷宮のようなオペラ座に棲みつく「怪人」の関与が囁かれる。フランスを代表する怪奇ミステリー。

失われた世界
アーサー・コナン・ドイル
伏見　威蕃　訳
南米に絶滅動物たちの生息する台地が存在すると主張するチャレンジャー教授。恐竜が闊歩する台地の驚くべき秘密とは？「シャーロック・ホームズ」生みの親が贈る痛快冒険小説！

失脚／巫女の死
デュレンマット傑作選
デュレンマット
増本　浩子　訳
田舎町で奇妙な模擬裁判にかけられた男の運命を描く「故障」、粛清の恐怖のなか閣僚たちが決死の心理戦を繰り広げる「失脚」など、巧緻なミステリーと深い寓意に溢れる四編。

絶望
ナボコフ
貝澤　哉　訳
ベルリン在住のビジネスマンのゲルマンは、プラハ出張の際、自分と〝瓜二つ〟の浮浪者を偶然発見する。そしてこの男を身代わりにした保険金殺人を企てるのだが……。ナボコフ初期の傑作！

光文社古典新訳文庫　好評既刊

盗まれた細菌／初めての飛行機

ウェルズ
南條 竹則 訳

「SFの父」ウェルズの新たな魅力を発見！　飛び抜けたユーモア感覚で、文明批判から最新技術、世紀末のデカダンスまで「笑い」で包み込む、傑作ユーモア小説11篇！

タイムマシン

ウェルズ
池 央耿 訳

時空を超える〈タイムマシン〉を発明したタイム・トラヴェラーは、80万年後の世界に飛ぶが、そこで見たものは……。SFの不朽の名作が格調ある決定訳で登場。（解説・巽 孝之）

八十日間世界一周（上・下）

ヴェルヌ
高野 優 訳

謎の紳士フォッグ氏は、八十日間あれば世界を一周できるという賭けをした。十九世紀の地球を旅する大冒険、極上のタイムリミット・サスペンスが、スピード感あふれる新訳で甦る！

地底旅行

ヴェルヌ
高野 優 訳

謎の暗号文を苦心のすえ解読したリーデンブロック教授と甥の助手アクセル。二人はガイドのハンスとともに地球の中心へと旅に出る。そこで目にしたものは……。臨場感あふれる新訳。

ご遺体

イーヴリン・ウォー
小林 章夫 訳

ペット葬儀社勤務のデニスは、ハリウッドで評判の葬儀社〈囁きの園〉を訪れ、コスメ係と恋に落ちるが、腕利き遺体処理師も彼女の気を引いていた。ブラック・ユーモアが光る中編佳作。

光文社古典新訳文庫　好評既刊

不思議屋／ダイヤモンドのレンズ

オブライエン
南條竹則　訳

独創的な才能を発揮し、ポーの後継者と呼ばれるオブライエン。奇抜な想像力と変幻自在のストーリーテリング、溢れる情感と絵画的な魅力に富む、幻想、神秘の傑作短篇集。

闇の奥

コンラッド
黒原敏行　訳

船乗りマーロウは、アフリカ奥地で権力を握る男を追跡するため河を遡る旅に出た。沈黙する密林の恐怖。謎めいた男の正体とは？二〇世紀最大の問題作。（解説・武田ちあき）

フランケンシュタイン

シェリー
小林章夫　訳

天才科学者フランケンシュタインによって生命を与えられた怪物は、人間の理解と愛を求めるが、醜悪な姿ゆえに疎外され……。これまでの作品イメージを一変させる新訳！

宝島

スティーヴンスン
村上博基　訳

「ベンボウ提督亭」を手助けしていたジム少年は、大地主のトリローニ、医者のリヴジーたちと宝の眠る島へ。だが、コックのシルヴァーは、悪名高き海賊だった！（解説・小林章夫）

ジーキル博士とハイド氏

スティーヴンスン
村上博基　訳

高潔温厚な紳士ジーキル博士と、邪悪な冷血漢ハイド氏。善と悪に分離する人間の二面性を追究した怪奇小説の傑作が、名手による香り高い訳文で甦った。（解説・東雅夫）

★続刊

ケンジントン公園のピーター・パン　バリー／南條竹則・訳

かつて鳥だったころのことが忘れられず、ケンジントン公園に住むことになった赤ん坊のピーター。母親との別れや妖精たちの世界、少女メイミーとの出会いと別れなど、〝小さなお化け〟をユーモラスに描いた「もう一つのピーター・パン物語」。

哲学書簡　ヴォルテール／斉藤悦則・訳

フランスの思想家ヴォルテールの初期の代表作。イギリスにおける信教の自由、議会制政治を賛美し、文化、哲学、科学などの考察を通してフランスの旧体制を痛烈に批判した。のちの啓蒙思想家に大きな衝撃を与えたヴォルテールの思想の原点。

ヒューマン・コメディ　サローヤン／小川敏子・訳

第二次世界大戦中、カリフォルニア州イサカのマコーリー家では父が死に、長兄も出征し、一四歳のホーマーが電報配達をして家計を助けている。家族や町の人々との触れあいの中で成長する少年の姿を描いた、可笑《おか》しくて切ない長篇小説。